転生してハイエルフになりましたが、スローライフは120年で飽きました

2

Rarutori
らる鳥

ILL. Ciavis
しあびす

CONTENTS

STORY

千年の寿命を持つ御伽噺《おとぎばなし》の存在、
ハイエルフに転生したエイサー。
物心がついてから１２０年、代わり映えのない
森での生活に飽きてしまい、
ついに外の世界へ旅立った。
ドワーフのアズヴァルドやヨソギ流の剣士カエハに、
半ば強引に弟子入りして鍛冶や剣の腕を磨いたり、
魔術師カウシュマンに鍛冶を教えつつ魔術を学び、魔剣を作ったり。
港町サウロテで魚介類を堪能し、
ジャンペモンの町では小麦料理に舌鼓を打つ。
好奇心の赴くまま、何年もかけながら気まぐれな旅を続けていた。

今度は、エルフの冒険者アイレナからの報《しら》せを受けて、
以前ルードリア王国で捕らわれていたエルフと人間との間にできた
ハーフエルフの子供を引き取りに向かう。
子育ての経験はないが保護者兼、
一番近くに居る友達としてなら愛情を注げるのではないか——
エイサーは期待に胸を膨らませて、その子供に出会う。
親になったエイサーの新たな旅がはじまる……！

CHARACTER

カエハの母（クロハ）

胸を病んでいたが、
エイサーの介護により
回復した。

Kaeha's Mother

エイサー

千年の寿命を持つ、
自由奔放なハイエルフ。
精霊術と弓に加え
鍛冶、剣、魔術も
扱えるようになる。

Acer

カウシュマン

エイサーの
魔術の師であり悪友。
魔道具の研究を行う。

Kawshman

アイレナ

最高ランク
七つ星の冒険者。
エルフの代表として
活躍している。

Airena

アズヴァルド

エイサーの鍛冶の師《クソドワーフ師匠》。
ドワーフの国に帰り、
王を目指す。

Uswald

ノンナ

ジャンペモンの
宿屋の看板娘。

Nonna

カエハ

エイサーの剣の師。
ヨソギ流の
復興に向けて奮闘。

Kaeha

ダロッテ
ザインツ
ウィージ
小国家群
ジデェール
オディーヌ
ルゥロンテ
フォッカ
アルデノ
カーコイム公国
ジャンペモン
WORLD MAP

フォードル帝国
ドワーフの国
ガラレト
ルードリア王国
ヴィストコート
ウォーフィール
プルハ大樹海
エルフの井戸
パウロギア
ヴィレストリカ共和国
サウロテ

第一章　ハイ&ハーフと麦の町

さて、少し地理の整理をしよう。

といっても僕もこの大陸の国々を余さず知ってる訳じゃないから、今回はルードリア王国を中心にした周辺国家の事を話す。

まずプルハ大樹海を東に出た位置に、ルードリア王国は存在してる。

ルードリア王国は周辺国に比べても国土が広く、西部で接するプルハ大樹海からは魔物の素材や森の恵み、北部の山地からは鉱物資源、東部の穀倉地帯からは豊富な食糧が得られ、国力的にも文化的にも安定した大きな国だ。

また数年前に多くの貴族が失脚した事で、王家は直轄地を増やして強力になり、集権化が進んだらしい。

故に一見盤石の体制が築かれているようにも見えるが、統治者である貴族の数は減り、逆に国内の魔物の数は着実に増加傾向にあり、この先にどう転ぶかはまだまだ不透明だ。

そんなルードリア王国の南にあるのがパウロギア。

このパウロギアの大きさは、ルードリア王国のちょうど半分くらいだろうか。

あまり詳しくは知らないのだけれど、確かパウロギア産の陶磁器は評価が高いらしい。

ルードリア王国とは仲が良く、その食糧支援を受けて、南のヴィレストリカ共和国と争っている。

次にパウロギアの右隣、東にあるのがカーコイム公国。

ルードリア王国の南東、ヴィレストリカ共和国の北東に位置する国で、……実はサッと通り過ぎただけだから、この国もあまりよくは知らない。

カーコイム公国はルードリア王国、パウロギア、ヴィレストリカ共和国の何《いず》れとも友好的であり、人と物が流れる通り道である。

それから時には、パウロギアとヴィレストリカ共和国の争いを調停する事もあるんだとか。

ちなみにカーコイム公国を北東に行けば、オディーヌを含む小国家群に辿り着く。

ではそのカーコイム公国から北に進めば、ルードリア王国と小国家群に挟まれて、ザインツ、ジデェールという二つの国がある。

この二つの国は、以前はルードリア王国とも小国家群とも戦争をしていたそうだけれど、今は小《こ》競《ぜ》り合いも殆《ほとん》どなく、比較的穏やかな関係を築いているらしい。

というのも北東に、小国家群からすれば北に、ダロッテという好戦的な国が生まれた事で、そちらに注力せねばならなくなったから。

つまりルードリア王国の西はプルハ大樹海で、南にはパウロギアとカーコイム公国、東はザインツとジデェールといった具合の位置関係だ。

では最後に残ったのは北になるけれど、ルードリア王国の北側は基本的に山地が多い。

中には人が踏み入るには険し過ぎる場所もあって、……その奥にドワーフの小国が存在するらしい。

また山地の更に北側にはフォードル帝国と呼ばれる大国があり、ルードリア王国とは敵対関係にある。

険しい地形が幸いしてまだ大規模な戦争には至っていないが、互いに山間《やまあい》に砦を築き、睨み合い、小競り合いを繰り返してる。

……うん、実に長い説明だったけれども、という訳でルードリア王国を出たエルフ達が移り住んだのは、パウロギアやカーコイム公国、ザインツとジデェールにある森。

そして例の件で生まれたハーフエルフの子を迎えに行く為に、僕は小国家群を後にしてザインツの首都、スゥィージの宿で知人の女エルフ、アイレナと落ち合う。

エルフである彼女は数年ぶりに再会しても、初めて知り合ったあの日と、殆ど姿は変わっていない。

「お久しぶりです。エイサー様。……確か前回も、こうやって再会しましたね」

僕の部屋に入って来て、そう言って笑うアイレナは、思ったよりも明るい顔をしていた。

どうやらルードリア王国との交渉は、それなりに前に進んでいるらしい。

彼女曰く、確かにルードリア王家は処刑した貴族の領地を接収して力を増したが、同時にその増えた直轄領の民の扱いに関しては苦慮しているのだとか。

そう、ルードリア王国の東部の民は直接地震を経験し、あの災いが再来する事を酷く恐れてる。

だからエルフが未だにルードリア王国を許さず、謝罪を求めている事に対しても、同様に強い恐れを抱いた。

王家にエルフへの謝罪を求める嘆願は数年を経ても途切れずに、それが叶わぬならばせめて別の地に移り住みたいと願う。

再びあの災いが、エルフの怒りが、より強い形で降り注ぐだろう東部からは逃れたいと。

更にエルフが去った森から魔物が流出して来る数が増えた事も合わさって、民の不安はより大きく広がり、東部の収穫は落ち込みつつあるそうだ。

ルードリア王国の食糧庫とも呼ばれる東部の収穫が落ち込めば、影響は王国内のみに留《とど》まらない。

例えば、そう、これまで行われてきた、ルードリア王国からパウロギアに対する食糧の輸出量も、当然減少する。

国内の食糧の値上がり、情勢の不安化、他国への食糧輸出支援の滞り。

そしてその変化は王家が東部の地を直轄領とした後に起きていた。

王家がその原因は処刑した貴族達にあると主張したところで、問題の解決を求める声は止《や》まないだろう。

幾らルードリア王国が強い国であっても、否、強い国であるからこそ、国内が不安に乱れていれば他国はそこに付け入ろうと動く。

故にまだしも状況の制御が利く間に、王家は事態の解決を図ろうとアイレナとの、つまりエルフとの交渉のテーブルに着いた。

恐らくルードリアの現王は一年か二年後、然程《さほど》に遠くないうちにエルフへの謝罪を表明し、その事態を防げなかった責を取って王の座を退く事になる。

次代の王はまだ年若い王太子が、現王の弟である大公を補佐、後見人にして継ぐらしい。

ルードリア王国内の混乱がそれで全て収まるかどうかは王太子とその後見人である大公の実力次第だが、エルフとしてはそれで問題は一応の解決だ。

王家の謝罪を受け入れ、増え過ぎた魔物を間引き、希望者を故郷の森へと戻す。

……魔物の間引きに関しては、恐らくは僕も参加を要請されるだろう。

もちろん全てのエルフがそれで人間を許せる筈《はず》もないし、人間がエルフに対して抱いた恐怖の感情も消える訳じゃない。

けれどもそれ以上の責任は、もう誰にも取れやしないから。

この話はそれで終結し、残った溝は時間が埋めてくれる事を待つばかり。

◇◇◇

「まだ少し早いのかも知れないけれど、アイレナ、本当にご苦労様。君じゃなきゃ、その結果には辿り着かなかっただろうね」

僕がルードリア王国の東部で地揺れを起こしてから、およそ六年。

エルフやハイエルフの感覚からすればそんな僅かな時間で、王国との交渉を纏め上げた裏には、恐らく口にできない苦労もある。

のんびりと生きてる僕には想像も付かないけれども、仮にも一国が相手ともなれば、綺麗事ばかりが通用する筈もない。

危険な目に遭った事だって、きっと一度や二度じゃないだろう。

実際の所、僕にとってルードリア王国の、王家の進退なんて物凄くどうでもいい話だ。

僕にとってあの国の人間で大事だと思っているのは、ヴィストコートの町の人々と、王都に住むカエハやその母達だから。

彼らの生活が極端に脅かされる事なく事態が解決するならば、王が誰であろうと構いはしない。

だけどその意図を汲んで、或《ある》いは意図を同じくして、事態を解決に導いたアイレナの努力には、自然と頭が下がる。

「いえ、そんな、私もエイサー様を真似て、自分がしたいと思う事をしただけです。私だってクレイアスやマルテナや、その子供が住むあの国には、潰れて欲しくなんてなかったですから」

そう言って悪戯《いたずら》っぽく笑うアイレナは、これまでに知る彼女の中で、一番魅力的に見えた。

もちろん問題はまだまだ残ってる。

増えた魔物を間引いて減らし、以前にエルフ達が住んでいた場所を取り戻さなきゃならない。

当然ながら、ルードリア王国の森への再移住も必要だ。

新しい環境に慣れてしまったエルフ達の中から、故郷の森に戻る希望者を募る作業は、多分とても骨が折れる筈。

でもアイレナは、きっと全てをやり遂げるだろう。

いかなる困難に対しても、諦めず粘り強く、利用できる物は利用して、己の信念を貫く。

そうした人物を、人は英雄と呼ぶのだ。

まぁアイレナはエルフだけれど、僕から見た今の彼女は、間違いなく英雄だから。

何も心配は必要ない。


という訳でルードリア王国の事は脇へ置いといて、そろそろ本題に移ろうか。

どうにもしんみりとしてしまった空気を変える為、

「ところでアイレナ。僕、ずっと凄く楽しみにしてたんだけれど、例の子は？」

僕はパチンと手を打ち鳴らしてアイレナに問う。

実際、本当に楽しみにしてたのだ。

ハーフエルフの幼子が背負って生まれた物は余りに重たいけれど、だからって僕までが暗くなっても良い事は何もない。

子育ての経験なんて僕にはない、……ない筈だけれども、自分なりに精一杯色々と考えてみた。

その結果、僕は真っ当な親になんてなれそうにない生き物だけれども、保護者兼友人としてなら、胸焼けする程の愛情を注げると思ってる。

けれどもアイレナは、そうやって勢い込む僕を宥《なだ》めるかのように、憂いの表情を浮かべた。

「……えぇ、連れて来ています。今は私の部屋で、昼寝をしてます。部屋の窓は開けてますから、起きれば風の精霊が報《しら》せてくれるでしょう」

その言葉に、僕は浮かし掛けた腰を、再び椅子に落ち着ける。

成る程、昼寝中か。

流石《さすが》に寝ている所に突撃して、起こしてしまうのは可哀想だ。

しかしそれにしても彼女は、随分と精霊の扱い、助力の引き出し方が上手くなったらしい。

単純に何かを攻撃したり、水や風を発生させるだけなら兎も角、細かな条件を設定して頼み事をするのは意外と難しいのだけれども、アイレナは事もなげに幼子が起きれば風の精霊が報せてくれると口にした。

それは彼女が、エルフの中でも有数の実力者となった証左だろう。

「ですがもう一度、私はエイサー様に問います。本当に、よろしいのですか？　貴方の愛情が深い事は、存じております。……だからこそ私達に比べて生きる時間の短いハーフエルフの存在は、きっとエイサー様の心を傷付ける」

そしてアイレナは、僕にそんな風に問うた。

彼女が憂い、心配するのは、寿命の違いでハーフエルフに先立たれた後の僕の心か。

或いはアイレナは、僕に自分を重ねているのかも知れない。

先立たれてしまった後に生きる長い時間を恐れ、人間の男性、クレイアスの隣に立つ事を選べなかった彼女自身と。

だけどそれは、無用とまでは言わないけれど、今の僕には必要のない心配だ。

もちろんアイレナが心配する通りに、数百年後の僕はハーフエルフとの死に別れに傷付き、涙するだろう。

　でもそんな事は僕が長い年月を生きるハイエルフでなくとも当たり前だった。

　少なくとも出会う前から心配するような話じゃない。

「もしかすると、明日僕が死ぬかも知れない。……ないとは思うけれど、ないとは言い切れない。だからそんな先の話は考えても仕方ないんだ。そして寿命だけを問題とするなら、アイレナだって僕よりずっと早く死ぬ。それを恐れるなら、僕はもう誰とも関われない。そんな生き方は、僕は嫌だね」

　例外は同種であるハイエルフと、精霊のみ。

　もしかすると、だからこそ他のハイエルフは、同じハイエルフや精霊以外には心を開かないのだろうか。

　だとしたらそれはあまりに寂しい生き方だと、今の僕は思ってしまう。

　僕の前世で、友人の一人が言っていた。

『人間はどんなに正しいと思う判断をしても、後になって振り返って首を傾げて悔いる生き物だよ。だから後悔には反省を促す以上の意味はないんだ。だったら今、この時に悔いない事の方がずっと大事だね』

　……なんて風に。

　遠い昔の記憶だから、そう言った彼がどんな人間だったかはもうハッキリと覚えてないけれど、その言葉だけは何となく心に残ってる。

僕はもう人間ではなくてハイエルフになってしまったけれども、それでもやはり、今、この時に悔いない事こそを大事にしたい。

アイレナは、僕の言葉に意表を突かれた顔をしている。

恐らく彼女は僕と自身の寿命の違いなんて、考えもしていなかったのだろう。

長い時間を生きるエルフだからこそ、それ以上があるって事に、普通なら気付いて当然のソレに、思い至りはしなかった。

そう、僕にとってアイレナは先立ってしまう側で、同じ悩みを共有する相手ではないという事実に。

言葉を失ってしまった彼女との間に、沈黙の時が流れて行く。

ただ、そう、でも僕にとって大事なのはそこじゃないのだ。

僕は皆と生きる長さが違っても、関わる事を止めはしない。

カエハみたいな人間とも、クソドワーフ師匠みたいなドワーフとも、ハーフエルフの子供とだって、もちろんアイレナも同じである。

皆が居なくなって、僕が長い寿命を終えて、だけどその後に更に精霊としての、もっともっと長い長い時間が待ってるとしても。

僕は今、悔いない道を選んで精一杯に生きるのだ。

◇◇◇

アイレナとの話し合いを終えた僕は、ハーフエルフの幼子の目覚めを待ってから、その子が待つ部屋へと向かった。

残念ながらアイレナとは、話し合いの後も微妙な空気が残ったままになってしまったが、……多分そのうち、時間が解決してくれるだろう。

実に勝手な話ではあるけれど、彼女は僕がどんな風に思い、行動していたとしても、それを理解して受け入れようとしてくれると思ってるから。

然程に心配はしていない。

ギィと宿の部屋の扉を開けると、ベッドの上で人間ならば三歳くらいの幼子が一人、ぼんやりと寝ぼけ眼《まなこ》でこちらを見ている。

恐らくその瞬間の僕は、随分と不審者だっただろう。

でもしょうがないじゃないか。

あんなふわっふわの可愛らしい幼児に、ぽやぽやとした視線を向けられたら、そりゃあ僕の胸も何かに突き刺されたような衝撃を受けるってものだ。

あまりの攻撃力にクッ、と呻《うめ》いて胸を押さえ、しかし気合と共に蹲《うずくま》りそうになる足を動かして、僕はベッドに近付く。

ハーフエルフの幼子のプロフィールは、既にアイレナから聞いていた。

彼、……そう、この幼児はこんなに綺麗で可愛らしいけれど、男の子らしい。

幼児って凄いなって、そう思う。

あぁ、えっと、そうではなく、そして彼にはまだ名前がなかった。

元々エルフもハイエルフを見習ってあまり名前には頓着しないが、それでも普通はこのくらいの頃にもなれば、集落での呼び名は決定している。

だけどそれがないという事は、彼は集落の一員としては認められて居なかったのだ。

それは生まれが故か、それとも僕がいずれ引き取るだなんて言ってたからか。

……僕は色々と旅をしてた身だから、移動に耐えられなそうな本当に幼い間くらいは、集落で過ごした方が良いかと考えていたのだけれど、どうやらそれは間違いだったのかも知れない。

いっそ僕がその集落に赴き、そこで数年間を過ごして、この子を見てるべきだった。

けれども、そう、僕が今すべき事は、後悔でも反省でもない。

いやまあ、反省は後でするけれど、少なくとも幼子の前ですべきじゃない。

ベッドの横に屈みこみ、僕は幼子と視線の高さを合わせる。

しっかしそれにしても本当に、綺麗で可愛らしい子だった。

あぁ、もう、大丈夫かな。

僕は絶対に、心配性で過保護になりそうだ。

顔を近づけると、彼もまた僕の顔をマジマジと見て、

「わぁ、ひかってる……。きれぇー」

そんな言葉を口にした。

光ってないよ。普通だよ！

思わずそんな突っ込みが出そうになるけれど、僕は彼を驚かせない為に、その言葉をゴクリと呑み込む。

でもどうやら、この子は随分と良い目を持って生まれたらしい。

彼が光ってると称したのは、ハイエルフの魂が持つ不滅性を目にしたからだ。

多くのエルフ達が僕の顔を見るだけでハイエルフだと見抜き、一々跪《ひざまず》く理由である。

つまりこの子は、普通の人間だったら見られない物を見る目を、要するに精霊の存在を感じる事のできる目を、持っていた。

これはまぁ、とても幸いな事だろう。

別に精霊を感じられなかったとしても、僕がこの子に注ぐ愛情の量は一切変わらないと断言するが、……だって既にメロメロだからね。

それはそれとして、精霊の力を借りられる事は、人の世界に交じって生きて行く上で、この子の大きな力になる。

後はこれが一番大きいけれども、精霊という、ずっと傍《そば》に居てくれる友が増えるというのは、結構幸せな話だと僕は思う。

おずおずと伸びる彼の手が僕の顔を好きにするから、僕も指で幼子の顔を弄《いじ》くり回す。

傍《はた》から見れば何をしてるんだって光景だろうけれど、僕は楽しかったし、彼もなんだか楽しそうだ。

これぞＷｉｎ－Ｗｉｎの関係という奴である。

……あ、そうだ。

「君、確か冬生まれだったね？」

僕の突然の言葉に彼は驚き、手の動きが止まる。

あぁ、うん。

そりゃあそんな事を聞かれても、わからないよね。

だけど確か聞いたプロフィールでは、冬の季節に彼は生まれた。

「だったら、君の名前は、今日からウィンだ。僕はエイサー。楓《かえで》の子とも呼ばれたよ。僕は今日から、君の保護者で友達だ。いいかな？」

僕はドキドキしながら、彼に名付け、名乗り、問い掛ける。

尤《もっと》もその返答がどうあれ、僕が彼を引き取る事は決定済みだが、ほら、やっぱり受け入れて欲しいって欲求は僕にだってあるから。

きっと彼には、その言葉の意味はわからなかっただろうけれど、でも僕が何を欲しているのかは察したのだろう。

彼は小さく頷《うなず》いて、僕の頬をやっぱり小さな手が撫でた。

あぁっ、もう、嬉しいなぁ。

会いに来て良かった。

引き取ると決めて良かった。

何よりも、生まれて来てくれて良かった。

誰がそう言わずとも、僕がそう断言しよう。

少し開いてた窓から、風が吹き込んで来て部屋の中を舞う。

祝うように、祝福するようにというよりは、風の精霊が僕の心を察して、一緒になってはしゃいでる。

彼、ウィンは目を大きく開いて、その光景にポカンと口を開いてた。

どうやらまだ見る力の弱いウィンの為に、或いは単に我慢ができなくなって、風の精霊は自分から姿を見せに来たらしい。

優しく穏やかに、そんな幸せな時間が過ぎていく。

◇◇◇

さて、僕とハーフエルフの幼子、ウィンのファーストコンタクトはとても良い形で始まったけれど、しかし大きな問題が一つある。

それは、そう、この後の予定を、僕が全く以てさっぱり考えてなかった事だ。

いやだって、言い訳をするなら、ウィンに会うのが楽しみ過ぎて、その後になんて頭が回らなかったし、想像もできなかったのだから、仕方ない。

しかしノープランのままに旅を続ける選択を取れば、負担が掛かるのは僕じゃなくてウィンになってしまう。

流石にそれは無責任過ぎるし、ウィンに辛い思いをさせる事は僕も耐えられそうになかった。

ちなみにもしもこのノープランがアイレナにばれたら……、叱られる程度ならいいけれど、最悪の場合は再び彼女に養われる生活に逆戻りだ。

僕だって鍛冶師として稼げない訳じゃないけれど、冒険者の頂点の一人であるアイレナの財力は、文字通りに桁違いである。

……ウィンがある程度大きくなるまでなら、彼と一杯一緒に遊べるし、それもいいかなぁと思わなくはないのだが、養われて甘やかされる沼は一度嵌《は》まると抜け出すのは中々に難しい。

つまり将来、僕はウィンに働かない駄目な大人だと認識されてしまう可能性があった。

それはちょっと、想像するだけでも心が圧《へ》し折れそうだ。

となれば僕は兎にも角にも、程度はさておくにしても、働く必要は絶対にある。

そうなると僕が働いてる間のウィンの面倒は、他の誰かに頼る、例えば家政婦を雇う等をするしかないだろう。

頼る誰かは、雇う誰かは、誰でもいいって訳じゃない。

僕の大切なウィンを一時でも任せるなら、この人になら大丈夫って思える信用が、どうしても必要だった。

真っ先に思い付いたのは、僕の剣の師であるカエハの、その母親だったが、今の段階でルードリア王国に戻るのは些《いささ》か以上に気が早い。

せめてアイレナが言ってた王の謝罪と交代が正式に行われるまでは、大人しく待つべきである。

カエハの母親は、勝手ながら僕にとって一番家族に近い感覚を持てる存在だから、ウィンとは是非とも会わせたいところだけれども……。

あぁ、けれどもその謝罪と交代が済んだ後は、エルフ達の故郷の森への帰還を支援する為にも、僕がルードリア王国に入るのは悪くない身の振り方だ。

カエハの、ヨソギ流の道場ならば、安全の面でも申し分はないだろう。

次に思い付いたのは、ヴィレストリカ共和国のサウロテの町で出会った女性、カレーナ。

……個人的には彼女の事は頼もしいと思うし、好感を持っているけれど、サウロテの町の為に動く密偵であるカレーナに、幼子であるウィンを預けようとは、流石に僕も思えない。

他には僕の鍛冶の弟子であり、魔術の師であり、ついでに悪友でもあるカウシュマンもいるけれど、……彼は子供が好きじゃないって明言してたし。

ウィンを気に入ったら気に入ったで、何やら悪い遊びを教えそうだ。

魔術を覚えるのなら、カウシュマンは良い師となるが、我が悪友ながら人として真似てはいけない面も彼には沢山あるから。

うん、お前が言うなって文句が聞こえてきそうだけれど、なしったらなしだ。

すると他には、……あぁ、あぁ、そんなに長くない時間ならばと、一人思い出した人がいる。

以前に会った時はまだ子供といえる年齢だったが、あれから五、六年は経つから、頼れる年頃になってるだろう。

それは小国家群の一国、トラヴォイア公国の町、ジャンペモンで出会った宿の少女。

名前は確か、ノンナといっただろうか。

金色に光る麦の海に浮かぶ石船。

あぁ、あの光景を、僕はウィンに見せてやりたい。

ジャンペモンは豊かな町で、食は美味しく、人も優しい場所だった。

トラヴォイア公国の鍛冶師組合が発行してくれた書状もまだ持ってるから、ルードリア王国の状況が変わるまでの一年か二年程は、ジャンペモンに滞在しよう。

よし、決定。完璧なプランだ。


そうして僕は胸元に抱きかかえたウィンを布で固定し、ザインツの首都、スゥィージを発って再び小国家群を目指す。

ウィンも一人で歩けない訳じゃないのだけれど、流石に町から町への旅ともなると、子供の足と体力では厳し過ぎる。

恐らく僕に抱きかかえられてるだけでも、布という支えがなければ疲れてしまうくらいの旅だし。

交渉の為にルードリア王国へ向かうアイレナとは、スゥィージの宿で別れた。

彼女と次に会うのは、恐らくルードリア王国の状況が変わって、僕が王都に戻った時だろう。

「驚きました。エイサー様がちゃんと先の事を考えてらしたなんて。あっ、いえ、悪い意味ではなくて、エイサー様は大抵の事はどうにでもできてしまわれる力をお持ちなので、どんな状況にもその場で判断して対応される方ですから……」

ちなみにこれが、僕のこれからの予定を聞いたアイレナの反応だ。

物凄く僕に気を遣ってくれてるようで、普通に随分と失礼な事を言われた気もするが、これが身から出た錆《さび》という奴なのだろうか。

……何というか、そう、色々と反省を促される思いである。

まぁいずれにしても、僕らの道行きは先が明るくて、世界は色に満ちて輝いていた。

「ウィン、ほら、見て。空の上、大きな鳥が飛んでるよ」

僕が指差す先の空を、大きな大きな鳥が飛んでる。

随分と遠くの空なのに、あんなにハッキリ姿が見える程に大きいなんて、恐らくは魔物なのだろう。

しかしそんな事はどうでもよくて、広い空を雄大に飛ぶ鳥の姿に、ウィンは呆けたように口を半開きにして驚いている。

その様があまりに可愛らしくて、僕は嬉しい。

この世界はとても広くて、驚く物がたくさんあるから、それを彼と一緒に見て歩こう。

森の中では知れなかった事を彼に教えて、或いは一緒に知るのだ。

それはきっと、とても楽しいだろうから。

◇◇◇

ザインツとジデェールを抜けて小国家群に入れば、川を東へ遡行する船に乗ってツィアー湖へ。

そしてツィアー共和国の町、フォッカで少し休んだ後は、今度は川を南西に下る船に乗って、ジャンペモンのあるトラヴォイア公国の近くまで運ばれる。

一度通った道だけあって、実にスムーズな旅だった。

歩く旅と違って、船旅は景色の移り変わりも結構早いから、幼子であるウィンも飽きる事無く周囲を見回して目をキラキラとさせている。

船を降りて少し歩けば、ジャンペモンはすぐそこだ。

残念ながら以前に訪れた時とは違って、麦はまだ実りの時期を迎えていないが、それでもどこまでも続く畑はとても雄大だった。

出会ってすぐに旅の身となったから、僕とウィンはまだ相互に理解を深めてはいない。

僕の彼に対する印象は、摑みどころのない子供といった物だ。

どうやら僕に好意は持ってくれてるようだし、周囲からの刺激に対する反応も素直な物ばかりだけれど、あまり自分の我を見せない事が気に掛かった。

あぁ、そう、つまりウィンは、少しばかり手の掛からない良い子が過ぎる。

別にそれは決して悪い話じゃないのだろうけれども、それが生来の気質ではなく育った環境でそうなってるのだとしたら、あまり喜ばしい事でもないだろう。

あんなに小さいのに弁《わきま》えてる幼子なんて、深く考えると悲しくなってくる話だ。

尤も僕とウィンの関係はまだ始まったばかりだし、僕らの時間は普通の人間に比べたらたっぷりとあるから、焦る必要は少しもなかった。

ゆっくりお互いを知って行けばいいし、またそれ以外に方法もないのだから。

流石にあれから五年か六年も経ってるから、門番の衛兵は違う人だったけれども、町へ入る為の手続きは実にスムーズだった。

上級鍛冶師の免状と共に、このトラヴォイア公国の鍛冶師組合が発行してくれた書類を見せれば、何やらすぐに納得して町に入れてくれたのだ。

……何でも以前にこの町で打った剣が今でも鍛冶師組合に飾ってあって、町の催しがある際には稀《まれ》に展示されたりもしてるという。

だから門番の衛兵も、僕が打った剣を見た事があるらしい。

いやいや、なんというか照れ臭いというか面映《おもは》ゆいというか、結構普通に恥ずかしい話だ。

もちろんあの剣の出来には自信があるし、粗末に扱われるよりはずっと嬉しい事なのだけれど、それはそれとしてやっぱりとてもこそばゆい。

僕は衛兵から大いに歓迎の言葉を受けて、ジャンペモンの町へと入った。

数年ぶりのジャンペモンの町は以前とそれ程に変わりはなくて、僕はウィンを抱いたまま、記憶を頼りに歩いて宿へと辿り着く。

けれども、町は変わらずとも人は変わる。

「いらっしゃいませ、お泊まりですか？　お食……あっ、エルフのっ、エイサーさん!?」

宿に入った僕を驚きの声で迎えてくれたのは、記憶にある姿よりも一回りも二回りも……、或いはもっと大きくなって、すっかり女性らしさを身に付けた少女、ノンナだった。

尤もまだ綺麗というよりは、可愛いといった側面の強い年頃だけれど。

あぁ、どうやら、彼女も僕の事を覚えてくれていたらしい。

突然の大きな声に驚くウィンの背を軽く擦《さす》って宥めながら、僕は笑みを浮かべて頷く。

「お久しぶり。大きくなったね。泊まりと、それからお腹も空いてるから食事もお願い。僕と、この子の分をね」

その僕の言葉に、ノンナは顔に浮かべた驚きの色を更に深めて、戸惑いながらも二階へと案内してくれる。

そうして通されたのは、以前に僕が泊まっていたのと同じ部屋。

宿代も以前と同じく一泊銅貨五十枚で、しかし食事代は少し値上がりしていて、朝食が銅貨十枚と、夕食が銅貨十五枚。

でも記憶にある食事の質から考えれば、それでも全然安いけれども。

「えっと、お帰りなさい、エイサーさん。あの、その、その子は、エイサーさんのお子さんですか？」

部屋の鍵を渡してくれながら、戸惑いがちにノンナが問う。

何だか以前にもこんな事があったなぁと思い出して、何やら懐かしい。

以前は確か、僕がエルフかどうかを聞かれたんだっけ。

「うん。色々と事情があってね。今は僕の子。……まぁ養子になるんだけれど、うん、僕の子で、男の子だよ。ウィン、このノンナお姉さんに挨拶できる？」

僕は抱いたままだったウィンにそう問うて、彼が頷くのを確認して、床に下ろした。

ウィンは自分で立ってノンナを見上げ、

「うぃん、です」

小さくそう言って僕の足に半分ほど隠れる。

その仕草が、ちょっと筆舌に尽くしがたい程に、可愛らしい。

そしてどうやらそう思ったのは僕だけじゃなく、ノンナも全く同じだったみたいで、

「うん、よろしくね。ウィン君。この宿に居る間は、何でも私に言ってね！」

そんな言葉を口にする。

よし、良いぞ。

これで僕が鍛冶場で働く間、ウィンの世話を頼み易くなった。

別に意図した訳じゃないだろうけれど、ナイスフォローだ。

「あぁ、そうだ。それでね、この町に来た理由なんだけど、僕が鍛冶場で働く間、この子の、ウィンの世話をしてくれる人を探しててね。誰でも良いって訳じゃないから信用できる人になるんだけど、そこで君を思い出したんだ」

今が好機と見た僕は、ウィンの頭を一つ撫でて、早速本題をノンナにぶち込む。

僕に対してではないけれど、『何でも』なんて言葉を口にした以上、今なら断り難《にく》いだろうし。

……いやまぁもちろん、彼女が仕事が忙しいから無理というなら素直に諦めるし、その場合はまた他の心当たりを探す事になるけれど。

「もちろん十分なお礼は支払うから、もし良かったら頼めないかな？　多分一年か二年程は、この町に居る心算《つもり》だからね」

ただ断られる心配は、あまりなさそうだ。

それは僕に信用してると頼られた事が嬉しかったのか、それともウィンの可愛らしさに負けたのか、もしくは僕が支払う謝礼を期待したのかはわからないけれど、ノンナはその話にとても嬉しそうな顔をしたから。

ノンナは自分の頬に手を当てて、

「はい、嬉しいです。エイサーさんに、そんな風に覚えて貰えてるなんて。あ、一応お母さんに聞いてみますけど、でも絶対にいいって言わせて見せますから！　ウィン君、私と一緒にこの宿でエイサーさんが仕事から帰って来るの、待とうね！」

笑みを浮かべてそう言った。

何とも実に頼もしい返事で、僕もホッと安堵の息を吐く。

ウィンはまだ少し状況が摑めずに、まぁ当たり前の話だけれど、戸惑っている様子だったが、そのうち彼も慣れる筈。

また僕も、ウィンが新しい環境に慣れるように一緒に努力をしよう。

安堵したら、僕は急に空腹を思い出す。

森で数年間育ったウィンは、まだあまり自分から食を欲する様子を見せないが、そんな彼がこの宿の食事にどんな反応を示すかは、少しばかり楽しみだった。

何せこの宿の食事は僕も十分に満足できる程に美味しいし、それにノンナが、子供が食べ易い食事を用意してくれるとも言っていた。

僕はもう一度、ウィンの頭を軽く撫でて、荷解きの為に部屋へと入る。

これからの生活を思うと、期待に胸は高鳴っていた。

◇◇◇

しかし幾らノンナがウィンの面倒を見てくれる事になったとは言え、これ幸いと任せてウキウキと鍛冶仕事に向かう、なんて真似は流石にしない。

ウィンのノンナに対する印象は、食事の美味しさや彼女の優しく丁寧な気遣いが合わさって、決して悪くないどころか、むしろ凄く良いだろう。

恐る恐る木匙《きさじ》を口に運んで、それから味に驚き、目を輝かせるウィンはとても愛らしかった。

……が、それでもウィンが完全にノンナに馴れた訳じゃないのだ。

少なくとも最初の一ヵ月程度は、僕も二人と一緒に過ごして、関係の構築を手助けすべきだと思う。

後は、そう、もしもウィンがノンナに物凄く懐いて、鍛冶仕事に行ってる僕の事なんてすっかり忘れてしまったら、多分泣き崩れるくらいに悲しいし。

という訳で今日はノンナに案内されながら、ジャンペモンの町をウィンと一緒の三人で見て回ってる。

まぁ見て回るとは言っても、その主な目的は久方ぶりに食べる菓子類だ。

何でも隣国であり隣町でもあるアルデノ産の果実をふんだんに使ったタルトを出す店が、ノンナのお薦めなのだという。

そんな話を聞いてしまえば僕は当然食べたくなるし、またウィンにだって食べさせてやりたい。

尤もジャンペモンの町を離れてしまうと、欲してもそう簡単には得られない贅沢だから、癖にならない程度にだけれども。

そう言えばアルデノで思い出したが、以前に助けた果樹農家……、確かアジルテ？の妻が作ってくれたリンゴパイも美味しかった。

もし叶うなら、是非もう一度食べたいと思うのだけれども、果たして彼らは僕を覚えてるだろうか？

ウィンの手を引き、彼の足に合わせて町を歩けば、そこかしこから視線が向けられる。

それらは最初は好奇の視線で、でもその大半はすぐに微笑《ほほえ》まし気な、好意的な物へと変化した。

邪《よこしま》な類の物は、今の所は感じられない。

一人で旅をしている時はあまり気にしなかったが、ウィンを連れている今は、この町の治安の良さを豊かさ以上にありがたく思う。

いや、食に困らず生活も豊かだからこそ、皆にゆとりがあって穏やかな心を保てるのか。

そんな風に感心し、また少しばかり感謝もしながら町を歩いていると、ふと僕の顔を見て驚いている男性に気付く。

記憶の片隅にある、どこかで見たようなその顔は、……あぁ、確かトラヴォイア公国の鍛冶師組合の職員だ。

複数いる職員の一人として、あまり強い印象は持ってなかったけれども、既に大人だった彼はノンナと違ってそんなには変化してなかったから、どうにかこうにか思い出せた。

軽く頭を下げて挨拶すれば、彼はとても嬉しそうな笑みを浮かべて、……しかし隣にウィンやノンナが並んでいる事に気遣ったのだろうか。

声はかけて来ずに、同じく頭を下げて去っていく。

うぅん、気遣いはとてもありがたかったが、あの様子だともしかすると、近日中に何か仕事を頼まれる事もあるかも知れない。

もちろんそれは、本来ならとても嬉しい話である。

だって僕が以前にこの町で鍛冶仕事をしたのは、もう五年も六年も前の話だ。

僕のようなハイエルフなら兎も角、人間にとっての五年は決して短い時間じゃない。

しかもその時、僕がこの町で仕事をしたのは、僅か数週間。

なのにあの職員は僕……、否、僕の仕事を覚えててあんな風に再会を喜んでくれたのだから、嬉しくない筈がなかった。

でもそれはそれとして、僕はまだ暫《しばら》くは働かずにウィンと過ごすと決めているので、今は鍛冶仕事を頼まれても断るだろう。

ほんの少しばかり、いや割と心苦しいけれども、優先順位は違《たが》えない。


町歩きでウィンの足が疲れて遅くなってきた頃、僕らは目的の、タルトが美味しいという菓子店に辿り着く。

僕とウィンの姿に驚く店員に、ノンナは慣れた様子で話しかけて、店内のテーブル席を確保する。

随分と手際が良い事から察するに、彼女はかなりこの店に通っているらしい。

そしてテーブル席で出てきたタルトを食べながらの話題は、僕が以前にジャンペモンの町を訪れ、旅立った後にどんな風に過ごしたか。

隣のアルデノ王国に行き、ツィアー湖を船で渡り、オディーヌまで旅をした話。

その中でもノンナが特に興味を示したのは、

「へぇぇ、エルフの人って、リンゴが好きなんですね。うちの宿もリンゴを使った料理を出せば、エルフの人が一杯来てくれたりしないかなぁ……？」

エルフの多くはリンゴが好きだって話だった。

彼女は何故《なぜ》か感心した風に頷いて、タルトで汚れたウィンの頬や口元を布で拭う。

まだ幼いウィンは、当然ながら旅の話なんて理解はできないだろうけれど、僕やノンナが話す様子を機嫌が良さそうに、楽しそうに眺めてる。

「うん、まぁ僕はこの、木苺《きいちご》のタルトも美味しいけれどね。あぁ、やっぱりエルフは果実を好むかな。……僕は麦も肉も魚も野菜も、全部好きだけど」

僕がこれまで旅してきた中で、麦を使った料理の種類が一番多かったのはこのトラヴォイア公国、ジャンペモンの町だ。

肉は色んな所で食べられるから一番は決めにくい。

魚料理は、やはり海に面したヴィレストリカ共和国が間違いなく一番である。

ツィアー湖や、そこから流れ出る川が多い小国家群でも魚は食べられるのだけれど、海魚と川魚の違いは大きいのだ。

野菜の類も、各地で収穫される物が大きく違うから甲乙つけがたいが、そう言えばプルハ大樹海で得られる山菜は非常に良質で、ルードリア王国のヴィストコートで食べた山菜料理はとても美味しかった。

いやまぁ、山菜は野菜じゃない気もするけれど……。

今はまだ幼いウィンに、徒歩での長旅は厳しい。

けれども彼がもう少し大きく成長したら、色々と美味しい物を食べ歩く旅にも連れて行きたかった。

もちろん今でも馬車を利用すれば何とかなるのかも知れないけれど、……僕が馬車酔いで弱った所を魔物や盗賊に襲われたらと思うと、その手は可能な限りは避けたいところである。

あぁ、或いは、馬を飼って僕が手綱を引いて、ウィンをその背に乗せて歩こうか。

僕はやはり、きっと旅が好きなのだろう。

だからウィンにも、彼が嫌でなければだが、旅を好きになって貰いたい。

そして一緒に、二人で色んな場所を見たいと、そう思う。

僕と比べての話だが、彼の時間は決して長過ぎるという程にはないのだから。

◇◇◇

そんな風にのんびりと過ごしていたら、一ヵ月なんて時間はあっという間に終わってしまって、ウィンがすっかりノンナに懐いた事もあって、僕は後ろ髪を引かれながらもそろそろ仕事を始める為に、鍛冶師組合へと足を運んだ。

まぁなんたって、平和で穏やかな暮らしを維持する為には、それなりの稼ぎはどうしても必須だ。

「お待ちしておりました。先日ぶり、いえ、先日はお顔を拝見しただけなので、六年ぶりになりますね。当組合に足を運んでいただけて、嬉しく思います」

そうして鍛冶師組合で僕を出迎えてくれたのは、あの日、町であった組合の男性職員。

彼はやはり嬉しそうに、それから安堵したように、笑みを浮かべてる。

あぁ、もしかして、僕がここに来るのがあまりに遅いから、そのまま旅立ったかと心配されていたのだろうか。

「お久しぶりです。連れた子が新しい環境に慣れる迄《まで》、少し時間を貰いました。何か仕事はありますか？」

僕がそう問えば、男性職員は頷いて、三つの仕事を提示した。

どうやら僕の都合に合わせて、好きな物を選んでいいらしい。

実に良い待遇である。

そして肝心の仕事内容は、一つ目はこの町の衛兵隊が使用する武器や防具の修理や、数が足りない物を作っての補充。

もちろんそれらを全て僕が賄《まかな》うのではなくて、こなした数、仕事への評価による出来高の報酬が支払われるらしい。

二つ目はこの町の鍛冶師に対する技術指導。

以前に僕が打った剣は、見本、手本として鍛冶師組合に飾られ、この町の鍛冶師に良い刺激を与えたそうだ。

それは実に面映ゆい話なのだけれど、それを打った僕が再びこの町を訪れた事を聞き付け、技術指導を頼みたいと言い出した鍛冶師が居るんだとか。

その鍛冶師が直接僕の所に突撃して来る事は、鍛冶師組合が止めて防いでくれたという。

だが弟子入りとまでは言わずとも、何らかの形で町の鍛冶師に技術指導を行う事は、鍛冶師組合からも改めて頼みたいとの事だった。

最後に三つ目はこの町の領主……、もといトラヴォイア公国の王への謁見だ。

何でも、このジャンペモンの町でちょっとした名物になった剣を王が見て、更にその製作者がエルフと知って、興味を抱かれてしまったらしい。

さてこうして仕事内容を並べてみると、実質選択肢は一つしかなかった。

まず三は論外だろう。

何れは別の形で断り切れなくなる事があるとしても、今は選択の余地が僕にあるなら、わざわざ王侯貴族と関わりたいとは思わない。

それはこの地に住む人間には名誉ある話なのかも知れないけれど、各地を旅するハイエルフである僕には余計なしがらみである。

次に二もやはり論外だ。

余程に相性が良かったり、熱意のある相手に鍛冶を教えるというのなら兎も角、複数人に対する技術指導等は真っ平だった。

僕は、僕がクソドワーフ師匠から授けられた技術を、切り売りする形で誰かに教えて報酬を得たいとは、少しも思わない。

「だから僕は一つ目の、修理と補充を引き受けるよ。幸い、僕は仕事の手は早い方だし、出来高払いはありがたいよね」

そんな風に僕が言うと、男性職員はちょっと困った風に苦笑いを浮かべる。

どうやら彼も、僕が一つ目の仕事しか引き受けないであろう事は、最初から予測していたらしい。

ただ鍛冶師組合の立場的には、他の二つの仕事をどちらも引き受けて欲しかったのだろう。

「えぇ、エイサーさんの腕なら、その仕事でも十分に稼げますでしょう。但《ただ》しその、他の仕事をお断りになると、こちらで話を止めておく事はできなくなりますので……」

男性職員は、続きの言葉を言い淀む。

もしかすると王の使者なり、或いは弟子入り志願者なりが直接僕を訪ねて来るかも知れず、そこに鍛冶師組合が口を挟む事は難しくなる訳か。

それは、うん、仕方のない話だった。

僕としては、この一ヵ月の間、鍛冶師組合がその話を止めていてくれただけでも、十分にありがたい。

もしもウィンとの時間を無粋な来客で邪魔されたなら、僕はきっと酷く不機嫌になってただろうし。

「何かあれば自分で対処します。あぁ、でもこの町の事情には不案内なので、相談はさせて貰えるとありがたい、かな？」

僕がそう言えば、男性職員は笑みを浮かべて頷く。

まぁそんな来客があると限った訳でもないのに、今から心配し過ぎても仕方ない話でもある。

もしかしての話をすれば、キリなんてないのだ。

王からの使者が来たとしても、全く高圧的ではなくて、丁寧でユーモア溢れる興味深い人物かも知れない。

弟子入り志願者が来たとしても、熱意に溢れて、僕が気に入る人物かも知れない。

先に起こる問題を予想して備える心掛けは大切だが、それに意識を取られ過ぎない事も、同程度には必要だった。

「鍛冶場は以前と同じく、この組合の設備をお使い下さい。エイサーさん、また貴方のような鍛冶師と一緒に仕事ができる事を、とても光栄に思います」

そう言って手を差し出した男性職員と握手を交わしてから、僕は見覚えのある鍛冶場に案内される。

ノンナは大きく成長し、男性職員は少し年を取っていて、時は確実に流れていたけれど、この鍛冶場は以前と変わらぬそのままの姿だ。

そこに懐かしさと少しの嬉しさを感じながら、僕は炉に燃料を入れて、寝ていた火の精霊を起こす。

◇◇◇

鍛冶仕事を引き受けるようになって、当たり前だけれどもウィンと過ごす時間は減った。

でもそれは、決して悪い事ばかりではない風にも思う。

例えば僕に関しては、まず帰ればウィンに会えるのだと思うと、何故だか不思議と昼間の鍛冶仕事への集中が増す。

使用によって壊れた鎧《よろい》の金具を付け直し、綻びを縫い合わせ、補強し、磨き、油を塗って、……気付けば日は傾いている。

日が傾けば宿に帰り、そうするとウィンが出迎えてくれるのだ。

それはとても、本当に嬉しい事だった。

或いは曲がった武器を鎚《つち》で叩いて形を整えたり、どうにもならなければ鋳熔《いと》かして作り直して。

新たに鋳造、鍛造したり、材料や燃料が足りなくなれば鍛冶師組合の職員に発注して、そんな風に過ごせばあっという間に六日は過ぎる。

すると七日目は休日で、ウィンと一緒に町を歩く。

彼がその、僕の休みを心待ちにしてくれてる事がわかって、伝わって来て、それがまた可愛らしくて楽しい。

またウィンにとっても良い影響は出ている風に思う。

彼は昼間をノンナと過ごしているから、この町で生まれ育った顔の広い彼女を通して、顔見知りが増えていく。

ウィンにとって特に大きいのは、実際の年齢は兎も角として、成長度合いの近い町の子供達との交わりだ。

自分に近い相手、自分より少し成長してる相手、自分よりも幼い相手。

それぞれに取るべき接し方が違うのだという事を、ウィンは少しずつ学んでいた。

つまりは、そう、彼の世界が広がりつつある。

これは本当に、僕とウィンだけの閉じた関係では、どんなに望んでも得られない物だろう。

いやまぁ僕だって、彼と出会ってから然程の時間が経った訳じゃないし、その関係は今も構築してる最中だけれども。

ハンマーを振っては金属を鳴り響かせ、ふいごを動かしては炉で踊る火の精霊の機嫌を窺《うかが》う。

そしてウィンからその日にあった事を聞いて、そのお返しに僕も語る。

日に決まった回数は剣を振り、余った時間で術式の記された書物を少しでも読んで……。

あぁ、時間は幾らあっても足りなくて、だけどそんな日々は忙しくも優しかった。


もちろん全てが良い事ばかりだった訳ではない。

時にはウィンが近所の子に泣かされて帰ってきたし、僕にだって、鍛冶場に弟子入り志願者が押し掛ける事もある。

ウィンがもう少し、……そう、せめて人間で言う所の十代の少年になっていれば、喧嘩《けんか》を売られた時の作法として殴り合いのやり方を教えるのだけれども、しかし今の段階ではそれも早過ぎる。

ちなみに鍛冶場に押しかけて来た弟子入り志願者は、別に本気で技術が学びたい訳じゃなく、エルフの鍛冶師って珍妙な存在を利用して自分の名前を売ろうとする輩《やから》だったので、話し合いで丁重にお引き取り願った。

所謂《いわゆる》ドワーフ流の話し合いという奴だったけれど。

尤も相手が荒くれ者の漁師や、鍛冶師なら兎も角、誰が相手でも拳に訴えるというのは、あまり良い手段じゃない。

だから僕がウィンに喧嘩の仕方を教えるのは、単なる暴力と拳を使ったコミュニケーションの違いを理解して、空気を彼が読めるようになってから。

その時は僕とお揃いの、グリードボアの革で作った手袋も用意しよう。

但し喧嘩の仕方と戦い方は全くの別物で、後者は生きる為の手段である。

恐らくルードリア王国の状況が落ち着き、この町を発ってカエハの道場に行ったならば、ウィンも自然と剣に触れる事にはなる筈だ。

故にその前に、剣だけに染まり切る前に、他の物に関しても、触れる程度には教えてやりたい。

でも弓は、手足が短く骨格が出来てない今のウィンには、身体《からだ》への負担が大き過ぎた。

ならば魔術はどうかといえば、正しい知識も持たずに魔力の動かし方だけを覚えては、妙な形で魔術を発動させる危険性が高過ぎる。

仮に魔術を教えるならば、文字を覚えて書を読めるようになり、幅広く物事を見る目と、容易《たやす》くは動じない精神が身についてからだ。

妖精銀を用いた適性の検査も、それを切っ掛けに魔力の動かし方を覚えかねないので、少なくとも子供の間に行う心算は僕にはない。

だったら一体、僕がウィンに何を教えるのかといえば、それは当然ながら精霊に助力を願う方法。

つまりは世間一般には、精霊術と呼ばれている物である。

……さてそんな訳で、六日間の仕事を終えた休日の今日、僕はウィンを連れてジャンペモンの町の近くにある、小高い丘に登りに来ていた。

まぁちょっとしたハイキングといった所だろうか。

実はノンナも誘って欲しそうにしていたが、申し訳なく思うけれども、今日の所は遠慮して貰う。

本当に単なるハイキングをするだけならいいのだけれど、精霊の存在を感じようとするならば、快活な彼女の存在感がどうしても強過ぎて邪魔になるから。

幼い子供の足で丘を登り切るのは難しいから、ウィンが満足するまで歩いた後は、僕が抱えて丘の上へと運ぶ。

今日はまるで天候が気遣ってくれたかのように日差しが柔らかく、風も穏やかで心地好《よ》い。

丘の上から見下ろせば、ジャンペモンの町と周囲の麦畑が一望できた。

「いやぁ、いい眺めだね」

僕はウィンを抱えたまま、草むらに腰を下ろす。

これだけ良い環境なら、後の話は簡単だ。

何しろ精霊は、特にずっとウィンに付いてた風の精霊は、早く何かを頼まれたくて、ずっとソワソワしてるくらいだから。

精霊術、なんて大層な言い方をすると大袈裟《おおげさ》に思うかも知れないけれど、実際には精霊に何かを頼んで助けて貰うだけだから、術と呼ぶ程の代物じゃない。

そりゃあ大きな力を借りる時は、正確なイメージやそれを伝えるだけの同調、共感、必要以上の破壊を防ぐ為の制御といった様々な要素も必要になるが、それはもっとずっと先の話。

基本は精霊の、自然の心を知り、仲を深め、助力を乞い、感謝するだけである。

うぅん、それも少し、子供に対する説明としてはややこしいか。

要するに精霊と仲良くしていたら、ちょっとした頼み事は聞いてくれるし、精霊も頼られる事を嬉しく思うのだ。

「だから後は実際に何かを風の精霊に頼むだけなんだけれど、ウィンにはそれが難しそうだからね」

僕は腕の中のウィンを見下ろし、そう呟く。

この子は与えられた事や物には反応するし、喜びもする。

執着らしきものも、少しは見せるようになってきた。

けれども自分から何かを求める事は、どうしても苦手らしい。

だからこそ余計に、僕はウィンに精霊と関わる術を学んで貰いたいと思う。

与えられるばかりでなく、自分から何かを欲し、求めるのは、生きる上でとても大切な事だから。

まぁ兎にも角にも、先《ま》ずはウィンの興味を引く所から始めようか。

僕は背負い袋から、ここ迄の道中に生えてた木々から分けて貰った大量の葉っぱを取り出して、

「風の精霊よ」

渦巻いて吹く風の中に舞わせる。

それはきっと、こういった現象に慣れてしまった僕には当たり前の光景だけれど、幼いウィンに

は幻想的に見えたのだろう。

僕の腕の中で彼は、目を輝かせて近くを通った木の葉を掴もうと手を伸ばす。

しかし風の精霊はスルリと木の葉をウィンの手から遠ざけて、きゃらきゃらと笑って踊る。

だけど僕が背負い袋の口を開けば、ヒュウと風はそこ目掛けて集まって、全ての木の葉は吸い込まれるように袋に納まった。

ウィンは驚いたように、パチパチと目を瞬《またた》かせ、僕を見上げる。

「さぁ、次はウィンがやってみようか。大丈夫。どんな感じで風に吹いて欲しいか、お願いするだけでいいよ。吹いてって言えばいい。そう、大丈夫。風の精霊も、君と遊びたがっているからね」

彼はおっかなびっくり、僕から背負い袋を受け取って、中から数枚の木の葉を取り出す。

そしてそれからその日は、太陽が傾いて空が赤く染まるまで、丘の上には風がずっと吹いていた。

◇◇◇

「そう言えばウィン君は、教会には通わないんですか？」

ノンナが僕にそう問うたのは、このジャンペモンの町でウィンと一緒に暮らし始めて、ちょうど一年程が経った頃だった。

その問い掛けに、僕は思わず首を傾げてしまう。

いやもちろん、教会に通う意味がわからなかった訳じゃない。

単に僕は、……僕らが然程遠くないうちにこの町を出て行くだろう事を、ノンナが忘れてしまったのかと疑問に思ったのだ。

するとと僕の仕草を見たノンナが、ハッと何かを思い出したような顔をして、それから悲しそうに表情を歪《ゆが》める。

どうやら彼女は本当にそれを忘れてしまっていた様子だけれど、……ちょっと待って。

別にそんな心算もないのに、まるで僕がノンナを悲しませてるみたいな絵になってしまったじゃないか。

うん、いや、でもそうやって別れが近付いている事を悲しみ、惜しむのは、今の日々をノンナも楽しんでくれてる証左でもあるから、本当はとてもありがたい事だろう。

僕らが去る日を忘れる程に、ノンナにとって今の日々は楽しいだけじゃなくて、当たり前にもなっていた。

「うぅん、教会はね。……読み書きや計算を教えてくれる事はありがたいし、ウィンが他の子供と交流する機会も増えるんだろうけれどね」

僕はチクチクと妙な罪悪感を刺激されながら、取り敢えずノンナの表情の変化には気付かなかったフリをして、話を前に進める。

ただ僕は、そう、ウィンを教会に通わせる事に関しては、あまり気が進まない。

それは別に、僕らがやがて旅立つからという訳だけでは、決してないのだ。

今まで僕は特に関わりを持たなかったが、この世界における教会の役割はとても幅広く、人の生に密接に結びついていた。

まず赤ん坊が生まれた時、両親は役場よりも早く教会に子の誕生と名前を報せ、教会が祀《まつ》る神にその子の存在を認めて貰う。

小さな村で役場なんてない場合は、教会から村を統治する領主に報せが行き、村民名簿に名が記される場合もあるそうだ。

次に結婚は教会で行われ、やはり夫婦の誕生を神に認めて貰う必要がある。

そして人生の最後には、教会で葬儀が行われ、埋葬されるだろう。

しかし教会の役割はそれだけではない。

子供に読み書きや計算を教えたり、孤児院を経営していたり、弱者救済の為に炊き出しをしていたり。

それからもちろん、なんといっても神を祀る信仰の場である。

……という訳でこの世界で教会が果たす役割は、とても幅広くて重要だった。

ちなみに学院、学校と呼ばれる教育機関も国や地域によっては存在するが、これは読み書きや計算を教える場所ではなくて、更に難しい内容や、或いは軍事学や魔術、政治学等の専門的な学問や技術を学ぶ場だ。

例えば、僕は通わなかったけれども、魔術の国であるオディーヌにあった三つの魔術学院のように。

でもまぁそれはさて置いて、僕がウィンを教会に通わせるのに気が進まない理由は、実は三つある。

一つは教会がどこまで行っても宗教の場であるという事。

この辺りの地域で信仰される宗教は、僕の知り合いだとマルテナが司祭をしていた豊穣の神だったか、或いは女神だったかを信仰する宗教だ。

その教えは非常に穏やかで、全ての人は大地の子として平等であり、感謝をして日々を生きようといった物。

プルハ大樹海を越えてずっと向こうの西の地域では、人間こそが世界に生きる生物の中で最も高い地位にあると説く宗教もあるというから、この地がそういった考えに染まってなかった事は僕らにとって幸いだったといえる。

だから実際、僕は別にウィンが、豊穣の神の信徒になると言い出した所で、然程に問題視はしないだろう。

けれどもその教えを、まだ幼く物事の判別がつかない頃から、当たり前の価値観として刷り込む事は避けたかった。

そう、豊穣の神の教えが幾ら他種族に対して平等であっても、やはりベースになるのは人間としての物の考え方で、価値観だ。

地を耕し生きる者と、森に住む者では、大地に対する感謝の気持ちにも、当然の違いがある。

例えば豊穣の神を信仰し、地を耕して生きる者にとっては、そこから得られる収穫物は地の恵みだろう。

しかし森に生きる者にとっては、地から生まれる植物も、動き回る獣、動物と変わらず同じ命だ。

もちろんそれを地から得て食する事に違いはなくとも、その価値観には微妙な違いが存在していた。

別にどっちが正しいとか正しくないとかの話ではなく。

あぁ、極論になるけれど、僕は別に西の宗教の考え方、人間を最も高い地位にあると説くそれですら、別に間違ってるとは思っていない。

伝え聞くには、西の地では獣の特徴を持つ人、獣人が大きな勢力を誇り、人間の生息域を常に脅かしてきたそうだ。

故にその地の人間は団結し、獣人に対抗する為に、自分達こそが正しいとの考え方を作り、それを信仰にして心の支えにしたのだろう。

それにもっとずっと昔、それこそ神話の時代には、魔族なんて存在もこの世界には居たらしいし。

だから西の宗教は、僕にとって不都合な物ではあるけれど、それを完全に間違ってると否定する心算はない。

……話が逸れたが、要するに精霊を友とするウィンには、人としての価値観に染まらずとも、自分なりの価値観でこの世界を見て欲しいと僕は思うのだ。

もし仮に彼が大きくなってから、豊穣の神の教えに帰依すると言い出せば、その時は僕も反対はしないだろうから。

一つ目の理由が大分長くなってしまったが、次の二つ目の理由は、神術の存在だった。

神術、または法術とも呼ばれるそれは、厳しい修業によって鍛えた精神力や強く信じる心が引き起こす奇跡であり、簡単に言えば超能力だ。

教会は読み書きや計算を教える際に、集まった子供に神術の才能がないかをテストし、そこである子供を見出《みいだ》したら本部に送るという役割を持っている。

見出された子供の家には多額の謝礼が支払われるし、本部に送られた子供は教会組織の未来を担う存在として、神術の能力開発と共に高度な教育を受けるだろう。

でも僕は特にお金は要らないし、万が一にもそんな事情でウィンと引き離されたくはない。

故にウィンを教会に通わせたくはなかった。

もちろんそんな事はあまり大きな声では言えないけれども。

そして最後に三つ目が、ウィンと他の子供との最大の違いである寿命……、というよりも成長速度の違いである。

例えばハイエルフである僕が子供の頃、人間で言う一歳分の成長をするには、十年を必要とした。

ハーフエルフであるウィンは、僕程に極端ではないけれど、やはり一歳分の成長をする為に、二年か三年を必要とするだろう。

簡単に言えば、大勢の人間の子供達に囲まれ続けると、その全てにウィンは置いて行かれるのだ。

それはやがて、ウィンが絶対に自分で向き合わなければならない問題だ。

何故ならハーフエルフであるウィンとは、人間も、エルフも、……ハイエルフである僕も、時間の歩みを同じくしない。

しかしその問題を自覚し、向き合うにも、適した場があると思う。

少なくとも大勢の事情を知らぬ、悪意がない故に残酷な好奇心を持つ子供達の前で、それを突き付けられるべきではない筈だ。


ただそれを、僕はノンナにどう伝えるべきかで、迷った。

寿命が違う事は、彼女も知ってはいるだろう。

エルフと人間が、宗教を同じくしない事も。

だけど流れる時間の違いを、価値観の違いを正しく理解しているかといえば、きっとそれは否だ。

ノンナにとっての当たり前は、僕にとっては当たり前じゃない。

恐らくはウィンにとっても。

一番楽なのは、今回の話を適当に誤魔化してしまう事だった。

旅人だから、種族が違うから、気が進まないのだといえば、恐らくはノンナもそれ以上は踏み込んでこない。

そうする間に、僕らが町を旅立つ日がやって来るだろう。

でも僕らが、こんなにも楽しく今を過ごせているのは、間違いなく彼女が支えてくれてるお陰だから、僕はノンナに安易な誤魔化しをしたくない。

「……まだ上手く言葉に纏まらないから、ちょっと長い話になるけれど、聞いてくれるかな。僕はエルフ……、正しくはハイエルフなんだけれど、それからウィンはハーフエルフで、人とは生きる長さが違うんだ。寿命だけじゃ、なくてね」

だから僕は、避けずにぶつかる事を決め、ノンナを椅子に座らせて、一つずつ語り始める。

まずは、そう、僕をエルフだと思ってる彼女に、実は少しだけ違う生き物である、ハイエルフだと告げる所から。

◇◇◇

親、保護者、……呼び方は何でも良いけれど、子を育てるというのは尋常ならざる大変な仕事だ。例えば子育てに比べたら、誰かを護衛しながらプルハ大樹海を踏破する方が余程に楽だと思えるくらいに。

何故なら子育ては、その子の命を守ればそれでいいって訳じゃない。

意思を汲み取り、尊重し、与えるべき物を与え、時に制限し……、命を守るなんてその中の一要素に過ぎないから。

偉そうな事を言ってウィンを引き取りはしたけれど、ノンナやその両親、宿の女将《おかみ》と旦那が協力してくれなければ、僕が今のように彼を笑顔にできたかは、かなり怪しいところだろう。

ヴィストコートで暮らしていた時、僕の家や仕事場だったアズヴァルドの鍛冶場の近くには、大勢の家族が住んでいた。

あそこで見た親達は、当たり前のように子供を育てていたけれど、それは決して当たり前の事じゃなかったんだと、今になればそう感じる。

もちろん僕の見えない所には例外も沢山あるのだろうけれど、誰もが懸命に子供を育てているのだ。

自分一人で食っていくだけなら容易くとも、子にも食を分け与え、これから先を生き抜く術を学ばせ、大きく育てていくなんて、大変に決まってるじゃないか。

あぁ、そう考えれば、僕もあの、深い森では色々と学ばせて貰ったし、親という訳ではないが、ハイエルフの一族全体に育てられた。

……その感謝を忘れて深い森を飛び出したのは、あまりに子供じみた行為だったのかもしれない。

僕の腕の中で、様子の変化を感じ取ったのか、ウィンが顔を見上げてる。

うぅん、反省するのは良いけれど、それで子に不安を与えるのは間違いだ。

誤魔化すようにウィンの頭を撫でた僕は、テーブルの上に銅貨と銀貨を交ぜて並べていく。

「はい、じゃあこれは、銅貨で数えたら何枚になる?」

その問いに、指を折って数を数えだすウィン。

銀貨一枚は、銅貨が百枚。

銀貨が十枚で小金貨、小金貨が十枚で大金貨となるのに比べると、百枚で銀貨になる銅貨の計算は少しややこしい。

しかし小金貨、大金貨は庶民には縁遠い物だけれども、銀貨と銅貨は数えられなければ、町での生活に要らぬ苦労をしてしまう。

ウィンは見た目は人間でいう所の三歳か、精々四歳程度だが、実際にはその倍、七歳だ。

人間の七歳に比べれば、やはり精神的にもまだ幼いが、しかし三、四歳児と比べれば、考える力は育ってる。

出した問題は少し難しいが、噛み砕いて説明すれば理解は十分に可能だった。

このジャンペモンに居る間は、まだまだ必要ないだろうけれど、将来的には彼に小遣いを与え、金の使い方も覚えさせなければならない。

金を使えば、欲しい物が手に入る。

しかし金は使えばなくなり、手に入れる事は簡単ではないのだ。

故に限られた金をどう使うかを考え、自らの欲望との向き合い方を知るだろう。

その為にも、或いは他人の欲に騙されないようにする為にも、四則演算くらいはこなせる必要があった。

まぁ今は、足したり引いたり掛けたり割ったりはできなくても、金を数えられればそれでいい。

「ぎんかにまい？」

確かめるように僕の顔を見上げるウィンに頷き、

「そうだね。銀貨一枚は、銅貨百枚だったね。じゃあそれが二枚あると……」

口を挟んで誘導していく。

別に答えられなくても構わないのだ。

今は答えに僕が導けばいい。

その都度に考える事を諦めなければ、根気よく反復する事で、やがて自分で答えに辿り着けるようになる。

教会に通わせないって話をした日から、昼間にノンナがウィンに読み書きを教えてくれるようになった。

ノンナは、何れ別れが来ると理解し、納得し、ウィンに少しでも何かを与えようとしてくれているのだろう。

だからこそ僕は、夜はこうしてウィンに数の勘定を教える事に専念できる。

全く以て彼女には、幾ら感謝しても足りやしない。

尤もウィンには、この学習の意味や必要性は理解できないだろう。

それはまだまだ幼い子供なのだから、至極当たり前の話である。

ただ僕やノンナ、または他の周囲の大人達が積極的に構ってくれるとあって、彼の学びに対する意欲は高かった。

それがどんな形であっても、構われる事が嬉しくて仕方ないのだと、硬貨を数えるウィンの表情は語ってる。

彼の生まれた環境を考えると少し複雑だけれど、それは今更どうしようもない話だ。

僕の精一杯をウィンに注いで、これまで足りなかった物を埋めるより他はない。

むしろ溢れかえってしまう程に。

「ひゃくはちまい！」

得意気に、僕に向かって言うウィン。

いや、いや、二枚目の銀貨どこ行った。

どうやら銅貨を数える間に、銀貨二枚で銅貨二百枚というのは頭から抜け落ちてしまったらしい。

それより前に教えた、銀貨が銅貨百枚というのは覚えてたみたいだけれども。

でもその得意気な顔があまりに可愛らしくて、僕は彼を思わず撫でてしまう。

まぁ間違いは指摘するし、もう一度一緒に数え直す。

間違えたって叱りはしない。

それでは意欲をそぐだけだ。

もうずっとずっと昔の事で、殆ど霞《かす》んでしまった記憶だけれど、この世界に生まれるよりも更に前、僕を育ててくれた親は、……確かとても根気が良かった。

それが前に進んだように思えなくても、噛み砕いて説明して、繰り返す。

改善された所が少しでもあれば大袈裟に褒めて、お互いに楽しみながら、笑顔を絶やさず。

あぁ、僕もそれに倣うとしよう。

今、こうして僕とウィンが過ごす日々は平和で穏やかで満ち足りていて、かけがえのない物だった。

「えいさぁー……」

抱きかかえたウィンが、僕の肩に顔を押し付けて泣いている。

僕は片手で彼の背を擦るが、気の利いた言葉は出て来ない。

後ろを振り返れば、ジャンペモンの町はもう麦畑の向こう側。

でも僕は再び足を動かして、そう、ルードリア王国を目指す。

◇◇◇

ルードリア王国に入れるようになったと、アイレナからの手紙が届いたのは、ジャンペモンの町に住み始めてから、一年半程が過ぎた頃。

流石にこれだけの長居をすると、僕が最初に鍛冶師組合から受けた依頼、衛兵隊の装備の補修や補充はもうとっくに終わっていて、今は鍬《くわ》や鎌等の農具や、北ザイールの防衛に派遣される兵士用の武具を作ってる。

やるべき事が尽きた訳ではないけれど、望まれた仕事は一通り果たしたし、特に未練はない。

……だけどそれはあくまで鍛冶仕事の、もっというなら僕だけの話で、この一年半で多くの人と、そしてノンナとは深く接して少しずつ自らを出すようになっていたウィンには、心残りがない筈もなかった。

僕が旅立ちの予定を告げた日、彼はハッキリと嫌だと口にし、それから大いに泣き喚《わめ》く。

ああ、それはきっと、ウィンの成長にとってこの環境がとても良かったという証左で、僕はその事を喜ぶべきだろう。

しかし僕は、幾ら彼が抵抗しても、旅立ちはもう決めている。

ウィンだけを残して行くなんて、当たり前だができる筈もない。

今の環境に留まり続ける事は、僕も幾度かは検討した。

けれどもその答えは、毎回が否だ。

僕はどうしても、最低でも幾度かはルードリア王国に赴き、魔物の間引きを始めとする助力を、行う必要がある。

アイレナも、僕の力を借りる事は最小限にしようとはする筈だが、だからこそ助力を求められた時は、本当に彼女の手にも負えない時だろう。

つまり僕が動かなければ、何らかの形で犠牲が出る時だ。

この町でのウィンとの生活が楽しいからといって、その犠牲に目を瞑《つむ》る事はしたくはないし、できはしない。

例えばその犠牲がアイレナで、取り返しのつかない大怪我《おおけが》を負うか、或いは死なれてしまったならば、僕は大いに悔いるだろうし、ウィンだって何も思わない訳じゃない筈だから。

僕がルードリア王国に赴く間は、ノンナはウィンを預かってくれるだろう。

だけど彼女には、ハーフエルフの幼子に悪意の手が伸びた時、守れる力がある訳じゃなかった。

ジャンペモンは平和で善き人々の住まう町だが、それでも行き交う旅人も多い。

ハーフエルフの幼子に向けられる視線が好奇の物にとどまっているのは、近くに腰に剣を吊《つ》るした大人のエルフ、要するに僕の存在があるからだ。

実際、町中でウィンに何かがあった場合は、風の精霊の報せを受けて僕が駆け付ける訳だし。

故に僕は、ウィンを連れてこの町を旅立つと決めた。

この判断は、譲れない物である。

これから先、旅をするしないに拘《かかわ》らず、多くの別れを経験するであろうウィンには、再会を期待できる穏やかな物から慣れて貰いたい。

ウィンに種族による時間の流れの違いを自覚させるのは、できれば理解ある大人達、つまりは僕の知人達に囲まれた環境が良い。

なんて理由もあるけれど、一番大切な事はやはり彼の安全だから。


僕は泣くウィンを、言葉を尽くして説得した。

鍛冶仕事を受けずに彼と過ごし、この町の人々とも永遠の別れではない事や、新たな出会いも待っていて、それから僕は傍にいると、ゆっくり何度も語って。

そう、根競《こんくら》べという奴である。

ウィンの涙を見るのは心が痛むが、同時に泣く姿も可愛らしくて微笑ましく思うので、相殺し合って実質的なダメージはゼロだった。

いやむしろ、僕はウィンの我を見られる事を嬉しくすら思ってるくらいだから。

つまりこの勝負に、僕の負けはあり得ない。

やがて泣き疲れて、大人しくなったウィンは、僕の提案を受け入れる。

何時《いつ》かまた、僕と二人で必ずこのジャンペモンの町を訪れようと。

そんな約束を彼と交わす。

尤もそれは、ウィンが自分の流れる時間が、他者とは違うのだと自覚して、受け入れた後になるだろうけれども。

それから翌日、僕は彼と一緒に、町を出て川辺に石拾いに出掛けた。

といっても単に河原の石を拾うだけじゃない。

ウィンと僕で地や水の精霊に話を聞きながら、遥か上流から流れて来る間に磨かれた、宝物の石を探す。

まぁ要するに、宝石探しだ。

水晶やガーネット、翡翠《ひすい》といった宝石は、稀に川沿いに見つかる事がある。

もちろん本当ならば決して容易く見つかる物ではないのだけれども、幼い子供が必死にそれを探していれば、地や水の精霊だって手助けをしたくなるのだろう。

日が暮れる前に、ウィンは綺麗なガーネットを見付け出す。

それから僕らは鍛冶師組合へ赴いて、……普段は絶対に入れないのだけれどウィンも鍛冶場へと入れて、僕が銀と金を使って、そのガーネットを嵌め込んだペンダントを作った。

そう、これはウィンからの、一緒に過ごしてくれたノンナへの贈り物で、お礼だ。

宿に帰り、ウィンは懸命に手を伸ばして、しゃがみ込んだノンナの首に、そのペンダントを掛ける。

するとノンナは、あぁ、どうしても堪《こら》え切れなかったのだろう。

涙を抑え切れずに泣き出してしまって、……するとやっぱりウィンも泣き出してしまった。

宿の女将も、旦那も、ついでに何故か他の客達も貰い泣きをして、僕以外は全員が涙を流す惨状に。

僕は、うん、だって周囲で皆が先に泣いたら、何だか妙に冷静になっちゃって、ね？

別に薄情という訳じゃない筈だけれど、僕は別れには慣れているから。


そして旅立ちの日、ウィンは町を出る迄、本当によく我慢したけれど、遠ざかるジャンペセンを見て、結局は堪え切れずに泣いた。

でも、それでいいと僕は思う。

疲れるまで泣いて、眠るといい。

幾らでも泣いて、涙を流せばいい。

だって僕は抱いたウィンを離さないし、彼の涙も涸《か》れる事はないのだから。

これから先もウィンは、沢山泣いて、それ以上に喜んで、或いは怒ったり、色んな事を経験して、大きく大きく育つのだ。

僕は言葉を発さずに、ウィンの泣き声をただ聞きながら、ルードリア王国への道を歩む。

第二章　剣では断てぬ、その呪い

抱えていたウィンと荷を地に下ろして弓を取り出すと、手早く弦《つる》を張って矢を番《つが》える。

一体何が起きるのかと、不思議そうに首を傾げるウィンに僕は笑みを浮かべると、ヒョウと音を立てて矢を上空に放つ。

そして弓を荷の上に置いて両手を前に出せば、その僕の手の中に、長い首を射貫《いぬ》かれた鳥が一羽、降って来た。

そう、今晩の夕飯の食材だ。

もうすぐ日が暮れるし、次の町はまだ遠い。

するとどうしても今晩は野営をしなきゃならないから、食材の確保は手っ取り早く。

別に種も仕掛けも何もない一射だったが、ウィンには魔法のようにでも見えたのだろう。

目を輝かせて僕を見てる。

僕は割と弓が得意だから、ウィンが興味を持ってくれるのは嬉しいけれど、……残念ながら彼に弓を教えるにしても、それはもう少しばかり身体が大きく育ってからだ。

それよりも今は、ウィンには大切な仕事があった。

「さぁ、ウィン。この鳥の羽を一緒に毟《むし》ろうか。美味しく夕食が食べたかったら、手早く準備をしないとね」

長い首を切って逆さまにし、血を抜いた鳥から羽を毟る。

そうする事で初めて、鳥の軀《むくろ》は食材となるのだ。

もちろん、まだ人間で言う所の四歳程の年齢でしかなく、力の足りないウィンに手伝って貰うよりも、僕一人で羽を毟った方がずっと早い。

でも食べては運ばれ、少し歩いては運ばれ、また食べて寝るだけの生活を送っていると、彼にだって鬱憤は溜まるだろう。

だからどんな形でも、僅かでも、自分が役に立つのだと、ウィンには感じて欲しいから。

僕は彼と鳥を挟んで、チマチマとその羽を毟る。


軽く塩を振って焼いただけの鳥肉という夕食を終え、僕はウィンを膝に抱えながら、焚き火の中でクルクルと回る火の精霊を眺めてた。

さて一体、この火の精霊は何でこんなに回ってるんだろうか。

同じ火の精霊でも、どうやら彼、または彼女は、随分と変わり者のようである。

精霊は宿る環境にも大きな影響を受けるけれども、それ以外にも個々に僅かな違い、特徴はあるのだ。

例えば炉に宿る火の精霊にも、張り切ってガツガツ火力を上げるのが好きな精霊もいれば、ゆっくりじっくりと火力が上がっていく方が機嫌の良い精霊もいる。

それは環境、炉の構造に影響を受けてる場合もあるけれど、火の精霊がせっかちだったりのんびり屋だったり、個性で決まる場合もあった。

お腹が膨れたウィンは眠いらしく、体が温かい。

今日の食事は、ジャンペモンの町で食べていた物に比べたら、どうしても味は落ちる。

野外で手の込んだ事はできないし、そもそも僕は料理が得意でも不得意でもないから、当然ながらプロが作る物とは比較になる筈もないだろう。

けれどもまぁ、その割にはウィンは沢山食べてくれた。

旅に疲れて腹が減っていたのか、それとも鳥の羽を毟るのが楽しかったからか。

どちらにせよ、よく食べれば眠くなる。

それは自然の摂理であり、彼の成長を促す良い現象だ。

僕は荷からマントを取り出し、抱えたウィンを覆うように、すっぽりと被る。

季節的には、もう随分と夜は冷えるようになってきた。

そしてその時、ふと気付く。

あぁ、目の前でクルクルと回ってる火の精霊は、僕らが少しでも暖かくなるように、少しでも熱を発しようと、届けようと頑張ってくれてるのだと。

彼、または彼女の回る速度は、風が吹き込むと速くなる。

随分とまぁ、優しい火の精霊だ。

僕はなんだか、焚き火から発せられる熱がより暖かくなったような気がして、追加で拾い集めた枯れ木を火に放り込む。

すると火の精霊は回転を止め、僕に向かってペコリと綺麗な一礼をして、……再びクルクルと回り始めた。

僕らは今、ジャンペモンから西に小国家群を抜け、カーコイム公国の地を踏んでいる。

実は一番早くルードリア王国に辿り着くのは、小国家群内の川を船で移動し、ザインツ、ジデェールを通るルートだ。

川を遡《さかのぼ》る場合でも、船は徒歩に比べれば大分と早いし、ザインツ、ジデェールを通るルートの方が移動する距離も短い。

では何故、敢えて遠回りになるカーコイム公国を通るルートを僕が選んだのかといえば、それはザインツ、ジデェールを通るルートだとルードリア王国には東部から入る事になるから。

要するにエルフによる、というか、より正確には僕が起こした地揺れを直接体験し、エルフに恐怖を抱いた東部の民の前を、僕一人なら兎も角として、子供であるウィンを連れては通りたくはなかった。

その点、周辺国と友好的な関係を築き、人や物の流れが活発なカーコイム公国を通るルートならば、ルードリア王国への旅人も決して少なくはない。

もちろんエルフであると目立つ事は避けられないにしても、トラブルに巻き込まれる可能性は随分と低くなるだろう。

……そんな風にトラブルを避ける為にわざわざ時間を掛けて遠回りするなんて、自分でも少し、らしくないなぁとは思うけれども。

今の僕は、この腕の中にある温かさこそが大事だから、これで良かった。

人と人の関係、しがらみは、縛りであり、重石《おもし》である。

それは確かに自由な動きを封じる荷となるが、その重みは決して不快な物じゃない。

やがてそのしがらみから放たれる時、僕はきっと軽くなった腕の中を寂しく思い、しかし以前よりもずっと自由な心でどこへでも行けるのだ。

僕はその時を恐ろしくも思うし、楽しみにも思う。

どうせ長過ぎる人……、ハイエルフ生だから、重い荷を守りながら地を這い回る時間も、愛おしい。

周囲に気を配って警戒しながらも、僕は何時しか浅くウトウトとしていて、ふと気付けば空は白み始めてた。

焚き火はもう、消えている。

何時か再び、僕はあの変わり者の火の精霊を、焚き火の中に見る日は来るだろうか。

そろそろウィンが粗相をする前に、起こしてトイレを済まさせよう。

その後はもう少しばかり寝かせてあげて、今日中には次の町に辿り着きたい。

◇◇◇

ルードリア王国の王都、ウォーフィールは、国中から人と物が集まる大きく栄えた都市だ。

僕が初めて王都に来た時も、今も、それは全く変わらない。

尤も向けられる視線の質は、以前とは多少違っていて、好奇や畏怖に、後は嫌悪等もちらほらと。

ウィンが僕にしがみつく力が少し増したから、僕は彼の背を軽く撫でて宥めながら、知った道を歩く。

ちなみに門を通る際は、以前に王都で暮らした時の記録が残っていたのか、上級鍛冶師の免状を見せれば意外とスムーズに入れて貰えた。

「お、……おおっ、居候のエルフの旦那じゃないか！　あぁ、そうかぁ、戻って来たんだなぁ！」

道場までの道を歩いていると、不意に親し気な、嬉しそうな声を掛けられる。

そちらを見ると、……えっと、確か、多分、以前によく利用した商店の主人らしき男性だ。

以前に見た時と違って、見事に頭が禿《は》げ上がってるから印象が違い過ぎて自信はないけれど、恐らくは間違いないと思う。

「あーっ、えっと、肉屋の？」

ちょっと自信のない問い掛けになってしまったが、僕の言葉に男性、肉屋の主人は破顔して呵々《かか》と笑う。

あぁ、どうやらちゃんとあってたらしい。

「おうよ、前に肉切り包丁を作って貰った肉屋だよ。随分と久しぶりだねぇ。まぁ色々あったって噂は聞くからな。あぁ、カエハちゃんの道場に行くんだろ？　だったらちょっと待って、……これを持ってってくれよ」

そう言って肉屋の主人は、近くにある彼の店に駆け込んで、大量の豚肉を持って来る。

いや、いやいやいや、重いよ。

流石にこのままでは持てそうにないから、僕は一度ウィンを下ろして手を繋ぎ、空いた片手で肉を担ぐ。

うん、やっぱり凄く重い……。

でもそれは、再会を喜ぶ好意の重みだ。

ちょっとやり過ぎだろうって思うけれども、まさか道場に辿り着く前から、こんな風に再会を喜んで貰えるとは思わなかった。

「ありがとう。また多分、暫くは王都に居るから、良かったら新しい肉切り包丁も作るよ」

だから僕は、自然と口元が綻んでしまう。

どんな時でも、人の好意は僕を嬉しくさせてくれる。

「おうさ。頼むぜエルフの旦那。それからそこの坊ちゃんも、肉が欲しけりゃおじさんの店に来なよ。王都で一番良い肉を揃えて待ってるからな！」

最初は肉屋の主人の外見に、少し驚き戸惑っていたウィンだけれど、彼の明るい雰囲気と、何よりも肉って言葉に反応して、ちょっと嬉しそうに頷いていた。

ウィンと右手を繋ぎ、左手で重たい肉塊を抱えて、僕は道場前の階段をえっちらおっちらと上る。

道場の中からは掛け声のような物も聞こえて来て、以前とは違って随分と賑やかだ。

どうやらカエハは、無事にヨソギ流の立て直しに成功してるらしい。

僕らが門を潜ると、……カエハの弟子だろうか？

素振りをしていた男達が手を止めて、こちらにやって来る。

「何者か？　ここはヨソギ流の道場だ。関係者以外の立ち入りは……、えっ、エルフ？」

そして僕の顔を見て、来訪者がエルフである事に戸惑った様子を見せる弟子達。

僕はその中の、ちょっとお人好しそうな顔をしてる一人を選んで、ほいとばかりに肉塊を押し付けた。

いや、いい加減にそろそろ重いのだ。

ウィンの重みなら僕だって頑張って抱え続けるけれども、豚肉は、そう、好きではあるけれども愛せない。

戸惑いながらも素直に受け取り目を白黒させてる弟子の一人は、僕の見込んだ通りにお人好しの様子。

さて、僕はこちらを囲む弟子達、ひの、ふの、みの、……八人の男達を見回して、どうしようかと首を傾げる。

懐かしさについつい何も考えずに入って来てしまったが、そりゃあ弟子達の立場からしたら、急に入って来た不審者は止めるだろう。

以前は誰も居なかった道場が、こうして守られている所を見ると、なんだかどうにも少し嬉しい。

「関係者か。……うぅん、今でも僕はここの関係者の心算なんだけれど、ねぇ？」

そう口にして奥を見れば、道場の中から凛《りん》とした雰囲気の一人の女性が、こちらに向かって歩いて来てた。

威厳、威風すら身に纏ってて、思わず見間違えてしまいそうになるけれど、彼女はまた少し年を重ねたカエハで間違いがない。

ただ一つだけ僕が驚いたのは、

「えぇ、そちらの彼は間違いなくこの道場の関係者です。以前に話した事があるでしょう。この道場を立て直し、それから旅に出た一番弟子の話を」

カエハの左右に並ぶ二人の子供の存在。

右が男の子で、左は女の子だが、共に七、八歳くらいに見えるその子供達には、間違いなくカエハの面影があった。

その二人が僕を見る目には、緊張、警戒、そして期待の色が浮かぶ。

「エイサー、十年にはまだ少しだけ早いですが、お帰りなさい。その子は……」

彼女の言葉に、僕は頷く。

カエハは僕が以前にこの道場を離れた時、人間の貴族がエルフを相手に起こした事件を知っている。

「ただいま。うん、この子は養子のウィンだよ。例の件で、そうする事にしたんだ」

故に一日で、ウィンの事情も察したのだろう。

最初から、彼女の表情には理解の色があった。

「成る程、貴方らしいですね。寝泊まりは以前と同じ部屋を、その子と二人で使うと良いでしょう。それから、母にも顔を見せて来て下さい」

僕の言葉に、カエハは懐かしそうに目を細めて、口元を緩める。

すると張り詰めていた彼女の雰囲気は和らいで、その事に周囲の弟子達が少し驚く。

もしかしてカエハは、弟子達に怖がられてるんだろうか?

……ちょっと気になったけれど、まぁいいか。

それは僕が、少なくとも戻ったばかりの僕が気にする事でも、口を出す話でもない。

僕は周囲に一礼をして、それから見知らぬ人々に戸惑う様子のウィンを抱きかかえて、……以前も暮らしたカエハの家に向かった。

いやちょっと、隣を通る時に鍛冶場の様子が気になったのだけれど、それは取り敢えず後回しにする。

今は兎に角、カエハの母に帰還の報告と、それからウィンの紹介をして、またウィンにもこの場所に慣れて貰う事が先決だ。

鍛冶はそれからでも、何時でもできるし。

でもそろそろもう一度、魔剣を打ちたいなぁとも思う。

この道場には魔術の適性のある人間が、果たしているだろうか?

オディーヌを出てから気付いたのだけれど、魔剣を使うだけならば、魔術の適性さえあれば良か

った。

つまりは魔術師である必要はなく、特に術式の知識は不要なんじゃないかとも、そう思うのだ。

あの頃は魔剣を完成させる事ばかりに夢中で、それをどう使うかなんて、僕もカウシュマンも考えもしてなかったけれども、今頃は彼も、同じ気付きを得てるかも知れない。

だとすれば未来に魔術師ではない魔剣士や、魔剣を作れる知識と技量を持った魔剣鍛冶師等が誕生する可能性も、決して皆無ではなかった。

あぁ、でも、うん。

それは後回しで、未来のお楽しみだ。

今は懐かしい人達との、再会を存分に喜ぼう。

カエハの家では、祝いの席の食事には輸入品の米が出る。

本当にたまの贅沢なのだけれど、それを食べたウィンは、一体どんな顔をするだろうか。

◇◇◇

がらりと、鍛冶場の扉を開けて中へと入る。

僕がこの道場を離れてもう九年近くが経つけれど、常に誰かが掃除をしてくれてたのだろう。

鍛冶場は埃《ほこり》一つ舞い上がらない。

……やっぱり、良いなぁと、そう思う。

僕はよく旅をしてるから、あちらこちらの鍛冶場に出入りしてる。

でもそれらの鍛冶場は全て借り物だ。

けれどもここの鍛冶場だけは、僕の為に造られた鍛冶場だった。

自分の領域というのは、やはりそれだけで安らぎ、相反するけれども同時に心が躍るものである。

折角この道場に帰って来て、真っ先にやる事が鍛冶なのかと、自分でも思わない訳じゃない。

だけどカエハが、僕だけの剣の師だった昔とは違い、今はそれなりの数の弟子が居る。

そんな彼らを気にも留めずに、いきなりカエハに剣の教えを乞うのは、あまり宜しくないだろう。

いやまぁ、僕が妬まれ、悪く思われる程度ならいいのだけれど、カエハの弟子の指導に差し障りが生じて欲しくはないから。

それとウィンだって、僕が弟子達から妬まれ、悪く思われると、この場所で過ごし難くなる。

ただでさえカエハの家、離れではなく本宅で過ごすという特別扱いを受けているのだから、それ以上の特別扱いは流石に不満を招いてしまう。

だったら剣の教えを乞うのは後回しにして、先ずは新入りとして振る舞い、周囲に認められる事から始めようと、僕はそんな風に思ったのだ。

……うん、カエハには、物凄い目で見られたけれども。

あぁ、それからウィンは、無事にカエハの一家に迎え入れられた。

特にカエハの母は、彼を我が子のように可愛がってくれている。

ただ一言、僕がウィンを紹介した時に、

「貴方は、本当にしょうがない人ですね」

なんて風には言われたけれども、あの言葉にはどんな意味があったのだろうか。

そしてカエハの子供達、どうやら双子で、男の子の方がシズキ、女の子の方がミズハというらしいが、二人も何かとウィンを構ってくれている。

何でもカエハが、ウィンの事は弟だと思うようにと言ったらしく、シズキもミズハも、自分より小さく見える子供の存在に、精一杯に年上ぶって接してくれているらしい。

……いやでも実際には、多分殆ど同い年というか、下手をするとウィンの方が年上の可能性もあるのだけれど、それは言わぬが花だった。

いずれにしても、そうして色々と気遣い、良くしてくれてるカエハ達には、その恩に報いなければならないと思う。


という訳でこの道場に帰って来て、僕が最初に行う仕事は、やはりカエハの剣の打ち直しだ。

もちろん別にちょっと怒ってるっぽいカエハの機嫌取りの為だけじゃなくて、僕がそうしたかったから。

だってこの剣は、僕がそうできなかった分まで、常にカエハの傍らにある。

それ以前もそうだったが、僕がこの剣を打ち直してから、冒険者をしてる三年も、それからの九年近くも、カエハをずっと支え続けた。

そう、僕にできなかった事をしてくれたのだから、この剣を労《いた》わるくらいはしてやりたい。

というか、使い込まれ過ぎてまた随分とへたっても来ているし。

ちゃんと手入れもされてるのだから、普通はこんな風にはならないのだけれど、……あぁ、カエハの腕に付いていけなくなったのか。

そして今では、むしろ剣に負担を掛けないように、カエハが気を遣って振っていると。

それは随分と、剣も悔しい想いをしただろう。

だって今、僕が悔しく思ってるから。

まぁ、仕方ない。

鍛冶ばかりに専念した訳ではなかったけれど、以前よりも僕の腕は上がってる。

今のカエハの実力にも、負けぬ剣は打てる筈。

久しぶりの炉だから、様子を見ながらゆっくりと温度を上げていく。

それから僕は、鍛冶場の入り口をちらりと見た。

外から中を窺う、小さな気配が一つ。

双子の片割れ、女の子のミズハは、ウィンの遊び相手をしてくれていたから、だとすれば残るは男の子のシズキか。

これまで使われてなかった場所を、突然現れたエルフが使うと言い出せば、気になってしまうのは当然だ。

しかしまだ十にもなってなさそうな子供を鍛冶場に入れるのは、危険も多いからしたくない。

……そう言えば双子の父親は、一体誰なのだろう？

本宅には、それらしい人物はいなかった。

またカエハが、弟子の誰かとそういった関係である風にも見えない。

母親がカエハである事だけは確実だと思うのだけれど、あまり興味本位で聞き出す話でもないし、今の所は気にしないようにしよう。


さて、そろそろ炉の温度も良い頃合いだ。

作業を始めるとしようか。

剣の重さ、バランスは今とは殆ど変えずに、より頑丈で、切れ味を鋭く生まれ変わらせる。

ただシンプルに、質を上げる事を追求する。

まぁもちろん、それが一番難しいのだけれども。

そりゃあ僕にだって、ここに居ない間に身に付けた新しい技術を見せ付けたいって欲求はあった。

例えば、そう、魔剣の作製とか。

でもその欲求に従ってしまえば、この剣はカエハの為の剣ではなくなり、今回の作業も単なる僕の自己満足になってしまう。

そこには何の意味もない。

炉の熱を浴び、金属の音を聞きながら、僕は作業に没頭して行く。

この剣を、労わり、慈しみ、称賛し、そして新生させる為に、僕の精も魂も注ぎ込んで。

鋼を打つ音が、鍛冶場に、道場に、大きく大きく響き渡った。

◇◇◇

朝起きて、ウィンを起こして、それからカエハ達と一緒に朝食を食べ、軽く身体を伸ばしてから他の弟子達に交じって木剣を振る。

昼になったら昼食を食べ、シズキやミズハからウィンを返して貰って、一時間ほどまったり一緒に過ごし、それから鍛冶場に籠って鎚を振るう。

夕食を取り、ウィンと一緒に風呂に入って、それから一緒に部屋でゴロゴロと転がって過ごす。

湯船のある風呂が存在するのが、この家の一番良い所だと、割と真剣に僕は思う。

もちろんカエハの母に手伝いを頼まれれば手伝うし、シズキやミズハは何故か僕に興味があるらしく、何かと話し掛けて来るから相手はするけれども。

まぁそんな感じで日々を過ごしていたら、ある日、他の弟子達に頼まれた。

「もういいですから、貴方の話は以前から聞いてましたし、こうして俺達を気遣ってくれた事も理解してますから、そろそろ師匠の相手をしてやってくれませんか？」

……と、そんな風に。

どうやら彼らは、少しばかり怒りの混じった視線でこちらを見るカエハに、遂に恐れをなしてしまったらしい。

うん、剣を打ち直して渡しても、カエハの機嫌の良さは三日しかもたなかったのだ。

以前に剣を新しくした時は、随分と喜んで一ヵ月近くも機嫌の良さを隠せてなかったのに、彼女も大人になったんだなぁと、そう思う。

尤も今回も、その三日間は浮かれたように剣を振ってて、その姿に他の弟子達は驚いていたけれど。

しかし確かにこれに関しては、大いに僕が悪いだろう。

いやだって、あのカエハが、自分に剣の教えを乞いに来ない僕に怒って、ジッと睨んでくるのだ。

それがどうにも楽しくて仕方なくて、ついつい引き延ばしてしまった。

他の弟子達に言われなければ、もしかすると一年くらいは引っ張ったかも知れない。

そう、八年も九年も十年も然程に差はないと、ハイエルフである僕はどうしてもそんな風に感じてしまうから。

だけどその感覚はとても危険な物で、それに身を任せてしまうと、人間である知人達の時間は直ぐに過ぎ去ってしまうのだと、前世の僕の知識は教えてくれる。

但し他の弟子達が認めてくれた以上、新入りとして殊勝に振る舞い、カエハの教えを乞う事を我慢する必要は、今はもうなかった。

ジッとカエハはこちらを見ていて、僕の言葉を待っている。

だから僕は二度、三度と深く息を吸っては吐いて、

「カエハ師匠、久しぶりに、僕の剣を見てくれませんか？」

……ようやくその言葉を口にする。

するとカエハは、まだ少し怒った風に僕を睨んだが、それに意味がない事も既に察していたのだろう。

彼女は大きく溜息《ためいき》を一つ吐いて、

「ようやくですね。……エイサー、だったら木剣ではなく、貴方が普段使ってる剣を、振って見せなさい」

眼差しを緩めて、そう言った。


さて、普段使ってる剣といえば、カウシュマンが紋様をデザインし、僕が打ったあの魔剣だ。

普通の剣に比べるとずっと軽くて薄いから、振り方にもコツが必要な、癖の塊のような剣。

……正直な所、まだ完全に使いこなせてるとは自分でもとても思えないから、披露には躊躇《ためら》いを覚える。

けれどもカエハが振れと言うのなら、指導をしてくれると言うのなら、否の言葉は僕からは出ない。


でも流石にちょっと緊張はする。

普段の僕は、あまり精神的な緊張をする事がないから、これはこれで新鮮な感覚で、心地好い。

魔剣を抜き、魔力を流しながら、構えを取った。

何かを斬る訳じゃなく、素振りであっても、下手な振り方をすれば歪んでしまうのがこの薄い剣だ。

万一に備えて、切れ味と強度を増す魔剣の効果を、発動させる。

剣に刻まれた紋様、術式が薄っすらと光を放つ。

そして同時に、僕の気も満ちていた。

尤もこの気というのは、魔力みたいな何かのエネルギーの話じゃなくて、気持ち、気迫、心構えのような物。

これは当然ながら足りない事があってはならないし、かといって量が多すぎて張り詰めてもいけない。

幾度となく繰り返した動作を当たり前のように、僕は一歩踏み出して剣を真横に振るう。

更に構えを変えながら一歩踏み出し、今度は振り下ろす。

これで十字だ。

しかしそれでも止まらずにもう一歩を踏み出して、今度は斜めに切り上げる。

最後に足は止めて、だけど剣は止めずに逆の斜めからの切り下ろしを。

姿勢を戻しながら踏み出した数歩を後ろに下がり、剣を鞘に納めた。

……うん、まぁまぁ良い感じに振れた気がする。

ゆっくり息を吐いて、自分の中の気を抜いていく。

ふと気付けば周囲で見守る他の弟子達は感嘆の息を吐き、だけど肝心のカエハは、ちょっと難しい顔をして僕を見てる。

もしかして何か、拙《まず》かったのだろうか？

ちょっと不安になって首を傾げれば、それに気付いたカエハは、一つ頷く。

「その奇妙な剣の話とか、聞きたい事は沢山ありますが、先に評価をしましょうか。まずエイサー、貴方は旅の間も、ちゃんと修練を積み続けたのですね。剣を振る技量は以前よりもずっと高くなってます。ええ、私は貴方を、誇らしく思います」

含みを持たせて、カエハはそう言う。

何だろう。

褒められてるのに、嬉しいと思う前に、少しばかり怖かった。

あぁ、でも誇らしく思うとの言葉は、うん、やっぱり嬉しい。

「ですが、……エイサー、貴方は旅の間に、何も斬りませんでしたね？　そこまで修練を積みながら、何故ですか？　貴方の剣は、綺麗に振るう為の剣であって、戦う為の剣じゃない。まるで以前の、私の剣のように。或いはもっと不可解な事に、強くなる為の剣ですら、ないのかも知れません」

カエハの指摘に、僕は返す言葉が出て来なかった。

一応はカットラスを折ったりはしたけれど、彼女が言ってるのはそういう事じゃない。

別にカエハは僕を、咎《とが》めていないのだろう。

ただ不思議に思いながら、僕の欠点を指摘している。

以前に彼女が自らの欠点を克服した時、手助けをした僕が、どうして同じ場所でまだ止まっているのかと。

たった数度振って見せただけで、カエハがそこまで僕を理解してくれてる事が嬉しく、同時に見透かされ過ぎていて、恥ずかしく、怖い。

「それは貴方の良い所だとは知ってますが、……そのままで剣士として先に進めるとは、私は思いません。だから敢えて言いましょう。エイサー、このままでは上手くはなれても、強くはなれない。貴方の欠点は、闘争心の欠如です」

だからこそ、カエハの指摘は僕の心に突き刺さる。

◇◇◇

空を見上げて欠伸《あくび》を一つ。

思い返すのは王都の道場に置いてきたウィンの事が九割で、残る一割は先日カエハに告げられた僕の欠点。

まぁウィンの面倒はカエハの母が見てくれているし、カエハやその子ら、他の弟子達だって気にしてくれているから、あの道場に居る限り危険はない。

でも僕の欠点に関しては、……闘争心が欠如してると言われても、どうやって直せばいいのか、僕にはさっぱりわからなかった。

「エイサー様、気分は悪くなってないですか？」

そう問い掛けてくるのは、僕の前で馬を操るアイレナ。

彼女は僕が馬車を苦手とする事を知っているから、今も気分が悪くなってないかを気遣ってくれたのだろう。

……といっても、今回の移動で使っているのは馬車じゃなく、二人で乗っても全然余裕なくらいに体軀の大きな一頭の馬で、多分名馬の類だ。

名はカイロンというらしい。

「んー、いや、むしろ風が心地好くて、ちょっと眠いくらいだね。後は割と恥ずかしい」

しかし僕は乗馬の経験がなかった為、前で馬を操作するのはアイレナで、僕は後ろに乗せて貰ってる形だった。

つまりは非常に絵にならない二人乗りだ。

カイロンは良い子で、もしかすると少し練習したら僕でも乗れたかも知れないけれども、実は今はそんなに時間の余裕がない。

「ふふ、私は少し楽しいですが、しかし暫《しば》しのご辛抱を。今回ばかりは歩いて移動してる暇がありませんので」

アイレナのその言葉通り、今もカイロンは、全力疾走という訳ではないが、軽い駆け足程度の速さで街道を走ってる。

この速度なら目的地であるルードリア王国の北部、……更にその先の山々には、一週間もあれば辿り着けるだろう。

……今回、アイレナに乞われた助力の内容は、ルードリア王国の深刻な危機に関わる物だった。

その内容とは、ルードリア王国の北にある山々を越えた国、フォードル帝国の侵攻を阻止する事。

本来ならば、人と人の戦争にエルフが、ましてやハイエルフである僕が関わる理由はない。

今のルードリア王国は情勢不安や王の交代により、国力が少なからず低下をしている。

そしてそれには、ルードリア王国が招いた事ではあったとしても、エルフが大きく関わっていたから。

それが原因でルードリア王国の北部がフォードル帝国に占領され、ましてや王国が滅びてしまっては、これまで進めた交渉の意味が無に帰してしまう。

もっと有《あ》り体《てい》に言えば、全く見ず知らずの人間が隣人になるよりも、既に物の道理をわからせた人間が隣人で居てくれた方が、エルフにとって都合が良いという訳である。

故にエルフはルードリア王国に大きな貸しを作る形で、フォードル帝国の侵攻を阻止する事となったのだ。

尤も実際に動くのはアイレナじゃなくて僕なのだけれど、エルフの代表として矢面に立ってくれてる彼女の決定に、文句を言う心算は欠片《かけら》もない。

アイレナは本当に必要な時にしか僕に頼らないし、彼女の役割は他に代わりを務められる者が居ないし。

そんな事情だから、ウィンは流石に連れて来られなかった。

常に一緒に居る訳じゃなくても、もう傍に在るのが当たり前になった小さな姿がどこにも見えないのは、やはりどうしても寂しく思う。

もちろんフォードル帝国の侵攻を阻止するとは言っても、僕は侵攻軍を壊滅させて皆殺しになんてする心算はない。

むしろそうしなくて済むように、僕らは侵攻軍がフォードル帝国を発ち、ルードリア王国に踏み込む前に現地に辿り着けるように急いでる。

しかし絶対に、一人の犠牲も出さずに事が丸く収まるとは限らないから。

僕は殴り合いの喧嘩くらいなら兎も角、人を殺す所をウィンに見せたくないし、見られたくもなかった。

まぁ、うん、今回は条件が良いから、多分丸く収まるけれども。


走る馬、カイロンの背に乗って数日、辿り着いたのはルードリア王国の北部の辺境、以前にも訪れたガラレトの町の、更に北の山々。

基本的にこの山々は人が越えるには厳し過ぎる場所だけれど、人々は山間を切り開き、少しずつだが整備して、馬車も通れる程の道を完成させた。

けれどもそれが故に行き来が可能となったルードリア王国とフォードル帝国は、それぞれが山間の開けた場所に砦を築き、互いに睨み合って小競り合いを繰り返している。

実に愚かしい事だと、そう思う。

だってそれではまるで、わざわざ争う為に道を繋げたみたいじゃないか。

最初に山間を切り開き始めた人は、きっとそんな事は欠片も考えてなかっただろうに。

だったらもう、僕はそんな道は要らないと思う。

それは多くの人の努力を否定する考えなのだろうけれど、正直な所、僕が苦労した訳じゃないから知った事ではない。

狭くとも道があるから強引に軍を派遣しようとするのだし、手が届くからこそ相手の国の豊かさが美味しい果実に見えるのだ。

故に僕は、その道を塞ぐ。

見えなければ、遮られてしまえば、そこにどんな国があったとしても、存在しないも同然だろうから。

カイロンの背を降り、アイレナをその場に残し、山へと踏み込んだ僕は、ルードリア王国とフォードル帝国が国境と定めた、両国の砦が見える場所で、地に手を突く。

「雄大な山々に宿りし地の精霊よ。……目を覚まして僕の声に耳を傾けて」

そして僕が呼び掛けるのは、変化に乏しい環境に微睡《まどろ》んでいた、地の精霊。

この雄大な山々に宿る地の精霊にとって、山間は開いた口のような物である。

僕が地の精霊に願ったのは、その口をゆっくりと、ゆっくりと閉じる事。

普通のエルフの呼び掛けでは、この地の精霊はそもそも起きてもくれないかも知れないが、そこはそれ、僕はこれでもハイエルフの一人だった。

目を覚ました地の精霊は身体を、山を揺らしながら、僕の願い通りにその口をゆっくりと閉じていく。

突如として起きた天変地異に、両国の砦は大騒ぎとなって、兵士達が大急ぎで自分の国へと逃げ出した。

ゆっくりとゆっくりと二つの山は迫《せ》り出して、やがて砦を押し潰して飲み込み、それでも止まる事なく、完全に一つに合わさってしまう。

人間の努力で切り開かれた道は、……もう二度と使えない。

もちろん迂回路を新たに切り開く事は可能だろうけれども、それには多くの時間と労力が必要となる。

少なくとも、今回のルードリア王国の弱体化に乗じた、フォードル帝国の侵攻はもう不可能だ。

ルードリア王国側も、まさか自国の砦が潰され、道が完全に使えなくなるとは想像してなかっただろうから、これで安易にエルフに頼ってはいけないと思い知るだろう。

改めて力を見せつける事もできたし、僕的には万事が全て丸く収まったと思う。

その他は、まぁアイレナが上手く後始末をしてくれる筈。

ただ一つ思うのは、もしも僕がもっと強い闘争心を持っていたなら、今回のような結果を望んだろうかという疑問。

もしかするとフォードル帝国の兵らを相手に、真っ向から力を振るいたいと思ったんじゃないだろうか。

改めて考えてみたけれど、やはり僕には、どうにもそういうのは向いてない。

どうしても必要であるのなら、最小限の犠牲は仕方がないと思うし、躊躇う心算もないけれど……。

だったらもう、仕方ないのかなと、そう思う。

闘争心を持って、戦う為の剣を求めなければ前に進めないのなら、敢えてここで立ち止まってもよいのではないかと。

僕はカエハの剣が好きで、その美しさに惹かれて、同じように剣を振りたいと思った。

単にそれだけの事で、それ以上は求めていない。

またその思いは、もう半ば叶ってるのだ。

やっと僕は理解する。

要するに僕には強くなる為の目的、モチベーションが存在しない。

だから僕は、今はもう、単に剣を振るのが好きでそこそこ上手な、剣士未満でも構わないと、そんな風に思ってしまった。

傲慢な言葉を吐くならば、僕はそれでも十分以上に強いのだから。

何時か僕が闘争心を抱くような何かが現れ、その相手を倒す為の手段として剣を握るまでは、恐らく本当の意味で剣士にはなれないのだろう。

◇◇◇

僕がこの道場に帰って来てから、もうすぐ一年が経つ。

今日も僕は、道場の鍛冶場で鎚を振るう。

カエハの他の弟子達に渡すヨソギ流の剣、直刀は既に全部作り終えたから、今は鍛冶師組合から引き受けた仕事を中心にこなしてる。

そして今回作っているのは半年後に開催される品評会、例の王に献上する剣を決めるそれに、提出する為の試作品だった。

尤もだからといってずっと鍛冶ばかりをしてる訳じゃなく、午前中は以前と同様に、剣の訓練に参加している。

今の僕は剣士ではなく、今の僕では剣士になり得ないと理解してしまったけれども、それでも僕がこのヨソギ流を、カエハの剣を好きである事に何ら違いはないから。

故に僕は今も、カエハの弟子のままだ。

出た結論は、当然ながらカエハに話した。

弟子としては非常に言い辛い結論だったが、だからこそ師である彼女を誤魔化すなんてできない。

するとカエハは僕の話を聞いた後、目を閉じて、まるで僕の話を噛み締めるかのように暫くジッと黙ってて、

「師としては駄目なのでしょうが、……エイサー、貴方らしいと思ってしまいます。ですが一つだけ残念なのは、私が生きてる間には、立派な剣士となったエイサーは見られそうにない事ですね。貴方は確かに、そのままでも強過ぎますから」

それから目を開いて僕を見ると、薄っすらと笑みを浮かべて、そんな言葉を口にする。

その笑みには、あまりに多くの感情が込められていた。

とてもじゃないがその全てを読み切るなんて、できない程に。

僕は彼女に、そんな表情をさせてしまった足りなさを、ずっともどかしく思ってる。

解決の方法は、どこにもないとわかっていながらも。


「……うぅん、駄目、かな？」

打ち上がった剣を見て、僕は眉根を寄せて呟く。

鍛冶の最中に余計な事を考えてしまったからだろうか、その剣は特に問題ないように見えるのだけれど、何やら妙な違和感を覚える。

単に僕の機嫌が悪くて、気に入らないと思ってしまうだけなのだろうか？

僕は少し悩んでから、やはり今回の剣は打ち直す事にした。

品評会に納得の行かない作を出す訳にはいかないのは当たり前にしても、別口の仕事の納品に回すのも気が進まない。

恐らく出来に問題はないのだ。

だけどこの剣には、僕の迷いが入り込んでしまってる。

そんな迷いが混じった剣に、誰かの命を預けさせる事はしたくなかった。

大きく息を吐き、僕は作業場を片付ける。

まだ仕事の終わりには早い時間だが、こんな気持ちで向かい合っても、良い品なんてできやしない。

今の僕には、何か気晴らしが必要だ。

もちろん全力で趣味に走った品を作るというのも、気晴らしにはなるだろう。

例えば魔剣とか、他にもメイスと盾、総金属製の全身鎧をフルセットで作るとか。

しかしそれは、今の僕が求める物と、少しばかり何かが違う。

あぁ、うん、やっぱり今の僕が求める気晴らしは、ウィンだな。

ウィンと一緒にどこかに行きたい。

どこがいいだろう。

海産物を食べに行くには、ヴィレストリカ共和国はちょっとばかり遠すぎるし。

北の、泉に宿った水の精霊に会わせてみるのもよいかも知れないが、……もしも彼女がウィンを気に入り過ぎると、返してくれない気がしなくもない。

あの泉の精霊は、実は割合に寂しがりだから。

悩みながら片付けを終えて鍛冶場を出ると、そこで僕を待ち受けていたのは、一人の少年。

そう、カエハの子供の片割れである、シズキだった。

「エイサーさん、お願いがあります。俺を、ヴィストコートの町に連れて行って貰えませんか？　お願いします！」

そして僕の顔を見るや否や、シズキはそう言い、頭を下げる。

……はて？

何でここでヴィストコートの名前が出てくる？

思わず首を傾げてしまうが、意外と悪くない気もする。

ヴィストコートはそんなに遠い場所じゃないし、何よりもあの町は僕にとって、非常に思い出が多い場所だ。

ウィンには是非、一度は見せてやりたいと思う。

そこに一人くらいの同行者がいた所で、然程大きな問題にはならない。

それに普段から、シズキとミズハ、カエハの子供である双子達は、ウィンにとても良くしてくれているから、その願いというなら聞き届けよう。

「あー、別にいいけれど、歩くから往復するとそれなりの長旅になるよ。馬車だと片道十日だけどね、使わないから。旅慣れてないとキツイと思う。その覚悟は、ある？」

僕が少し脅すように問えば、しかしシズキは躊躇わずに、ハッキリと頷く。

だったら、うん、まぁいいか。

女の子であるミズハは、僕とウィンであっても男所帯の長旅に同行させる訳にはいかないが、シズキは男の子だ。

「じゃあ後は、カエハ師匠か、君達のお婆様の許可は自分で取ってね。そうじゃないと僕が、人攫《ひとさら》いにされちゃうからね」

まぁ実際には、許可を得ずに僕らが姿を消した所で、信じて貰える程度には信頼を積んでるとは思うけれども、それでも心配をかける事に違いはない。

だから僕の言葉は冗談交じりだったのだけれど、シズキはやはり真剣な顔で頷き、

「お婆様なら、エイサーさんが一緒なら、いいって言うと思うから、大丈夫。後で聞いてくる」

そんな風に口にした。

……あれ？

少し、不思議に思う。

今の言い方だとまるで、カエハなら許可を出さないような物言いだったけれども。

いや、考え過ぎだろうか。

ちゃんと許可を得てくれるなら、恐らく問題はない筈だ。

そんな風に軽く考えて、僕はウィンとシズキを連れて、古巣とも呼べるヴィストコートの町を訪れる事を、決めた。

◇◇◇

ウィンを抱きかかえ、シズキと手を繋ぎ、僕は街道をヴィストコートの町に向かって、歩く。

流石にまだ歩いての旅をさせられる程じゃないけれど、ウィンも随分と重くなった。

よく寝てよく食べてよく遊んで、ついでに最近ではシズキやミズハと一緒に木刀を振り回して練

習してるから、ウィンはドンドン成長してる。

もちろんそれは人間と比べればずっと遅い速度だろうけれど、僕から見るとやっぱり随分と早い変化だ。

きっとドンドンと大きくなって、こんな風に抱きかかえる事もできなくなるんだろうと思うと、少し寂しく感じてしまう。

まだ十歳にも満たない子供であるシズキの足に合わせた旅だが、彼はなかなかどうして頑張っている。

実際、キツイ旅になる覚悟はあるのかと問いはしたが、最悪の場合は僕がシズキを背に負ぶって、前にウィンを抱えての移動になると思っていたから、この頑張りは嬉しい誤算だ。

そしてウィンは、年齢の割にという前置きは付くけれど、僕が連れ回してるせいで長旅には慣れていた。

故にヴィストコートの町までの旅は、僕が思ったよりも順調だ。

シズキがこの旅に同行する事に関して、カエハやその母、子らの間でどういったやり取りがあったのかを、僕は知らない。

まぁ気にはなったのだけれど、どうやらカエハがその話を聞いて欲しくなさそうだったから、僕は敢えて尋ねずに、話し合いが行われた夜は、ウィンと共に自室で早寝した。

翌日、カエハに恨めし気な目で見られたから、恐らく彼女は反対したのだろうけれど、カエハの母が押し切ったのだろう。

矢で鳥を仕留めたり、途中の村に立ち寄って保存食を補充したりしながら、僕らは数週間の時間を掛けてヴィストコートの町へと辿り着く。

目的地の町が見えた時、シズキは歓声を上げた。

恐らく、本人も無意識のうちに。

僕からすれば国を跨《また》がぬ移動ではあっても、シズキにとっては大冒険だ。

きっと彼の人生で、これ程に長く家族と離れ、自分の力で目的地に到達した事なんて、なかったのだろう。

ウィンがびっくりした表情で、興奮したシズキを見つめている。

でも残念ながら、今のウィンにはシズキが覚えてる達成感を、心底理解する事はまだ難しい。

だけど何時かはウィンも、自分の力で遠くへの旅を、或いは別の困難を成し遂げて、こんな風に喜ぶ筈だ。

しかしそれまでは、うん、もう少しの間は、僕にこうして抱えさせて欲しいと思う。

抱える腕の力を強めると、ウィンはシズキから僕の顔へと視線を移し、不思議そうに首を傾げる。

出入りを管理する門番は、残念ながら知らない若い衛兵達だったけれども、町へ入る審査はごく簡単な物だった。

というよりも、未だに僕のヴィストコートの市民権は有効で、殆どフリーパスに近い。

僕がこの町を旅立ってから、……もう十五年近くになるのだろうか。

それはつい先日の事のようにも感じるし、旅を振り返れば色んな場所に行ってるから、もう随分と前のようにも思う。

少なくとも、衛兵の顔触れが変わる程には、月日は経っている。

あの時は見惚《みと》れてしまった門も、旅慣れた今となっては、殊更に大きくは感じなかった。

衛兵に礼を言い、僕らは門を潜って町に入る。

……あぁ、本当に、懐かしい。

人の、衛兵の顔触れは変わってしまっても、町並みは何も変わらずに、僕があの日、初めて人の町に辿り着いて見た時と、全く同じ風景が目の前にあった。

それは思わず身体が震えてしまう程に、僕の胸に郷愁を満たす。

あの日、共にこの門を潜ったのは、会ったばかりのアイレナと、クレイアスとマルテナだったたっけ。

僕は最初は彼らとすぐに別れる心算で、けれどもその前に金銭感覚のなさが露呈して、心配したアイレナに暫く面倒を見て貰う事になったのだ。

あぁ、うん、暫くといっても、それこそ一年近くは宿代を出して貰ってたような気もするけれど……。

それから僕はクソドワーフ師匠に会って、鍛冶を学んで、十年をこの町で過ごしたのだ。

ふと、抱きかかえてたウィンの手が伸びて、僕の頬に触れる。

気付けば僕の頬は、思わず零れた涙で濡れてて、彼はそれに驚き、心配したらしい。

「いや、うん、何でもないよ。ちょっと懐かしくてね……」

自分でも意外な程に心が揺れてしまった。

こんな事は滅多にないのだけれど、……やっぱりこのヴィストコートの町は、僕にとって人の世界の原点で、どうしても特別なのだろう。

そして、僕が涙を袖で拭って始末した、その時、

「おぉい、エイサー!!」

向こうの通りから、二人の男が息を切らせながら駆けて来る。

一人は先程、僕らを町に入れてくれた門番、若い衛兵で、もう一人は割と装飾が多い、ちょっと実用性に乏しそうな鎧を身に着けた中年の……、ロドナーだった。

そう言えば先程、僕が身分証を出して町に入る審査を受けた時、一人がどこかへ駆けて行ったが、どうやら彼はロドナーを呼びに行ってたらしい。

「やぁ、ロドナー。……懐かしいね。丁度今、初めてこの町に来た時の事を、思い出してたところだよ」

そのまま抱きついてこようとするロドナーを、僕は手で押し留め、笑う。

歓迎してくれるのは嬉しいが、鎧のままで抱きつかれるとゴツゴツして痛いし、何よりもウィンが潰れてしまう。

「本当に懐かしいな、エイサー。もうアンタとは、死ぬまで会えないもんだと思い込んでたよ。部

下が教えてくれて、慌てて飛んで来たんだぞ。また会えて嬉しいぜ」

するとそう止められたロドナーは照れ臭そうにそう言ってから、僕が抱えたウィンと、傍らのシズキを見て優しい笑みを浮かべる。

出会った時は単なる衛兵だったロドナーも、僕が町を去る時は衛兵隊長に出世していて、……今はどうなのかは知らないけれど、でもそこから十五年近くたった今も、まだ現役で居るらしい。

しかし……、老けたなぁ。

死ぬまで会えないと思い込んでたって言葉が、少しも冗談には聞こえない。

仮に後十年、僕がこの町に来るのが遅ければ、もしかするとその可能性は、低いとしても皆無ではなかったのだろう。

「でもな、またアンタにこれを言えて嬉しいよ。……エイサー、それからそちらの坊ちゃん達もな、ヴィストコートの町へようこそ」

だけどロドナーは、それでもあの頃と変わらずに、僕の肩を叩いて、その言葉を口にした。

◇◇◇

懐かしい顔との再会を終え、僕らが向かうのは知人であるクレイアスとマルテナが住む家……、というか屋敷だった。

といっても別にそこに泊めて貰う心算じゃなくて、僕はこのヴィストコートの町に家を持っているのだけれど、そこの鍵を二人に預けて管理をお願いしてる。

僕はずっと色んな場所を旅しているし、家は放置し続けると傷むから。

まぁ傷むのは仕方ないにしても、イタチのような獣の巣にされてしまうと、周囲の住人にも迷惑だろうし。

なので今日の寝床を得る為には、まずはクレイアス達から家の鍵を受け取らなきゃいけない。

それから後は、寝る為の部屋の掃除である。

再会したロドナーとは少し話し込んでしまったから、急がなければもうすぐ夕暮れだ。

下手をすると、掃除をする時間がないままに夜になってしまう可能性がある。

僕は兎も角、ウィンやシズキは旅の疲れもあるだろうから、できればゆっくりと休ませてやりたい。

そうして急ぎ足で町中を歩けば、僕らは目的地へと辿り着く。

大きな大きな屋敷の扉の、ドアノッカーを四回鳴らして少しだけ待てば、使用人が出て来て、エルフである僕の姿を見て驚きながらも用件を問う。

まだ若い使用人で、やっぱり知らない顔である。

でもそんな使用人に案内されて屋敷へ入ると、出迎えてくれたのは見覚えのある……、上品な婦人。

そう、冒険者として成功し、引退して子を産み、その子供も既に独り立ちするだけの時を重ねた、マルテナだ。

「エイサーさん、本当に、本当にお久しぶりです。ようこそ我が家へ。……あら、その子達は？」

少し目尻に涙さえ溜めて僕との再会を喜んでくれる彼女が、ふと目を見張ったのは子供達、……特に何故かハーフエルフであるウィンでなく、シズキの姿を見た時。

僕はそこに、何か妙な違和感を覚えた。

普段の僕なら、或いはその違和感に興味を持って、ある程度の追及をしたかも知れない。

でも正直、旅の疲れは僕にもあったし、何よりもこの後に掃除が待っていると思うと色々と億劫《おっくう》だから、その違和感は敢えて無視する。

「こっちはウィン。アイレナから聞いてない？　ウィンは僕の養子で、こっちの子はシズキ。僕が王都で世話になってる人の子だよ。あぁ、用件なんだけど、預けてた家の鍵を貰えるかな？」

僕の言葉に、マルテナは今度こそ驚いた風にウィンを見て、……それから納得した様子で頷く。

でもウィンは、僕と一緒ならばという条件が付くけれど、他人からの注目を浴びる事には慣れているので、それを気にした風はない。

しかし逆にシズキは、まるで縋り付くように、僕の服の裾をぎゅっと握った。

「家の鍵は、もちろんお返しします。でもエイサーさん、今日は是非泊まって行って下さい。あの人もそろそろ帰ってきますし、子供さん達も疲れてるでしょう？　明日にでもあの家は人をやって掃除をしておきますから」

するとマルテナは優しく微笑んで、そんな事を提案する。

そんなありがたい申し出を拒否する理由は、少なくとも僕にない。

まぁ多少気に掛かる事はあるけれど……、それも含めて、僕はこの屋敷に泊まるべきだと感じたから。


その後、帰って来たクレイアスとマルテナ、それから僕とウィン、シズキの五人で夕食を取って、サウナのような浴室で旅の垢を落とす。

それから与えられた客室のベッドに横になれば、旅の疲れが噴出したらしいウィンとシズキはそのまま落ちるように眠ってしまってる。

という訳で、僕もようやく人心地が付いて頭も働き始めたし、ちょっと真面目に考えようか。

正直、……あまり考えたくはない内容だけれども。

夕食の前、帰宅したクレイアスは、僕やウィンじゃなくて、シズキの姿を見て僅かに動揺していた。

上手く隠してはいたけれど、そうなるだろうと予測してみていれば、見抜ける程度には隠し切れてなかったから。

またシズキも、クレイアスの姿に何かを思っていたのだろう。

こちらはよりわかり易く、それが態度に表れていた。

そう言えばクレイアスとマルテナの子は、父母と同じく冒険者の道を選んで独り立ちをし、今は依頼で遠出をしていてヴィストコートには居ないらしい。

一度会ってみたかったのだけれど、なかなか上手くは行かないものだ。

……うん、多分なんだけれど、シズキの、それからミズハの父親は、クレイアスなのだろう。

それはシズキの態度からも、クレイアスの態度からも、ついでにマルテナの態度からも、察せられた。

だけど何故そうなったのかが、僕には全くわからない。

確かにカエハとクレイアスは知り合い同士で、カエハはクレイアスを尊敬していただろうけれど、その手の感情を抱いてる風には見えなかった。

もちろん僕はカエハがこのヴィストコートで過ごした三年間を、それから僕が王都を去った後の事を知らないから、全くないとも言えないけれど。

しかし当時からクレイアスには家庭があって、カエハはそれを掻き乱して壊しかねない行為をするタイプには、到底思えないのだが……。

ううん、ちょっと胸がもやもやとする。

ついでにシズキと、恐らくミズハも、一体何時、クレイアスが自分の父親だと知ったのか。

それに関しても、少しばかり疑問だ。

恐らくはそれは最近で、もしかすると僕が道場に戻って来た事が、切っ掛けかも知れない。

今思えば双子が、僕に興味を持って何かと話し掛けて来たのは、エルフが珍しかったからというよりも、僕を探ってた風にも思う。

そして自分達の父親が、道場を立て直して去った謎の一番弟子ではないと理解し、カエハやその母を問い詰めた。

だとしたら、……僕は彼らに不和の種を運んで来てしまったのだろうか？

僕はベッドで眠る、シズキの頬を撫でる。

彼の顔は、カエハによく似てた。

一体何を思って、どんな気持ちで、シズキは僕にヴィストコートへ連れて行って欲しいと頼んだのだろう。

またカエハは何を思い、どんな気持ちで僕らの出立を見送ったのか。

何一つとして、わからない。

でも……、僕はシズキの隣で眠るウィンを見て、思う。

まぁ、いいかと。

実際、それが誰の子であるかは、とても重要な事ではあるのだろうけれど、極論を言えば関係がない。

僕がウィンに愛情を注ぐのは、彼の親が誰であるかなんて関係ないのと同じく。

カエハも、カエハの母も、間違いなくシズキとミズハを愛し、大切に想ってる。

だったらそれでいいだろう。

事情はさっぱりわからなくても、もしも仮にわかったとしても、僕はカエハの味方をするし、その子供達であるシズキやミズハも守るだろうから。

よし、寝よう。

僕はゴソゴソと、ウィンとシズキが並んで眠るベッドの、二人の真ん中に潜り込む。

動かされるウィンとシズキは迷惑そうに抵抗するが、僕は全く気にしない。

だって二人の間で寝たいのだ。

どんな事情があったとしても、今、この時、この場所は、僕の物である。

◇◇◇

「ルードリア王国で最も優れた剣士とされる剣聖、クレイアス殿に、ヨソギ流が当主、カエハの子、シズキが試合を申し込みます！」

次の日、穏やかで平穏な朝食の時間は、そのシズキの一言で打ち砕かれた。

……えっ、クレイアスの肩書って、そんなに大袈裟な物なの？

僕がびっくりしていると、ウィンも同じくびっくりしたらしく、口からぽろっと腸詰めが落ちそうになったので、風の精霊に頼んでキャッチして、彼の皿の上に置く。

しかしどうやら、シズキがヴィストコートに来たがったのは、これが理由だったらしい。

いやでも剣聖って、こう、もっと剣に全てを捧げたお爺さんみたいな人の称号というイメージが、僕にはある。

確かにクレイアスは、僕の知る限り最も腕の立つ剣士だけれど、割と俗っぽい人間だ。

彼は、そう、剣に全てを委ねるよりも、どんな手を使ってでも足掻き、生き抜く、……冒険者としての印象が強いから。

正直な所、クレイアスに剣聖の肩書は、あんまり似合っていない。

まぁ流石に、今の空気では笑うのは堪えたけれど、こんな時でなかったなら、きっと指を差して笑っただろう。

試合を挑まれたクレイアスは少し困ったように、まず僕を見て、それから隣に座るマルテナを見て、誰も助けに入ってくれないと悟って、ようやく正面からシズキの視線を受け止めた。

シズキの目に込められた感情は、それを正面から見たクレイアスにしか、わからない。

「……わかった。でも見た所、君はまだ身体が完全に出来上がっていない、剣士を名乗るには早い年齢だ。木剣を使っての打ち合いなら、朝食後でよければ応じよう」

暫しの沈黙の後、根負けしたようにクレイアスは、そう口にする。

シズキはそれに、少し不満そうな表情を浮かべるが、それでもクレイアスの言葉が正しくて、譲歩をして貰った事も理解したのだろう。

頷き、大人しく席に着く。

けれどもあの様子では、恐らくろくに味もわかるまい。

少し勿体ないなぁと、そう思う。

腸詰めは美味しいし、肉の旨味がたっぷりと出たスープも、絶品なのに。

腹ごなしの準備運動を終えたクレイアスとシズキが、木剣を手に向かい合う。

そんな二人を見た僕の感想は……、クレイアスが老けたなぁという事だった。

相手が子供だからというのも無関係ではなかろうが、今のクレイアスが構える木剣は、片手半剣くらいのサイズだ。

以前の彼ならもっと大きな、両手剣を軽々と操っていたのに。

最初に会った時は、二十歳くらいだった彼も、今は四十代の半ばである。

体形や動きを見る限り、両手剣を操るだけの筋力はまだある筈だが、咄嗟《とっさ》に寸前で止めるとなれば、片手半剣くらいのサイズが丁度良いのだろう。

つまりクレイアスの全盛期は、もうとっくに終わってしまっているという事だ。

もちろん年月を重ねた分だけ技は練っているだろうから、彼が弱くなっているかどうかは、わからないけれども。

シズキに関しては、特に心配もしていなかった。

結果は最初から見えているし、そもそもシズキが望んでいるのは勝利でもない。

彼自身に自覚はなさそうだが、恐らくは自らの父親と思わしき人物と、剣を通して触れ合いたいだけである。

もっというなら、不器用に甘えようとしているだけだ。

幾ら僕でも、そこに余計な口を挟んだり、妙な心配をする程に野暮じゃない。

でも一つ思うのは、……こんな風になるんだったら、たとえ馬車を使ってでもミズハも連れて来てやれば良かったという事。

いやでも流石に、ウィン、シズキ、ミズハの三人ともなると、僕が一人で目を離さずに引率するのは厳しいか。

「イイヤアァァァァッ！！！」

最初からシズキは全力で動き、子供とはとても思えぬ程に鋭く剣を振る。

それは間違いなく、天才の剣だ。

道場に生まれたという周囲の環境や、本人が積み重ねた努力もあるのだろうが、非凡な才覚がなければあの年齢で、あんな腕前には到達できない。

しかし当然ながら、クレイアスはシズキの非凡な剣を、軽々と受け止め、流して捌《さば》く。

たとえシズキが剣の天才であっても、クレイアスは数十年の修練と、無数の実戦経験を積み重ねた、剣の天才だ。

だからそれはまさしく、子供扱いであった。

シズキの木剣はクレイアスに全く届かず、逆にシズキの見せた隙を窘《たしな》めるようにクレイアスの木剣は打ち込まれる。

或いはシズキが慎重になれば、強引に間合いを詰めて圧を掛けて崩し、打ち込む。

……そう、子に対する剣の指導で、子供扱いなのだ。

何というか、楽しそうで何よりであった。

僕の腕の中で、ウィンがポカンと口を開けて、打ち合う二人を眺めてる。

一体この子は、今は何を考えているのだろうか。

そのうち僕も、ウィンとあんな風に打ち合ったりして、じゃれ合いたいとは思うけれども。

うぅん、まだ少し早いか。

今は、こんな風に腕の中に納まってくれる可愛いウィンで居て欲しい。

案ずるより産むが易しって言葉を、ふと思い出す。

……確か、事の前にはあれこれ思い悩むが、実際に始まってみれば意外と何とかなるものだって意味だった。

シズキとクレイアスの打ち合いは、正にそのように僕には思える。

カエハやその母、クレイアスにマルテナ、……彼らが何を考えて行動し、こんな風にややこしい事になっているのかを、僕はまだ知らない。

だけど皆が、シズキにミズハも含めて、悪性の人物は一人もいないだろう。

だったら僕は、あれこれ思い悩まずに、ただ彼らに必要とされれば応じるのみ。

絡まった糸だって、何時かは解《ほど》けるかも知れないし。


余計な事を考えずに観察すれば、二人の打ち合いは僕にとっても良い刺激になった。

僕は手も足も出ないシズキが、それでも何とかクレイアスを攻略しようとするように、シズキの闘争心と、強くなりたいという意志を見る。

多分あれが、僕に最も欠けてるものなのだろう。

またクレイアスの一挙手一投足が、シズキの闘争心を上手く引き出してるのもわかった。

それは彼らの間に繋がりがあるからか、それともクレイアスが冒険者相手の教官として経験豊富だから為せるのか。

少し興味はあったけれども、僕も流石にあの二人の間に割って入る程に野暮じゃない。

そんなシズキとクレイアスの打ち合い、交流はシズキが力尽きるまで続いたどころか、僕らがヴィストコートに滞在してる間は、時々行われた。

だけどそんな時間も無限に続く訳じゃなく、僕らは二週間をヴィストコートで過ごし、そして王都に戻る為に町を発つ。

懐かしい場所を見て回り、折角だからとウィンとシズキを連れてプルハ大樹海も少しだけ覗いて、良い気晴らしにはなったと思う。

アズヴァルドに、あのクソドワーフ師匠に師事した兄弟弟子達にも会い、彼らには品評会での優勝を約束させられた。

王都に帰ったら、うん、今度こそ他には気を取られずに、品評会に向けた鍛冶に打ち込もう。

◇◇◇

ヴィストコートでの気晴らしを終えて、王都に戻った僕らを待っていたのは、

「シズキばっかりずるいと思うの！」

そう言ってウィンを掻っ攫って抱きしめ、僕に返してくれないミズハの拗《す》ねっぷりだった。

いやいや、ずるいとか言われても、別に僕が同行しちゃ駄目って言った訳じゃないのだけれど。

でもまぁ、まだ十歳くらいの子供が感情的になってしまえば、そんな理屈は通用しない。

だから僕は攫われたウィンを救出する為、懸命にミズハの機嫌を取って、品評会に出す作品を完成させ次第、彼女をどこかに連れ出す約束をして許して貰った。

もちろん連れ出すといっても遠出は駄目だから、ミズハとウィンを連れて王都の近くの森を案内するくらいが精々だろうが。

ちなみにウィンは、今のミズハに逆らってはいけないと悟ってるらしく、僕に視線で助けを求めながらも大人しく人形に徹してる。

ミズハはそれでも少し物足りなさそうだったけれど、僕の申し出が最大限の譲歩である事は、ちゃんと理解したのだろう。

ウィンは返してくれなかったけれど、頷き、僕が鍛冶を終わらせるのを待ってくれた。

うん、もしかしたらそのお陰かも知れないけれど、小さな少女のプレッシャーに背中を押される僕は、まるでスランプなんてなかったかのように鍛冶仕事をこなし、納得の行く作品を二週間程でスムーズに完成させる。

そして少し先の話だけれど、その作品を提出した品評会の結果は、僕が一位に輝く。

……何というか、ミズハはまだ小さいけれども、やっぱりカエハの娘なんだなぁと、そう思う。

さて、という訳で、今日はウィンとミズハの二人を連れて、僕は王都の近くで最も大きな森へと来ていた。

ルードリア王国の森はエルフ達が去った影響で魔物の増殖が起き、今もアイレナを中心としたエルフの冒険者達が総出で間引きを行っている最中だ。

彼らが危険を感じる程の強い、または多くの魔物が出た場合は、僕にも呼び出しが掛かる事が稀にある。

しかしこの森は王都に近い為、比較的早い段階で間引きが行われ、既に強い魔物や大きな群れは排除済みで、僕が傍にいる限りは然程の危険もないだろう。

ミズハは右手に訓練用の木剣を持ち、左手をウィンと繋いで、僕の数歩前を歩いてる。

今回、彼女がどうしてこんな風に連れ出す事を求めたのかは、……僕にも何となくだがわかる気がした。

シズキもそうだが、ミズハは、道場の当主の子供として相応《ふさわ》しく躾《しつ》けられていて、普段はあまり我儘《わがまま》を言わない。

ウィンに対してお姉さんぶったり、シズキと喧嘩をしたりと、子供らしい面を見せる事もあるが、大人に対して接する時は基本的に弁えている。

ただそれでも、やはり彼女はまだ子供なのだ。

僕から見てカエハやその母は、最大限の愛情を二人の子らに注いでた。

そこに疑いを挟む余地はないし、シズキやミズハもそれは恐らく理解をしてる。

だけどどこかに、父性を求める気持ちもやはりあるのだろう。

シズキの場合はそれが、まるで対抗心のような形で発露し、クレイアスに試合を挑んだ。

その結果は、まぁ微笑ましい物だったが、あれはシズキなりに悩んだ末の行動だった。

そしてミズハの場合はもっと単純に、……父性を求める心が、甘えたいという形で表に出てる。

尤もその甘えたいはベタベタしたいという類の物じゃなくて、我儘を受け入れて欲しいとか、良い所を見せたい、認めて欲しいといった承認欲求のような物だろう。

それを抱えたままに大きくなると、悪い男に騙され易くなったりしそうで危うく感じるが、僕を相手に少しでも発散できるなら、多少の我儘につき合うのも悪くはない。

「エイサーさん！　みて、あれ！　何かしら？」

ふと、ミズハが指を差した先を視線で追って認識して、そちらに向かおうとした二人を大急ぎで抱えて止める。

おぉ、もう、ちょっとびっくりだ。

ミズハが見つけたのは、地にぽっかりと空いた直径が五十センチくらいの穴。

隠蔽の痕跡もなく堂々と空いたその穴は、……蛇の魔物の巣であった。

特異な能力や、毒すら持たないその蛇は、身体が大きく力が強いだけで、魔物としては弱い部類に入るだろう。

対処の仕方さえ理解すれば、駆け出しの冒険者だって数人で十分に狩れる。

けれども子供にとっては、ウィンはもちろん、ミズハであってもぺろりと一飲みにされてしまう脅威だった。

下手に刺激しないようにそっと通り過ぎようと提案すると、

「えっ、魔物なのに、倒さないの？」

ミズハは不思議そうに首を傾げて、僕に問う。

魔物と聞いて怯えるどころか、狩るという発想が出てくる辺り、随分と勇ましい。

やはりミズハも、将来は冒険者になるのだろうか。

だとすれば、魔物を倒す経験を積んでおくのは決して悪い事じゃないけれど……、

「別にいいけれど、その場合はその蛇がお昼ご飯になるよ。僕は倒すだけ、殺すだけって好きじゃないからね」

まだ彼女には、少しばかり早かった。

魔物を倒すと吠えるなら、それを独力でなせるだけの実力を身に付けてからの話である。

ルードリア王国では一番の都会である王都で育ったミズハには、蛇を食べるという発想がなかったらしく、明らかに顔色が蒼褪《あおざ》めた。

ちなみにウィンは旅の最中に蛇は食べた事があるから、味が決して悪くない事も知ってるし、ケロッとした表情だ。

むしろ久しぶりに食べたいとすら思ってるのかも知れないけれど、賢い彼はミズハの顔色を見て、何も言わずに彼女の手を引く。

「……そ、そうね。今日は別に、魔物退治に来た訳じゃないもの。そっと離れましょう。いい、ウィン？　そっとよ」

そうして納得したミズハとウィン、僕は、その場をそっと後にして、更に森の奥を目指す。

僕らの目的地はまだまだ先だから、こんな場所で時間を食っても居られない。

◇◇◇

木々が僕らを気遣って、歩き易いように少しだけ根を退《ど》けてくれる。

僕が一人でする森歩きならそこまでの気遣いは不要だけれど、今は二人の子供が居るから、木々の優しさがありがたい。

恐らくはベテランの狩人でも驚く程の速度で、僕らはサクサクと森を進む。

けれどもやはり、目的地であるこの森の最奥に辿り着く頃には、日は暮れてしまうだろう。

実はこの森の一番深い場所には、今は他国の森へ移住中の、エルフの集落が一つあるのだ。

そこが今回の目的地で、日帰りは不可能な距離だから、今日はそこで一泊をする。

……一泊であっても女の子であるミズハの外泊、それも野外に泊まる事に関しては、当然ながらカエハも、その母だって、あまりいい顔はしなかった。

それでも今回の、ハイキングというには大掛かりで、旅というには小さ過ぎる、一泊二日の旅行を許してくれたのは、僕が必ずミズハを無事に返すと約束したから。

その言葉が信じて貰える程度には、僕は二人に対して信頼を積んでいる。

それからもう一つ、やはりカエハもその母も、シズキばかりがヴィストコートまで旅をした事に関しては、二人の子供の扱いが公平でないと考えていたのだろう。

故に何とか、渋々とではあるが許可は下り、今回の旅行が実現した。

恐らく二度目の許可は出ないだろうし、僕だって求めない。

しかしそれでも今回、僕がこの森の奥にウィンとミズハを連れ出したかった理由は、……今じゃなきゃ見られない物がそこにあるからだ。

そう、今は移住をしてるエルフ達が一部でも帰って来たら、人間であるミズハはもちろん、ハーフエルフであるウィンも、森の最奥には立ち入らせて貰えないだろう。

だから本当に、それは今しか目にできない。


森を歩き続け、木々の間を抜けてエルフの集落に辿り着いた僕らの前に、それは姿を現した。

「っ!?　う、うっわぁ……」

傾き始めた太陽で紅く染まったその威容に、ミズハは息を呑み、それから感嘆の溜息を吐く。

それは霊木と呼ばれる、大きな森の最奥に一本だけ生えるとされる不思議な、小山を思わせる巨樹だ。

森の生命の結晶とも言われ、霊木の周辺の土地は力に満ちる。

更に不思議な事に、霊木は精霊を見る目を持つ者の前にしか姿を現さなかった。

今は僕やウィンが居るから、ミズハの目の前にも姿を見せているけれど、もし仮に後日、彼女が一人でこの場所まで来たとしても、もうこの巨樹を見付ける事は叶わないだろう。

もしかしたらウィンは、僕が引き取る前に居た集落で、既に霊木を目にしてるかも知れないけれど、物心が付くか付かないかの頃の話だし、改めて見ておくのも悪くはない。

ただこの森の霊木は、森の広さからして仕方のない事だけれど、然程に大きい方ではなかった。

当然ながら他の木とは比べ物にならないサイズだけれど、もっともっと広い森に生えた霊木だったなら、この倍程の大きさにも成長しうる。

そしてそのように本当に巨大に育った霊木には、凝縮された命の恵みとしてアプアの実が生《な》るのだ。

……故郷の森、深い森にはそんなアプアの実が生る霊木が当たり前にゴロゴロと存在してたから、僕はあまりありがたみを感じないけれども。

霊木が大きな森の奥に一本だけしか生えないルールがあるなんて、外の世界に出て来てから初めて知った事実である。

「エイサー、あれ!」

不意にウィンが、僕に呼び掛け、指を差す。

するとそこにあったのは、霊木の枝に綺麗に咲いた、一輪の花。

あぁ、どうやら霊木も、僕らの来訪を歓迎してくれてるらしい。

周囲の集落で暮らすエルフ達が居なくなって暫く経つから、……霊木も少し寂しかったりするのだろうか?

ふとそんな事を、考えてしまう。

だとしたら、もう少しだけ待って欲しい。

アイレナ曰く、ルードリア王国の森に戻ろうとするエルフの数は、僕が思ってたよりもずっと多いそうだから。

霊木に登って咲いた花を摘みたがるミズハを危ないからと宥め、次はそんな彼女に振り回されながらもお腹が空いたと悲しい目で僕を見るウィンの為、大急ぎで弓矢で仕留めた野兎と見付けた食用のキノコを焼く。

そんな風にバタバタとしていると、あっという間に日は落ちて、夜が来た。

僕とウィン、ミズハの三人は、焚き火を囲んで夕食を取る。

「エイサーさん、連れて来てくれて、ありがとう！　私ね、今日ね、凄く楽しいの。もしかして私、冒険者に向いてる？」

肉を齧《かじ》り、満面の笑みを浮かべたミズハが、僕に礼を言い、それから問う。

……さて、どうだろうか。

彼女は恐らく、勇敢ではあるのだろう。

剣の腕も道場で磨いていて、大人の弟子とも打ち合える。

見た事のない物を見て感動する心を持ち、野外での活動を厭《いと》わない。

あぁ、向いてそうでは、ある。

「うぅん、わからないかな。カエハ師匠みたいに凄い冒険者になれるかも知れないし、あっさり死んじゃう場合もあるし。……でも冒険者になるなら、蛇も食べられた方がいいかもね」

でも僕は、敢えて答えを明言せずに混ぜっ返す。

蛇の話を持ち出されたミズハは言葉に詰まり、それを笑ったウィンの頬を引っ張った。

まぁ彼女はまだ、十歳にも満たない年齢だ。

ミズハも、その双子の片割れであるシズキも、年齢の割にはしっかりしているけれども、それでもまだまだ大人じゃない。

自分の道を決める時間は、まだまだある。

それは僕から見ればあっという間の時間でも、彼らにとってはそうじゃないから。

ただミズハが仮に冒険者の道を選ぶなら、武器や防具を用意する事くらいは、してやろうと思う。

僕が以前、カエハにそうした風に。

ヴィストコートの家だって、彼女が必要とするならば。

今でもアストレがベテランとして冒険者達の纏め役をしてるという話も聞くし、僕のコネもまだ多少は使える筈だ。

◇◇◇

カエハも、シズキも、ミズハも、……ウィンも、他の弟子達も、皆一様に表情が沈んでる。

元々身体の弱かったカエハの母が体調を崩し、床から起きられぬようになってしまったのだ。

僕がこの道場に戻ってから、もう八年が過ぎていた。

この八年で最も変化があったのは、シズキとミズハの双子だろう。

彼らは大きく成長し、少しずつだが子供から大人に変わりつつある。

十五を超えれば一応は大人の仲間入りだから、僕は二人に剣を贈った。

魔術適性を調べてみたら、二人ともが魔力を動かせたから、彼らを困難から守ってくれる魔剣を。

そしてウィンの成長は、双子の半分に満たない程度。

ゆっくりと周囲と自分の時間の流れが違う事を理解したウィンは……、仕方がない話ではあるけれども、少しだけ荒れた。

文字を学び、世の中を知り、自分と親しい彼らがどこまでも違う生き物だと、気付いたから。

せめて剣だけでも双子に追いつこうと、無理な訓練をしようとしてみたり、僕に反抗して遠ざけてみたり。

それは間近で見てる僕にとって、距離を取られたりもしたから辛い時間だったが、それでもウィンは周囲を善性の人達に囲まれていたおかげで、今は随分と落ち着いてる。

特にウィンに積極的に関ったのは、シズキとミズハだった。

二人はウィンが自分達と違う事を理解した上で、やはり家族のように彼を受け入れ、傍らに寄り添ってくれたのだ。

ウィンが無理な訓練をする時は、シズキとミズハも一緒に並んで剣を振る。

そんなシズキとミズハに対しては、ウィンも屈託のない笑顔を向けていたから。

この道場に戻って来て、本当に良かったと、そう思う。

ついでの話になるけれど、王都での品評会は僕が一位を取り続けてた。

だけどそれは僕の実力が上がっていたからというよりも、……以前の品評会で一位を譲らなかったドワーフの名工が、ドワーフの国に帰ってしまって居なかったせいだ。

多分、きっと、ドワーフの国でも何かが動いているのだろう。

そんな予感が、僕にはしてる。


……体調を崩したカエハの母に、僕は以前のように森に薬草を採取に出掛けたり、残り僅かとなったアプアの実を擂《す》って飲ませてみたりしているが、効果はあまり出ていない。

彼女は、別に病んでる訳じゃないのだ。

つまりは、そう……、ごく単純に寿命が近い。

元より時間の短い人間としても、それでも早くに訪れるその時は、やはり生来の身体の弱さが原因なのだろう。

そんなある日、僕は人払いをしたカエハの母に、枕元へと呼ばれた。

元々華奢《きゃしゃ》な人だったが、頬の肉は更に落ち、あまりにも生気の薄い彼女。

なのに目に込められた力だけは少しも衰えなくて、カエハの母は僕を真っ直ぐに見据えて、口を開く。

「私は今から、貴方に恨み言を申し上げます」

……と、そんな風に。

しかし実際に始まったのは、僕がこの道場に……、まぁあの頃は廃墟だったが、来た頃の思い出話。


頼れる相手を全て失い、先の見えない状況が続く中、彼女は肺を病んだ。

とても一人前とは言えない娘を残して逝くかもしれない恐怖。

またそんな娘の、負担にしかなっていない自分の不甲斐《ふがい》なさに対する怒り。

どうしようもない感情に苛《さいな》まれていた日々に、その異物は突然現れた。

当たり前の話だが、最初は警戒したという。

女二人しか居ない家に現れた、エルフという異種族とは言え、男の存在に。

でもその異物はあっという間に生活の中に溶け込んで、先の見えなかった状況の全てを好転させていく。

あっという間に肺の病を治し、脅えていたロードラン大剣術との確執を終わらせ、少なくない金を出して道場も立て直し、……何よりも娘を一人前の剣士に育てた。

そしてそれを恩に着せるでもなく、自分は弟子という立場に満足し、無邪気に剣を振って喜んでいる。

「貴方は私達にとって、先の見えない闇に差し込んだ光のような存在でした。これは決して、大袈裟ではありませんよ」

随分と持ち上げてくれるけれども、……だからこそこの続きを聞くのが、少し怖い。

あの当時の僕は、いや今もだけれど、自分の好きな風に動いただけだ。

もちろん、それが皆にとって良いと思ったからではあったけれども。

「……ですがあの日、貴方がここを去る日、貴方は娘に呪いを掛けた」

キッと、カエハの母の視線が、強く僕を突き刺した。

それは冗談でも何でもなく、彼女は本気で言っている。

僕がカエハに、呪いを掛けたと。


カエハの母はそこで一旦言葉を切り、大きく大きく溜息を吐く。

胸の中に溜まった物を、全て吐き出してしまおうとするかのように。

「貴方にそんな心算はなかったのでしょう。でも子を産み育て、弟子を育て道場を守り、剣士としての研鑽を積むのは、どれもが決して簡単な事ではありません」

再び紡がれる言葉は、鎖みたいに僕に纏わり付いてくる。

彼女の声は、静かで淡々としているのに。

「ですが娘は、その全てを成さなければならないと思い込んだ。いえ、何があっても成すのだと決めたのです。……貴方にもう一度会う日の為に」

まるで燃え盛る炎の如く熱い。

カエハは剣の研鑽を惜しまず、同時に冒険者としての名声を使って弟子を集めて育てる。

そんな状況では、当然ながら自分の伴侶《はんりょ》を探す暇などなかっただろう。

「故にあの子は、伴侶を求めずに子だけを求めました。知る限り最も剣才に優れた方に願い出て、子のみを欲すると……、その方とその奥方様に頼んだそうです」

カエハの母の言葉は、ずっと抱えてた僕の疑問の、答えだった。

何故、そんな事になったのだ。

……どうしてクレイアスとマルテナは、それを断らなかったのだ。

そんなの、どう考えてもおかしいじゃないか。

「えぇ、それが貴方が、娘に掛けた呪いなのです。そして恐らく、その方と奥方様も、何らかの形で呪いに掛かっていたのでしょう。貴方とは別の方の呪いに掛かっていたからこそ、断れば愚かな娘が次は誰を相手に選ぶかわからないと思われて……。実際、子を産んで落ち着くまでのあの子は、なりふり構わず、しかも酷く頑《かたく》なでしたから」

わからなかった。

一体、僕はカエハに何をした？

どうやって僕は、彼女の人生を滅茶苦茶にしたのだ？

カエハの母は、僕の顔を見て、優しく微笑む。

何故、この話で、そんな顔をする？

「わかりませんか？　……本当にあなたは、しょうがない人ですね。その呪いは、恋心です。人間が生きる時間では、決して色褪せてなんてくれない、不変の恋心。娘は、貴方に恋をしました」

恋、心？

多分僕は、今、とても間抜けな顔をしてるだろう。

だって、こんな話の末に出てきた結論が、恋心だなんて……。

「きっと娘は、貴方には知られたくなかったでしょう。ですが私は、貴方がそれを知らぬままでは、安心して逝けません。貴方が剣士である事を諦めたあの日の夜、娘は震えて泣いてましたから」

やはり淡々と、でも今は優しい顔で、カエハの母は言葉を紡ぐ。

この話は、恨み言の筈なのに。

「ええ、貴方を恨んだ時もありました。頑なで愚かな娘に怒りもしました。でも実は、今はそんなに恨んでも怒ってもないのです。無邪気で自由な貴方に対して。だって娘はちゃんと母として子供達を愛し、私の孫達は良い子に育ち、……貴方は思ったよりもずっと早くに帰って来て、また私達に笑顔をくれました。それにあんなに可愛らしい子まで連れて」

そう言って彼女は手を伸ばし、震える僕の手を押さえた。

あぁ、少しだけわかってきた気がする。

別の方の呪い。

それが指し示す人物は、恐らくアイレナだ。

クレイアスとマルテナ、その二人に関わり、違う流れの時間を歩む人物は、彼女しかいない。

アイレナとクレイアス、それからマルテナの関係は、正直に言えば察していた。

何せアイレナとは、一時だが一緒に暮らしても居たのだ。

彼女がどう足掻いても先に寿命で死んでしまうクレイアスを愛する事を恐れ、身を引いた事。

そしてそれを、クレイアスと結ばれたマルテナが気に病んでいた事も。

……だったら恐らく、カエハを受け入れる様にクレイアスに言ったのは、マルテナか。

クレイアスはどんな事情があったとしても、そう簡単にマルテナを裏切る事はないだろう。

単なる男と女の関係だけでなく、命を預け合った信頼関係が彼らにはあるから。

その背に二人の仲間、アイレナとマルテナの命を背負い続けたクレイアスが、自分からその信頼を裏切ろう筈がない。

しかしだからこそ、マルテナがそうすべきだと言ったなら、或いは。

時間の流れが違う種族への、恋心。

マルテナが抱いた想いは、同情なのか、それとも共感なのか、過去への埋め合わせなのか。

その感情はあまりに複雑過ぎて、僕には量れない。

でもそれよりも僕が一番衝撃を受けたのは……、その恋心を抱いたという話を聞いて、僕は戸惑いながらも、確かに嬉しく思った事だ。

そう、今更。

気付かず苦しめ、散々に引っ掻き回してしまった後に、今更だ。

その事を受け入れられるまで、僕が落ち着くまで、どれくらいの時が必要だっただろう。

カエハの母はそれをじっと待ってから、

「この家に娘の伴侶はおらず、孫らの父はおらず、でもその代わりに、貴方が居ました。それはとても、得難い出来事だったのでしょう」

やっぱり優しく言葉を続けた。

思う所は、多分もっと沢山あっただろう。

そんな簡単に割り切れる筈がない。

でも彼女はその殆どを飲み込んで、僕に真実を伝えるのに必要な分だけ、言葉にしたのだ。

僕はその言葉を耳にしながら、少しずつ思いを飲み下す。

「生きる時間の違う自由な貴方に、共に歩んで欲しいとは言えません。それは野生の鳥を捕まえて、……いえ、吹く風を籠《かご》に入れて閉じ込めるような物でしょう。ですが娘の心だけは、知ってて下さい。お願いしますね？」

カエハの母は、僕の手をぎゅうと握って、そう話を締め括《くく》る。


そして彼女は、その話から五日後、この世を去った。

カエハも、シズキも、ミズハも、ウィンも、弟子達も泣いて……、あぁ、僕も涙を、流してしまった。

それはウィンにとってだけでなく、僕にとっても初めての、親しい人との死別だったから。

カエハの母、クロハ。

僕はその名を一度も呼んだ事はないけれど、けれども決して忘れはしないだろう。

◇◇◇

それから更に二年が過ぎた。

皆が悼《いた》みながらも、でも痛みを忘れるかのように懸命に生きて行く。

大切な人が欠けたとしても、過ごす日々に大きな変化はなくて、やがて時が喪失を過去の事にする。

ウィンはあれから、一時期また僕にべったりになって、今はその反動でまた少し離れてしまう。

ずっとべったりでも構わないのに！

でもそれが正しい成長という物だった。

ただ周囲の人々が、自分より遥かに早く死ぬ生き物だと知った彼は、色々と悩んでいるらしい。

特にミズハとは仲がとても良いのに、ドンドンと時間の差が開いて行ってるから。

シズキもミズハも既に大人に近しい年齢で、そろそろ自らの将来を決めたり、或いは伴侶を探し始める頃合いだ。

……一度、旅に出るべきだろうか。

そんな風に、僕が考えていた時だった。

アズヴァルド、僕のクソドワーフ師匠から、一通の手紙が届いたのは。

優秀な助手が欲しい、手隙《てすき》なら頼む。

簡単に言えば、そんな内容の手紙だった。

もう少し詳しく言うならば、今、ドワーフの国では老齢の王に代わる次を決める為、鍛冶師同士が競ってるらしい。

ドワーフの国では鍛冶の腕こそが最も重視され、鍛冶の腕が良ければ周囲の敬意も、社会的な地位も、全てが得られる。

そう、王の地位さえも。

でも鍛冶師の競い合いとは、即《すなわ》ち作品の出来の比べ合い……、要するに品評会で、作品の出来を左右するのは、鍛冶師の腕のみじゃない。

鍛冶場の質、特に炉の性能は影響が大きいし、より良い素材を取り揃えるコネも重要だ。

また優秀な助手、弟子を抱えている事も、作品への影響は決して少なくないだろう。

だけどまさか、あのアズヴァルド、クソドワーフ師匠が、手助けを求めてくるなんて、あまりに想像の埒外《らちがい》だ。

それは嬉しくもあり、また心配でもあった。

まず、僕をそんなにも認め、評価してくれていたのだという事は、もう本気で素直に滅茶苦茶嬉しい。

しかし彼の性格からして、僕に手助けを求めるのは、本当にギリギリの、それこそ最後の手段の筈である。

むしろアズヴァルドなら、独力で届かなければ、今は王になる資格がなかったのだと素直に諦め、更なる研鑽の道を選ぶ筈。

なのにそうしなかったのは、……自惚《うぬぼ》れかも知れないけれど、僕との約束があるからだろうか。

そう思えば、身体がぶるりと震える程に、幾つもの感情が胸の内で渦巻く。

あのクソドワーフ師匠が追い詰められ、僕を必要として呼んだ。

あのクソドワーフ師匠ですら、独力では追い詰められてしまう程の鍛冶師達が、ドワーフの国には存在してるらしい。

あのクソドワーフ師匠が、僕との約束の為に戦ってるのだ。

嬉しさと、焦りと、興味と……、何だかもうよくわからないけれど、兎に角、このままドワーフの国に向かって駆け出したい程の衝動に、僕は拳を床に打ち付け、大きく深呼吸を繰り返して、自分の気持ちを落ち着ける。

あぁ、そう、この話は、今すぐにって事じゃなかった。

ドワーフの次代を決める為の腕比べは、一度や二度の品評会じゃ、終わらない。


だから僕は最初に、ウィンに問うた。

僕はドワーフの国に行くけれど、君はどうするのかと。

もちろんウィンはまだ子供だから僕の庇護の下にあるべきだけれど、……でもカエハやその子ら、道場の弟子達だって、もう家族みたいなものである。

仮に彼がどうしてもこの道場に残りたいなら、僕は他の家族にウィンを任せるだろう。

何というか、そう、単身赴任みたいな感じになる。

ドワーフの国は北の山脈地帯の中、人を寄せ付けない難所にあるが、……距離だけで考えたらそこまで遠い訳じゃない。

人は兎も角、ドワーフは行き来して交易品等をやり取りしているし、僕だって頑張れば年に一度くらいは、何とか帰って来られる筈。

僕の問い掛けに、ウィンは少し悩んだ。

具体的には五分くらい、何やらブツブツ言いながら考えて、

「エイサーと行く。だってエイサーは、ボクが居ないと何するか心配だし……」

それから彼は僕にぎゅうっと抱きついた。

僕はウィンの下した結論と、彼の温かさが嬉しくて強く抱き返して、……それからふと気付く。

あれ、おかしくないだろうかと。

僕って、ウィンの保護者だよね？

何でちょっと、逆に心配されてる感じになってるんだろう。

確かにウィンという重しがなければ、僕は少しばかり好き勝手する所が、百歩譲ってある気はするけれど、彼と出会ってからは割と大人しく生きてきた心算だったのに。

……うぅん。

でも、まぁいいか。

ウィンが付いて来てくれるなら、それでいいや。

ドワーフとハーフエルフに流れる時間は近いから、ウィンにも長く付き合える友が見つかるかも知れない。

そうなるとまず必要なのは、拳と拳のコミュニケーションの取り方である。

彼らは気の良い連中だが、直情的な傾向があり、またぶつかり合いを好む。

そしてぶつけ合うのは、本音だったり拳だったりと様々だ。

逆にぶつからずに退《ひ》いてしまう相手に対しては、ドワーフ達も距離を取る。

故にウィンには、要するに喧嘩の仕方を教える必要があった。

僕と揃いでグリードボアの革の手袋を作り、腰と気合の入った拳の打ち方を教えて、そうしているると三ヵ月程の時間があっという間に過ぎ去ってしまう。


けれども出発をするには、もう一人、ちゃんと話をしなければならない人がいる。

いや、違うか。

しなければならないじゃなくて、話したいのだ。

僕の気持ちを理解し、旅立ちを納得して、ちゃんと送り出して欲しい人がいる。

だから旅立ちの前夜、僕はカエハの部屋で、彼女と向かい合って言葉を交わす。

するとカエハは、僕に向かってこう問うた。

「今生の別れですか？」

……と。

あぁ、確かに、そんな風に思うのかも知れない。

僕は今の段階では、真っ当な剣士としての成長を諦めてる。

それにウィンもそれなりに、人で言う八歳か九歳にまで成長したから、急がずに準備をしっかり整えれば、旅も然程に苦にしないだろう。

つまり安全に育てる為の場所を、以前程には必要とはしていなかった。

そう考えれば、僕がここに戻って来る理由はもうないのだ。

だけどそこには、僕の気持ちが入っていない。

僕は自分で言うのもなんだけれど、自由な、というよりもいっそ我儘な生き物である。

やりたい事をして、食べたい物を食べ、好き勝手に振る舞う。

何より、行きたい場所へ行く。

「いや、戻って来るよ。僕は、人間と違う時間の流れる生き物だけれど、君の最期は傍に居たい」

ここは、カエハの隣は、僕が居たい場所だから。

それが僕の、彼女の気持ちに対する答えだった。

想いは、口に出すと時に淡雪のように溶けて消えてしまうけれど、取る行動に嘘はない。

あちらに、こちらに、うろうろとはするけれど、その場所が消えてなくなってしまうまでには、必ず戻って来るだろう。

色々と気付くまでには、あまりに時間を要してしまったが。

そして僕は知っている。

死別は必ずしも、永遠の別れではないという事を。

何故なら僕自身が、転生を経てここに居るから。

違う世界に行くかも知れず、記憶の保持ができないかも知れず、……再会の可能性なんて那由他《なゆた》の彼方《かなた》であろうけれども、だけど決して零《ゼロ》じゃなかった。

僕はまだまだ長い時間を生きて、更にその後も精霊として存在し続ける。

だったらそんな気の遠くなる時間のどこかで、奇跡だって起こるかも知れない。

故に僕は、その後に泣き崩れるとしても、カエハの最期を看取るだろう。

絶対に忘れない記憶を刻む為にも。

「……そうですか。ええ、そうですね。では約束です。私の最期は、エイサー、貴方の隣で。だから帰りを、楽しみにしてますね」

そう言って笑うカエハの顔は、出会った時よりもずっと年齢を重ねてたけれど、とてもとても、綺麗だった。

第三章　我が師と彼の師

前にも後ろにも、右にも左にも、どこまでもずぅーっと山が続く。

ついでに僕が立ってる場所も、とある山の頂上近くだ。

いやいや、絶景というしかない光景である。

「よー、エルフの。アンタもよぅ付いて来るねぇ。オラァ、エルフってのはもっと軟弱な生き物だと思っとったわ」

感心した風に声を上げたのは、ルードリア王国で案内人として雇ったドワーフ。

荷物は彼が全部背負ってくれているけれど、その代わりに僕は背負子《しょいこ》を装着してウィンを乗せていた。

確かに一般的なエルフなら、その状態で険しい山を越えて行けば、殆どが音を上げるだろう。

「そうだねぇ。でもこの子くらいならまだ鉄鉱石より軽いし、山は鍛冶場よりも涼しいからね」

本来ならば吹き荒《すさ》ぶ風が身体の熱を奪う山地でも、風の精霊が僕らを気遣い、そよ風程度に抑えてくれてる。

剣を振って鎚を振って、身体を使う事に慣れてる僕は、体力的にも並のエルフに比べれば強靱だ。

「そうかそうか。そんならええわい。まだまだ幾つも山を越えるからなぁ。オラァもアズヴァルドの客を置き去りにせんでえぇ。しっかし、その坊主も随分とまぁ、大物だのぅ」

フンと鼻で笑い、案内人のドワーフは歩を速めた。

そう、彼の指摘通り、ウィンは背負子の上でぐっすりと眠ってる。

足場の不安定な山道や岩場を、背負子に乗せられての移動だから、普通なら怯えるのが当然だ。

なのにウィンときたら、景色を眺めてちょっとはしゃいで、風の精霊と話して笑って、それに飽きると昼寝なのだから、割と良い身分というか、もういっそ図太い。

まぁそれも、僕を信頼しての事だと思えば、決して悪い気はしないけれども。


……ドワーフの国に行くと決めた僕がまず最初にしたのは、ドワーフの案内人を探す事。

僕は森の中のエルフの集落なら、初見の森でも迷わず辿り着ける自信はあるけれど、……流石に広い山々のどこか、恐らくは地下に隠されてるだろうドワーフの国を、大まかな位置しか知らずに見つけ出すのは不可能だ。

故に僕は鍛冶師組合に頼り、交易の為にルードリア王国に出て来るドワーフに繋ぎを取った。

本来ならばエルフはもちろん、人間だってドワーフの国には入れやしないだろう。

但しドワーフの国の要人から許可を受けた者、または大きな国の鍛冶師組合が、より正確にはそこに所属するドワーフが認めた、上級鍛冶師の免状を持つ者は、特別に例外として入国出来るそうだ。

どうやらドワーフの国で最も重視されるのが鍛冶の腕であるという話は、紛れもない真実らしい。

そして次代の王を決める競争に参加する程の鍛冶師であるアズヴァルド、僕のクソドワーフ師匠は、紛れもないドワーフの国の要人であったらしく、その手紙も入国許可書の一つとして扱われる。

つまり僕は自前の上級鍛冶師の免状で一つと、アズヴァルドからの手紙で一つ、二人分の入国許可を持っていた。

そう、僕とウィンの、二人分だ。

そのどちらもがアズヴァルドからの物である事を考えると、まるであのクソドワーフ師匠に今の僕の状況を読まれてるみたいで、ちょっと笑ってしまう。

恐らく彼からすれば、念の為ではあったのだろうけれども。

当然ながら、たとえ入国許可書を持っていても、案内人のドワーフはエルフを国に連れて行く事に、非常に渋い顔をする。

僕は個人的にドワーフが好きだが、エルフとドワーフは種族的に互いを嫌い合ってるから、それも仕方のない話だ。

しかし僕はたとえ目の前のドワーフに嫌われていても、こちらは嫌いじゃないから気にしない。

手元の入国許可書は、少なくとも話をする切っ掛けにはなった。

話す切っ掛けさえあれば、後は非常に簡単だ。

渋る案内人のドワーフを、僕は強引に酒場に引っ張って行って、杯《さかずき》を重ねながら想いを語る。

僕がどれ程にクソドワーフ師匠に世話になり、恩を感じ、手伝いたいと思っているのか。

この手紙を受け取った時、僕がどれ程に喜びを感じたのか。

空になった杯の数だけ、想いもまた積み重ねて、すると案内人のドワーフは諦めたように、

「あぁ、えぇよ。よぅわかった。酒はまだまだ入るけれども、アンタの思い出話はもう腹一杯だ。こっから先は酒だけ飲ませてくれりゃあ、それでえぇわ。エルフに山道が付いて来られるなら、連れて行くだけなら、連れてってやる」

僕の願いを受け入れた。

その晩、ウィンにはお酒臭いと顔を顰《しか》められてしまったが、その分の成果は、あっただろう。

けれども案内人が居ても尚、ドワーフの国への道はとても険しい物だった。

岩山の細い崖道は危なっかしいし、避けられない崖は登攀《とうはん》して越えなきゃならない。

流石に旅慣れてる僕でも、地の精霊が力を貸して足場を作ってくれなかったら、ウィンを背負いながらではこの道のりは越えられなかっただろう。

でもそれにしても思うのは、矮躯《わいく》で筋骨隆々としたドワーフが、なのに身軽に崖を登って狭い道を通る姿は、なんとも見ていて面白いという事。

違和感というか、ギャップが凄い。

その案内人のドワーフは、なんだかんだで僕らに親切で、特にウィンに対してはよく気遣ってくれる。

それを指摘すると照れてるのか怒るけれども。

だけどそのお陰で厳しい旅にもウィンは、ついでに僕も体調を崩す事もなく、およそ二週間と少しの山歩きを経て、無事にドワーフの国へと辿り着く。

◇◇◇

ドワーフの国は、国とは呼ばれているけれど、複数の集落から成り立つ物ではない。

地下をくり抜き、石を積み上げて拵《こしら》えた、巨大な地下空間をドワーフの国と呼んでいる。

人間の感覚で言えば、都市国家が一番近いだろう。

またドワーフの国には、人間の国のような名前がなかった。

何故ならドワーフの数は人間に比べてずっと少なく、住み着く場所も限られているので、国を固有の名で識別する必要が皆無だからだ。

要するに近隣に二つも三つもドワーフの国が存在するような事があり得ない。

例えば東、小国家群も越えて更にずっと東に行くと、その辺りにも大きな山脈地帯があって、ドワーフの国が存在する。

でもこの辺りのドワーフにとって、そちらは東の国、ここはドワーフの国で事足りてしまう。

逆に東の国のドワーフから見れば、こちらは西の国だった。

故にこの辺りのドワーフは、殆どがこのドワーフの国に住む。

例外は何らかの罪で国を追放されたか、人間の国に出る事で鍛冶修業をしているか、戦いが好き過ぎて冒険者をしているか……、後は好奇心の赴くままに旅をする変わり者くらいだろう。

つまりこのドワーフの国と呼ばれる地下空洞には、他では想像も出来ない程に大勢のドワーフ達が、寄り集まって生きているのだ。

その数は、なんと四万とも五万とも言われるらしい。

ドワーフの国の中を衛兵に案内されて歩く僕とウィンに、流石に四万や五万ではないけれど、数百の視線が突き刺さった。

そしてその視線は実に雄弁だ。

誰もが皆、『何故、エルフがドワーフの国に?』といった疑問と、エルフに対する拒絶感をあらわにしてる。

ウィンは可哀想に、流石に少し気圧《けお》されていて、繋いだ僕の手を握る力が強い。

だけど僕は逆に、ちょっと楽しくなってきていた。

だってどうやってこの視線を、僕らに対して好意的な物に変えようかって考えたら、それはもう過程も結果も、絶対に楽しい筈だから。

そしてその最初の切っ掛けは、僕が知るドワーフという生き物なら、直ぐに訪れるだろう。

「待てぇ!!! なんでエルフがこのドワーフの国におるんじゃ!!! どの面下げてエルフごときがこの地を踏んどる!!!」

ホラ来た。

こちらは衛兵に案内される客だというのに、それを恐れる風もなく道に立ちはだかって文句を言うドワーフの……、多分若者?

ドワーフの男性は、皆が髭《ひげ》もじゃで年齢不詳だからよくわからないけれども、多分この手の行動に出るくらいだから、若者だろう。

「客だ。退け！」

「納得できるか！　エルフだぞ！」

そんな言い合いを、衛兵と繰り広げる彼。

周囲の他のドワーフ達も、立ちはだかったドワーフに賛同の意を示してる。

僕がドワーフという種族が好きなのは、こうやって文句があるなら行動に出て言ってくる辺りだ。

もしこれが人間だったら、多くが遠くから石を投げてくるだろう。

でも彼はそんな真似はせず、こうやって正々堂々と正面から文句を言いに来た。

だから僕も客という立場に甘えず、フェアにドワーフとぶつかろう。

ウィンの頭を撫でてから、僕は繋いだ手を離し、荷物袋からグリードボアの革手袋を取り出して着用し、両の拳を打ち合わせる。

この子の前で、退く姿は見せられない。

「僕はエイサー、師に招かれてこの国に来た！　それが気に食わないと言うのなら」

一歩前に出て、大きく声を張り上げた。

そして衛兵と言い合いをしてるドワーフをびしりと指差し、

「力ずくで追い出してみろ！！！」

思い切り吠える。

多分きっと、今の僕は満面の笑みだろう。

だってもう、こんなの楽し過ぎるから。

「いい度胸だ！！！　やってやらぁ！！！」

すると顔を真っ赤にして、腕を捲《まく》り上げてこちらにズンズンと歩いて来る、まだ名前も知らないドワーフ。

衛兵もこれは止められないと思ったのか、それとも僕の意思を汲んだのか、一歩脇に退いた。

「言われてるぞグランダー！　代わってやろうかぁ!?」

「おおぅ、エルフも言うじゃねえか。負けんなよグランダー！」

周囲も大いに盛り上がり、僕が今から喧嘩をする相手の名が判明する。

どうやら彼は、グランダーというらしい。

いやぁそれにしても、腕が太い。

一体何発耐えられるだろうか。

うん、実に楽しみだ。


「くたばれ根っこ野郎！！！」

咆哮と共に繰り出されるグランダーの拳、圧に負けずに前に踏み込んだ僕は、彼に対して身長差を活かした打ち下ろしの右ストレート、チョッピングライトをその顔面にカウンター気味に叩き込む。

ほぼ同時にパンチを打てば、リーチと速さの差で先に当たるのは僕の拳だ。

そして先に当たった拳の威力が十分に強ければ、相手の攻撃を弱め、或いは中断させて吹き飛ばす。

そう、今のように。

エルフを根っこ野郎と呼ぶのは、中々に面白い表現だけれど。

並のエルフをゴボウとするなら、僕の腕力は人参だ。

ドワーフの大根や蕪《かぶ》のような腕とだって、やり方次第じゃ殴り合える。

シンと、辺りが静まり返った。

よもやエルフの拳の一撃で、ドワーフの身体が宙を舞うとは誰も思わなかったのだろう。

まあでも今のは彼、グランダーが悪い。

一発で仕留めようと大振りで、自分よりも上にある僕の顔を、勢い任せに狙ったのだから。

そんな舐めた事をするから、思わぬ反撃に宙を舞う羽目になる。

仮にこれが戦いだったなら、倒れた相手に追撃を加えて、そこで終了だ。

でもこれは戦いじゃなくて喧嘩だから。

僕は倒れた相手に対して、拳ではなくて言葉を放つ。

「どうしたドワーフ、そうじゃないだろう。僕の師匠はもっと強かったぞ！　まだ拳は喰らってないから比べられないけれど、師匠の拳骨《げんこつ》は凄く痛かったぞ。立てよドワーフ！　ドワーフだろう！！！」

ドワーフなんだから、もっとしっかりして貰わないと困る。

一発殴って終了じゃ、そんなに楽しくないじゃないか。

僕が一方的に殴っただけだ。

するとグランダーは、さっきの一撃が相当に効いたのか、ちょっとふらつきながら立ち上がって、

「あぁ、舐めんな！　まだまだこれからに決まってんだろうが！！」

無事をアピールする為か、それとも無意識にか、笑みを浮かべてそう言い放った。

だから僕はガードを開き、手招きをして、打って来いとアピールをする。

もちろん余裕なんかじゃない。

あんなぶっとい腕に無防備で殴られたら、下手をすると一発でＫＯだ。

だけどこれは喧嘩で、殴り合いだから、僕も彼に殴られる必要はあるだろう。

足を踏ん張り、気合を込めて、どんな一撃が来ても意識だけは持っていかれないように、僕はグランダーの拳を腹部で受け止めた。

もちろん、その瞬間にちょっと後悔したけれど。

◇◇◇

「本当にもう、お前さんには呆れる他にないわ。入国前に入り口で儂《わし》を呼ぶか、儂の名前を出せば無事に通れる事くらいは、エイサーもわかっとったろうに」

軟膏を塗り込んだ湿布をべちゃりと僕の顔に貼り付けて、心底呆れたように深々と溜息を吐いたのは、……二十数年ぶりに再会した鍛冶の師であるアズヴァルド。

僕の感覚でも久しぶりの再会だけれど、以前から年齢不詳のクソドワーフ師匠は、あまり変わった風には見えなかった。

しかも相変わらず、僕の考えは彼には簡単に見透かされる。

「やりたかった事はわかっとるよ。あの喧嘩騒ぎのお陰で、『儂がエルフをこの国に招き寄せた』ではなく、『妙なエルフが鉱員のグランダーの奴と真正面から殴り合った』って噂が、国中を駆け巡っとる」

静かに、淡々と語りながら僕の治療を進めるアズヴァルドだけれども、これはもしかして、……少し怒ってるかも知れない。

ちなみにウィンは、結婚したクソドワーフ師匠の奥さんが、今は相手をしてくれている。

ドワーフの女性は国外に出る事が殆どなくて、その容姿に関してはあまり知られていなかった。

当然、僕もこの国に来て初めて目の当たりにしたけれど、髭などは生えず、姿は人間の少女に近いといえるだろう。

髭もじゃのアズヴァルドと少女にしか見えない奥さんが並ぶと、……ちょっと犯罪臭いなぁと思ってしまうのは、何もかも前世の記憶が悪い。

「お前さんが、エルフの自分が儂の客人の立場を強調し、今の時期に儂の評判を落としたくなかったという事はわかっておるし、その気持ちはありがたいと思う」

クソドワーフ師匠が、拳を固めて僕の胸をドンと突く。

言葉とは裏腹に、そこに僅かな怒りを込めて。

それはとても、痛かった。

あのグランダーってドワーフの拳以上に、いや、そんな物よりも遥かに、ずっと。

「だがな、エイサー。儂はそんな事は承知の上で、お前さんを呼んだんじゃ。評判なんぞよりも、お前さんを選んだんじゃ。……なぁ、あまり舐めてくれるなよクソエルフ。儂はお前さんにとって、弟子一人の面倒も見れん情けない男か？」

あぁ……、うん、そうだった。

彼はそんな風に、誇り高い男だった。

多分僕らはお互いに、久しぶりの再会過ぎて、相手を見誤っていたのだ。

クソドワーフ師匠は、流石にドワーフの国でなら、僕が大人しくしてるだろうと思ってしまっていた。

僕は彼が、自分の評判なんて気にもせず、僕を抱えようとしてるのだという事に、思い至らず余計な気を回してしまった。

「うん。ごめん。久しぶり過ぎて、……頼り方を忘れてたよ」

だから僕は、素直にそう言って、頭を下げる。

するとそれを見たアズヴァルドはまなじりを下げ、口角を上げ、ニッと笑みを浮かべて、もう一度僕の胸を、ドンと拳で突いた。

いや、だから痛いよ。

二回目は何だよ。

「おう。まぁそれは兎も角としてな。ようやった。ドワーフの鉱員に殴り負けなかったエルフなんぞ、それがハイエルフだとしても、この世界が生まれてからきっとお前さんが初めてじゃ。友としてなら、儂はそれが誇らしいわ」

そして彼は心底楽しそうに、カラカラと笑って僕の肩を叩く。

三度目の痛みは、それがどうにも懐かしくて、心地好くて、僕も思わず、笑ってしまった。


さて、招かれたアズヴァルドの家は、立派な鍛冶場付きの、屋敷といって差し支えのない広さの物で、本当にこの国では鍛冶師の地位が高いのだと、改めて目に見える形で理解が出来る。

彼はヴィストコートからドワーフの国に戻ってすぐに奥さんと結婚して、子供の数は総勢四人で、男の子が二人に女の子も二人。

どうやらドワーフの男性は二十歳、人間で言う所の十歳にもならぬ歳から髭が生えてくるらしく、一番上の息子は既に結構な髭面だ。

ウィンからすればその姿はまるで大人に見えるのに、自分と数歳しか変わらないと聞かされて、目を瞬かせて驚く。

逆にアズヴァルドの子らからすれば、ハーフエルフであるウィンはまるで女の子にしか見えないらしく、長男が実際はどうなのかと確かめようとして、ウィンと喧嘩に発展してた。

……まぁ、うん、多分ウィンに勝ち目はないだろう。

ただでさえドワーフとハーフエルフじゃ筋力的な差がある所に加えて、相手は数歳であっても年上だ。

成長期の子供の数歳の差は、ドワーフやハーフエルフであってもそれなりに大きいから。

だけどその喧嘩で大切な事は、勝ち負けじゃない。

嫌な事をされれば嫌だと主張し、小さくとも精一杯に自分の牙を見せる。

それが出来ればアズヴァルドの長男は、それから他の子供達もウィンを認めるだろう。

故に僕は内心ちょっとハラハラしながらも、介入はしないでじっと見守る。

あぁ、でも、喧嘩の前に僕と揃いの、グリードボアの革の手袋だけは着けさせた。

喧嘩の仕方は、ここに来るまでに十分に教えてる。

そしてウィンは、出会ったばかりの以前なら兎も角、今の彼は、結構図太いし勇敢だし、何よりも譲れない所では意地っ張りだ。

だから、うん、大丈夫。

しかしそれにしてもドワーフの国でのウィンの最初の喧嘩が、エルフへの嫌悪ではなく、そんな下らなくて可愛らしい物になるとは、ちょっと予想もしていなかった。

それは多分、隣で子供達の喧嘩を眺めてるこのクソドワーフ師匠が、子供達がエルフへの嫌悪を持たないように育てているからなのだろう。

向こうでアズヴァルドの奥さんが、僕が貼られてるのと同じ湿布を用意してる。

果たしてそれは、ウィンだけが必要とするのか、それとも長男の彼も仲良く顔に湿布を貼られるのか。

そう、奥さんからも、僕らへの嫌悪は、見られない。

僕はその事がとても嬉しくて、ウィンの勇姿とこれからの日々に、胸を躍らせた。

◇◇◇

さてしかし僕が鍛冶の師であるアズヴァルドにこの国へ招かれたのは、旧交を温める為じゃない。

王座を巡る競争で彼に助力する為に、僕はこのドワーフの国へとやって来た。

だがアズヴァルド程の腕の実力者、名工が、僕の力を必要とする事態とは一体何なのか。

僕はその詳細を彼から聞いて……、あまりの運命の数奇さに思わず、うん、思わず笑みを浮かべてしまう。

何故なら僕のクソドワーフ師匠と競る名工は幾人もいるが、その中で恐らく今先頭を走っているのが、ラジュードル。

そう、僕の魔術の師にして鍛冶の弟子、ついでに悪友でもある、カウシュマン・フィーデルに魔術を教えたドワーフだったから。

……但しアズヴァルド曰く、ラジュードルの純粋な鍛冶師としての腕前は、恐らく王座を巡る競争に参加してるドワーフの名工の中では、一番低いらしい。

ならば一体何故、ラジュードルが王座を巡る競争の先頭に立つのか。

そこにはミスリルと呼ばれる、ドワーフが最も重要視する、とある希少金属が関わっていた。

ドワーフにとってのミスリルは、王の象徴である。

何故ならミスリルは、本来ならばドワーフの王にしか鍛えられない金属だからだ。

というのもミスリルを加工するには凄まじい熱量が必要で、その熱量を確保できる炉がこのドワーフの国には一つしかなく、それを扱えるのはドワーフの王のみという決まりだから。

どういった技術でそれを成しているのかは不明だが、その炉は地中深くの真なる炎から熱を取り出すドワーフの秘宝らしい。

あぁ、エルフの神話に伝わる、ドワーフは全き自然から火の欠片を盗み出して、炉に閉じ込めたという話は、もしかしてそこから来てるんだろうか。

マグマ？　マントル？

僕の乏しい知識ではその真理は探れないけれど、確かにそれは……、エルフが危険視してもおかしくない技術である。

けれども今回の王座を巡る競争で、ラジュードルはなんと、そのドワーフの秘宝である炉を使わずに、ミスリルを加工して見せたのだという。

故にそれまで、王座には最も遠いと考えられていたラジュードルが、一躍競争の先頭に躍り出た。

鍛冶の実力で他に一歩劣っても、ミスリルを扱えたというその一点のみで。

……何でもラジュードルは人間の国から戻った後、ドワーフの中で魔術の素養を持つ者を探し集め、弟子として抱え込み、魔道具を作り続けたらしい。

だから大半のドワーフからの印象は、便利だが一部の者にしか使えない物を作る、腕も良いし面白いが、兎に角変わり者という扱いだったそうだ。

だがこのままラジュードルが王座を得れば、……ドワーフには数少ない魔道具を扱える者、魔術の才を持つ者ばかりが優遇される国になりかねない。

そんな風に、古い考え方を持つドワーフは反発し、寄り集まってラジュードルに対抗する手段を求め出す。

つまりは、そう、自分達も秘宝を使わずにミスリルを加工しようと、試行錯誤し始めた。

そこで相手を潰そうとするのじゃなくて、自分達もミスリルを加工しようとする辺りが、実にドワーフらしいと僕は思う。

ではアズヴァルド、僕のクソドワーフ師匠もその古いドワーフの派閥になるのかといえば、

「いや、一部の者しか使えなくとも、あれはあれで面白い技術なのは間違いないからの。……儂は決して嫌いではないよ。ただまぁ、それでも今回は王座を得たい、譲れない理由があるんじゃ」

考え方が違うからと中立を保ち、その結果、二つの派閥に対して一人で戦う形になってたらしい。

もちろんアズヴァルドの他にも似たような、中立の考えを持つドワーフの名工は居るけれど、そういった彼らはやっぱり自分単独で王を目指そうとしてるから。

さて、そこまでの話を聞いて、僕はラジュードル、カウシュマンの魔術の師が、どうやってミス

リルを加工する熱量を確保したのか、その方法に思い当たる。

多分、いや、十中八九……、むしろほぼ確実に、ラジュードルは自分の所有する炉に術式を刻み、魔道具として改造したのだろう。

けれども当然ながら、炉、その物を魔道具として機能させるなんて、非常に多くの魔力が必要だった。

しかも炉を稼働させてる間中、継続的に魔力を流し続けなきゃならない。

そんな事が、たった一人の魔術師に出来る筈もなく、だからこそラジュードルは、魔術の才を持つ弟子を集めて抱え込んだのだ。

つまりラジュードルはドワーフの国に帰国した時から、或いはオディーヌでカウシュマンに魔術を教えてる時から、ドワーフの王座を見据えていた。

……その時からミスリルを加工するという手段を考えていたのだとするなら、彼は相当に手強い相手である。

自らの鍛冶の才が他の名工に一歩及ばぬなら、魔術の才を以てその逆境を覆す。

個人的には、実に痛快な人物であると感じた。

まぁ、今回は敵、ライバルだけれども。

「それで僕が手伝えば炉の出力を本来の性能以上に引き出して、ミスリルの加工に届くんじゃないかと、考えた訳だね」

恐らくは散々に試行錯誤した後の、最後のひと押しとして僕の助力を欲した訳だ。

……我が師ながら、随分と僕に大きな期待をしてくれたものである。

ミスリルの加工はドワーフにとって途轍もなく重視される物だというのは、先程の話からもよくわかった。

その場にエルフを立ち会わせるなんて、それこそ魔術なんかよりも余程に反発があっただろう事も。

「あぁ、儂はこの国のドワーフの全てに見せてやりたいんじゃ。ドワーフとエルフが手を組めば何が起こるのか。儂の弟子で友人が、どれ程の物かをな」

そんな言葉を口にするアズヴァルドの眼差しは、どこまでも真剣だ。

以前、ヴィストコートでの別れの時、彼は僕に約束した。

『儂がドワーフの国で一番の鍛冶師になって、王座を得て、エルフが遊びに来られるようにしてやろう』

……と。

その約束を守る為にアズヴァルドは王座を目指し、そしてドワーフとエルフが手を組めば何が起きるのかを、ドワーフが最も重要視する鍛冶の場、王座を巡る競争で見せ付けようとしてる。

うん、良いじゃないか。

カウシュマンに言ってやりたい。

君の師は実に痛快な人物だ。

だけど僕の師は、それ以上にもっと痛快だって。

ラジュードルは人間の世界で、魔術の知識という武器を得た。

しかしアズヴァルドが、僕のクソドワーフ師匠が得た物は、僕というクソエルフの弟子と、目的だ。

さぁ、その二つがぶつかり合えばどちらが勝るのか。

恐らくその結果は、ドワーフの王座という形で証明されるだろう。

◇◇◇

この国で僕が為すべき事は定まったが、でもそれは一朝一夕で解決出来る物じゃない。

何せ炉の熱量を上げるなら、熱量を上げる方法だけじゃなくて、その上がった熱量に耐えられる素材で炉を造らねばならないからだ。

ラジュードルの炉は、恐らく熱量の上昇も耐熱も、双方を刻んだ術式による魔術で実現してるのだろう。

……しかしそれよりも気になるのは、地中深くの真なる炎から熱を取り出すドワーフの秘宝は、一体何の素材で出来ている？

地中深くの真なる炎から熱を取り出すという仕組みが真実なら、耐えなければならない熱量はミスリルの加工に必要なそれを、遥かに上回る筈。

それどころか圧力にも耐えなければならないし、何よりもとんでもなく大きく、長い。

莫大《ばくだい》な熱と圧力に負ける事なく、恐らく古代から存在し続けてるドワーフの秘宝は、あまりに僕の想像を超える存在だった。

まぁ兎も角、耐熱の素材はアズヴァルド、僕のクソドワーフ師匠に考えがあるらしいから、そちらは任せるより他にないだろう。

だから今の僕がすべきは、このドワーフの国で、僕とウィンが少しでもより良く過ごせる環境を整える事である。

具体的にはアズヴァルドの奥さんの買い物に付き合って荷物持ちとか、後は前回の件の詫びだとドワーフの鉱員、グランダーに酒に誘われたから招きに応じたりとか。

ちなみにこんな山奥の僻地であるから、ドワーフの食事はさぞや貧しいのだろうと思いがちだが、実はそうでもない。

主食は陽光を必要とせず育つ特殊な芋類で、副菜は同じく地下で育つ苔類。

けれども中々どうして、芋類も苔類も驚く程に味が良い。

主菜としては、地上の山地で飼育してる山羊の肉とか、或いはその山羊を狙ってやって来る魔物を狩って得た肉がある。

またドワーフといえば酒が欠かせないけれど、芋類から作った酒を蒸留して酒精を強めた物が飲まれてた。

他には贅沢品になるけれど、人間の国から運ばれてくる品々もある。

故に食事に関しては、外からやって来た僕でも特に不自由は感じない。

でもこの国の居心地を良くする一番の方法は、やはり僕が鍛冶師として、ドワーフの基準でもそれなりの腕を持っていると、ちゃんと証明する事だ。

しかし今いる屋敷の鍛冶場に籠って何かを作っても、ドワーフ達はアズヴァルドが手を貸したのかと疑う可能性があった。

……いや、まぁ、そんな面倒臭い事を考えるドワーフは居ないかも知れないけれど、念の為、僕は他所《よそ》の鍛冶場を借りて作業を行う。

幸い、このドワーフの国にはそこら中に鍛冶場があって、見習い達の修練用に開放されてる場所もある。

もちろん修練の為の施設だから、そこに置いてある鉄は決して質の良い物ではないけれど、一緒に酒を飲んだグランダーが手を回して良質な鉄を譲ってくれた。

彼曰く、それも前回の詫びの一環なんだとか。

グランダーはドワーフの中でも力自慢で、特に短気で喧嘩っ早い。

だけど一度認めた相手には、寛容で気前の良い一面もある。

当たり前の話だけれど、欠点だけしかない人間は、……彼はドワーフだけれど、居ないのだ。

逆もまたしかりだけれど。

という訳で、久しぶりの鍛冶である。

作る物は、もう既に決まってた。

今はアズヴァルドの子供達と、ドワーフの国に慣れる為に色々と見て回ってるウィン。

住み慣れたルードリア王国の王都の、カエハの道場を離れ、ここについて来てくれた彼の為に、剣を打つ。

確かにウィンはハーフエルフで、人間と比べて身体の成長は遅かったけれども、剣を学び始めてからの時間は、もうそれなりだ。

剣の修練の為に、或いは護身用として、彼だけの剣を一本、用意しよう。

ハーフエルフといえどもウィンは成長期だから、多分数年もすれば剣は短く、軽く、物足りなくなる。

その時は、また打ち直して、ウィンに合わせればいい。

彼が成長すれば、剣もまた成長するというのは、ちょっと素敵じゃないだろうか。

周囲の視線は、やや五月蠅《うるさ》い。

どうしてエルフがこんな場所に？

誰も彼もが、視線に疑問を乗せている。

でも絡んで来るドワーフが一人も居ないのは、先日、既に大通りでグランダー相手に大喧嘩をした成果だろう。

まぁ存分に見てるといい。

目立つのは何時もの事だし、試されるのも嫌じゃなかった。

ここに居る全てのドワーフに僕を認めさせて、……それから皆で酒場に行こう。

それが今の、直近の僕の目標だ。

手早く用意を整えて、炉の機嫌を窺う。

炉に宿る火の精霊は、うん、ここでも僕を歓迎してくれた。

ふと思ったのだけれども、もしかしなくても火の精霊に関しては、全てのエルフ、ハイエルフの中で、僕が一番仲が良いんじゃないだろうか。

これだけ火の精霊と関わったハイエルフは、多分……、否、間違いなく他には居ない。

つまりそれは僕が最も上手く火の精霊から助力を得られるハイエルフであるという事だ。

そう考えると、僕を呼び寄せたアズヴァルド、僕のクソドワーフ師匠の見る目は実に正しかったといえるだろう。

炉の温度はグングンと上がる。

どうやらこの炉に宿る火の精霊は、短気で激しく、力強いのが好みらしい。

……あぁ、ちょっとグランダーっぽいかな。

そんな風に思ってしまって、僕は思わず笑みをこぼす。

そうして全ての準備が整う頃には、僕の作業を大勢のドワーフ達が見守っていた。

修練中だった見習いばかりでなく、その師であろう親方らしきドワーフも交じってる。

見習いの修練所とは言え、ドワーフの鍛冶場で下手な技術を晒せばただでは済まさない。

彼らの視線は明確にそう語っていて、それが僕に心地好い緊張感を与えてくれる。

さぁ、これはドワーフと僕の勝負だ。

僕を見ろ。そして認めろ。

振り下ろしたハンマーと、打たれた鉄が響かせるのは、何時もと全く変わらない、良い音だった。

◇◇◇

ドワーフの国に来てから、地下なのでいまいちわかり難いが、多分一年程が経っただろう。

僕が休みの日は、ウィンと陽光を浴びにドワーフの国の外に出てるが、ずっと地下でも気にならないドワーフ達は、やっぱり種族が違うんだなぁと、そう思わされる。

あぁ、もう僕らは、国の門番に顔パスで通して貰えるくらいには、ドワーフの国に馴染《なじ》んだ。

修練用の鍛冶場は、お前はちっとも見習いじゃないだろって追い出されたけれど、そこで知り合ったドワーフ達には、

「アンタは長生きだろうから次のドワーフの王が目指せるぞ」

なんて冗談を言われてたりする。

もちろん一ヵ所に留まり続けなきゃならない王様なんて僕には無理というか、真っ平だけれど、彼らが認めてくれた事に関しては素直に嬉しい。

ウィンは、ドワーフの子らが通う学校に通い始めた。

ドワーフの歴史や社会の仕組み、鍛冶の基礎や金属の見分け方なんかを教えてくれる学校らしいのだけれども、……そこで得た知識がこの国の外で役立つ事は、恐らく少ないだろう。

でもウィンは、僕とアズヴァルドが目指してる物を、何となくだが察したのか。

自ら少しでもこの国に馴染もうとし始めたのだ。

……当然ながら、ドワーフとハーフエルフに流れる時間は近くても、僕の行動でこの国のエルフを見る目が少しだけ変わっていても、それでもウィンを気に入らないと感じるドワーフの子供は多い。

アズヴァルドの子らは、皆がウィンの味方であるけれど、それでもあまりに孤軍である。

だけど彼はドワーフの国を観察し、それを知った上で学校に通うと言い出したから、僕も、アズヴァルドの家族達も、誰も反対は出来なかった。

ウィンは自ら、そこが自分の戦う場所であると定めたのだから。

一体どうして、彼はこんなにも雄々しくなったのか。

シズキやミズハに、少しでも追いつこうと足掻いた日々が、ウィンを一歩も二歩も大人に向かって歩かせたのか。

見た目はまだまだ可愛らしいのに、彼が一人前の男になる日は、もうそんなに遠くないのかも知れない。

しかし全ての物事が順調に進んでいるという訳では決してなくて、……最も肝心な大きな熱量に耐えられる炉が、残念ながら未だに完成していなかった。

その理由は単純で、炉を改良してミスリルの加工に挑むドワーフが、アズヴァルド以外にも複数いる為、耐熱性の高い貴重な素材が取り合いになってしまっている状態だから。

本来ならば名工であるアズヴァルドには、それでも望む素材が優先的に回されただろう。

けれどもラジュードルを頂点とする魔術派、それに対抗する反魔術派という二つの派閥同士が争う状況では、幾ら名工であっても個人の影響力でそこに割り込んで行く事は非常に厳しい。

仮に炉を改良する素材を集める為に無理をし過ぎても、次に加工する為のミスリルが用意出来なければ、全ては無意味だ。

故に一年、或いはもっと以前から伝手《つて》を使って素材を少しずつ集め続けたけれども、最後の一つがどうしても手に入らなくてアズヴァルドは頭を抱えてる。


……だったらもう、仕方のない話だろう。

アズヴァルドが伝手を使って取り寄せようとしても無理だというのなら、僕が代わりに取りに行くしかない。

彼が求める炉の最後の素材とは、活火山の火口付近という環境に棲む蛙の魔物、ラーヴァフロッグの皮膚。

その皮膚は外からの熱を完全に遮断して通さず、中のしなやかな筋肉や臓器を守るという。

なのに体表への脂の分泌は妨げず、ラーヴァフロッグは火口で、マグマの中を泳ぐ事さえ可能なんだとか。

理屈はさっぱりわからないけれど、魔物の生態を真面目に考えても仕方ない。

つまりそのラーヴァフロッグの皮膚で炉の内部を保護すれば、中の熱量がミスリルを加工出来る程までに上がったとしても、炉の融解、崩壊は防げる筈。

だから僕は渋るアズヴァルドを説き伏せて、ドワーフの国を出て北方に存在する火山地帯を目指す。

僕が冒険者の真似事を好まないと知る彼は本当に申し訳なさそうにしていたけれども、クソドワーフ師匠が今掲げる目標は、クソエルフな弟子である僕の目標も同然だ。

ならば遠出をして狩りをするくらいの労力を、惜しむ心算は全くない。

それにただ殺すだけじゃなくて、ラーヴァフロッグの皮膚を炉の素材とするのなら、僕の主義にも反しないだろう。

あぁ、もちろん蛙の魔物なら食用に適するだろうから、その肉は可能な限り食べるけれども。

ドワーフの国から火山地帯までは約一週間以上掛かるそうだ。

完全に一人で活動するというのは、思い返せば随分と久しぶりだった。

少し寂しく思うけれど、流石に活火山の火口近くなんて、危な過ぎてウィンを連れて行ける筈もない。

同行者が居なければ、食事も随分と適当になる。

歩きながら保存食の干し肉を齧って腹を満たし、水筒に直接口を付けて水を飲む。

一人分の荷のみで済むから背中は軽く、子供の足に合わせる必要がないから歩みも速い。

けれども僕はそれをどうにも物足りなく感じてしまう。

崖を越えて山を登り、時には歩き易いように地形の方に変わって貰いながら、僕は日が出てる間は歩き続けて……、屈強なドワーフでも一週間は掛かる筈の道程を、五日間で踏破した。

まぁ、うん。

多少急ぎ過ぎたかも知れないけれど、ドワーフとエルフの歩幅の差を考えたら、そういう事もあるだろう。

◇◇◇

思えば、前世も今生もどちらも通して、実際に溶岩が流れてる光景を目の当たりにしたのは、多分初めてだ。

恐らく前世の娯楽、漫画やゲーム等を通してこんな物だろうというイメージは薄っすらとはあったのだけれど、正にその通りの世界が眼前に広がっていた。

ここは恐らく、迂闊な行動を一つ取れば簡単に、或いは最適な行動を取っていても運が悪ければ、命が容易く奪われてしまう地獄のような場所だろう。

しかし同時に、精霊を友とするハイエルフとしての感性が、僕を少し興奮させてる。

何て力強い環境なのだと。

地の力と火の力が、驚く程に強いのだ。

嵐に感じる風のように、海に感じる水のように。

しかもこの場所の地と火は単純に力強いだけではなくて、……妙な言い回しになるけれど、不思議と若々しさを感じる強さと荒さを持っていた。

でもそんな僕を窘めるように、耳元で風の精霊が囁《ささや》く。

この先には地から噴き出たガスが立ち込めていて、吸えば僕の身体に毒となると。

あぁ、実に危ないし、怖い。

もちろん風の精霊が吹き散らしてくれれば、立ち込めたガス程度はどうとでもなろう。

だけど風の精霊は敢えて警告を発する事で、僕の注意を促してくれた。

うん、そう、ここは危険地帯なのだ。

それを忘れてはいけなかった。

幾らこの場所に満ちる地の力と火の力が強くても、別に僕自身が強くなった訳じゃないのだから、それに引っ張られて高揚していては、思わぬ不覚を取りかねない。

胸に手を当て、深い呼吸を繰り返し、それでようやく平静となった僕は、更に火口近くを目指して歩き続ける。

それにしてもプルハ大樹海もそうだったが、自然の力、特に地の力が強い場所というのは、どうにも魔物が発生し易い。

一体こんな場所で何を食べて育ったのか少し不思議に思うけれど、……例えば視界の片隅に見える大きな岩、周囲の岩より一回り大きい程度で何の変哲もないそれは、擬態して岩に成りすましてる大きなトカゲの魔物である。

迂闊に近付けば、バクリと大きな口で噛み付かれ、肉を食い千切られてしまうだろう。

僕を狙っているのか、上空で大回りで旋回してる鳥がいるけれど、アレも魔物だ。

尤も擬態した魔物は地の精霊が教えてくれるから避ける事は難しくないし、空飛ぶ魔物も風の精霊が風を乱して飛行を阻害し、僕に近付けないようにしてくれていた。

いやいや、それでも中々に怖いというか、これ程に精霊が色々と助けてくれなければまともに歩けやしない場所なんて、ちょっと他には記憶にない。

だがそんな風に多くの助けを受けながらも前に進めば、僕はようやく、溶岩の川の中に半身を浸ける、人間なんて軽く一飲みにしてしまうだろう巨大な蛙の魔物を発見する。

グコグコと喉を膨らませて鳴きながら、目を閉じてリラックスしてるその魔物は、そう、僕がこの危険地帯にやって来た目的である、ラーヴァフロッグだ。


……僕に気付かずに油断し切ってるラーヴァフロッグは、それはもう隙だらけであった。

しかしこの状態で、ラーヴァフロッグを仕留める訳にはいかないだろう。

何故ならラーヴァフロッグは溶岩の川の中に居て、仮に仕留めた所で僕にはその軀を回収する術がない。

そもそも到底持ち運びなんて出来ないサイズだから、仕留めたその場で解体し、皮膚と食べられる分だけの肉を切り取る必要がある。

だとすれば、まぁその解体作業に都合の良い場所に誘い出すには、やはり僕が自分自身の身を見せ餌として釣り出すより他にない。

だから僕は、鏃《やじり》を外した木の矢を一本、弓に番えて引き絞る。

狙うはラーヴァフロッグの頭。

外さず、けれども直撃させず、脂が分泌された表皮で矢を滑らせ、皮膚を傷付けず、ましてや絶対に仕留めてしまわない、一射を放つ。

体表を矢が滑った感触に、ラーヴァフロッグがギョロリと目を開く。

良かった。

流石に攻撃を受けた事にも気付かぬ程には、鈍い魔物じゃなかったらしい。

僕が次の矢、今度は鏃付きの矢を弓に番えるのと、ラーヴァフロッグの視線がこちらを捉えたのは、恐らくほぼ同時。

ラーヴァフロッグが溶岩の川を出て、こちらに歩み寄って来たら、一射で仕留める。

狙うは心臓。

蛙は時に、脳を失っても暫くは生きてる事があるらしいから、皮膚を可能な限り傷付けずに仕留めるには、心臓を狙うのが一番良い。

こうして弓を構えれば、ラーヴァフロッグの顔の下、胸の奥に、脈打つ生命が透けて見える気がした。

……けれども、ラーヴァフロッグは溶岩の川から歩み出ず、グッと身体を沈めると大きく大きく跳躍し、少し信じがたい事に、その巨体が宙を舞う。

意表を突かれるとは、正にこれを言うのだろう。

想定外の事態に僕は咄嗟に飛び込みの前転、地を転がりながら降ってくる巨体を避け、

「地のッ」

咄嗟に地の精霊に助けを求める。

全ては言い切れなかったけれども、僕の意図を察した地の精霊が岩を突き出して壁を造れば、その直後にラーヴァフロッグの口から飛び出した舌が、出来たばかりの壁を抉《えぐ》って砕く。

もしも後一瞬、壁を造るのが遅かったなら、あの舌は僕の肉体を抉っただろう。

いやそれよりも、あの跳躍力は一体何だというのか。

蚤《のみ》の類じゃあるまいし、流石に飛び過ぎである。

これだから魔物は油断出来ないし、怖いのだ。

僕は身体の震えを抑えながら大きく息を吐いて、ゆっくりと起き上がった。

勝敗は、既に決してる。

地の精霊が造った壁で稼げた一瞬の時間で、僕は起き上がらずに矢を放ち、構えも滅茶苦茶のままに放たれたその矢は、それでも狙い違わずラーヴァフロッグの胸を貫く。

体表を覆うラーヴァフロッグの脂も、グランウルフの牙を研いだ鏃の鋭さは防げずに、矢は間違いなく心臓にまで達したから。

力を失ったラーヴァフロッグの身体は崩れるように地に伏して、その活動を停止する。

◇◇◇

ラーヴァフロッグの肉は、もも肉を切り取って焼いて食べたけれど、思った以上に美味だった。

鳥肉に近いクセの少ない味なのに、けれどもしっかりと美味い肉。

尤もわざわざあの厄介なラーヴァフロッグを狩ってまで食べたいかといえば、ちょっと苦労に見合うかどうかは怪しいけれども。

しかしそんな事はさておき、僕はラーヴァフロッグを狩って皮膚を手に入れ、ドワーフの国に持ち帰る。

アズヴァルドは安堵と呆れ、喜びの入り混じった複雑な表情で、

「お前さんなら大丈夫だとは思っていたが、こんなに早く帰って来るとはな。ソレはドワーフの戦士が数人でどうにか倒せる程の難物なんじゃが……。しかし、あぁ、だからこそ今回は助かった。礼を言う」

僕に感謝の言葉を告げてくれた。

うん、まぁ確かにあのラーヴァフロッグは意表を突いてくる厄介な魔物だったけれども、我が鍛冶の師から感謝の言葉が聞けるなら、あの苦労も悪くはない。

そしてそれから数週間後、最後の素材であるラーヴァフロッグの皮膚を使って、待望の炉は完成する。


「じゃあ始めるとするかの」

そう言ってアズヴァルドは、新しく出来上がった炉に火を入れる。

その間に僕は、以前の炉に宿る火の精霊に、お願いして引っ越しを受け入れて貰う。

新しい炉にも、使い続ければすぐに別の火の精霊は宿るけれども、既に出来上がってる関係を無駄にするのは余りに惜しい。

炉と鍛冶師には相性があるといわれるが、実はそれは鍛冶師と、炉に宿る火の精霊の相性だ。

アズヴァルドはたとえ精霊が目に見えず、感じられずとも、炉の中で燃える火に機嫌がある事を知っていて、常にそれに誠意を以て向き合って来た。

故に二十年以上も大事に使われた炉に宿る火の精霊は、アズヴァルドに強い好意を持っていて、彼との相性がとても良い。

それを新しい炉の完成でふいにしてしまうのは、勿体なさ過ぎるし、寂し過ぎる。

でも今、この場所には精霊を見る事が出来る僕が居るから、その言葉に火の精霊は素直に頷き、燃える木炭の一つに宿って、それをアズヴァルドが新しい炉へと運ぶ。

それから火の精霊が新しい炉に馴染めるように、轟々《ごうごう》と炉の中で火を燃やし続けて、……恐らくは三日もすれば完全に引っ越しは終わるだろう。

その間はもちろん、僕とアズヴァルドが交代でずっと炉の番だ。

最初は木炭を燃やしていたが、途中からは燃やす燃料が変わる。

アズヴァルド曰くドワーフ秘伝の燃料らしいが、……僕には石のようにも見えるから、もしかするとコークスだろうか?

もしかすると僕のよく知らないこの世界にしか存在しない、高温で燃焼する燃料かも知れないが、まぁ別にどちらでもいいだろう。

そんな事は、今の鍛冶場の熱さに比べれば非常に些細な事だった。

熱い。

暑いじゃなくて、熱い。

もう随分と長く鍛冶師をしてるから、鍛冶場の熱さには慣れた心算だったけれども、今の熱さは僕の限界を超えている。

炉に問題は発生しなくて、火の精霊も上機嫌だ。

クソドワーフ師匠が平然とした顔で、大きなふいごを動かして、炉に酸素を送り込む。

いやだから既にもう本当に熱いんだけれど、あぁ、久しぶりに、心の底からアズヴァルドの事をこのクソドワーフって思ってた。

熱に強い種族とか、ずる過ぎやしないだろうか。

……しかもこの上、更に僕が火の精霊に力を振り絞るようにお願いして、炉の温度を上げるのだ。

ちょっとこれは、無策だと普通に死にかねない。

僕はアズヴァルドに一言告げて鍛冶場を出、頭から水を被って身体を冷やし、その上で風の精霊に助力を乞う。

どうか僕の周囲を巡って欲しい。

炉から吹き寄せる熱を逸らして欲しいと。

少しでも体感温度を下げてくれれば、後は何とか耐えるから。

そうして新しい炉に火の精霊が馴染む三日が過ぎれば、いよいよミスリルを加工する準備は整った。

アズヴァルドが鍛冶場に運んで来たのは、既に精錬されてる風に見える金属塊。

何でもミスリルは、自然に存在する鉱石から抽出するのではなく、最初から精錬された金属として得られるらしい。

詳しい事はドワーフの秘中の秘として、少なくとも今は、アズヴァルドが王になるまでは、他の種族には教えられないそうだ。

僕の身に危険が及びかねないからと。

うん、まぁ、それでもおおよその想像は付くけれど、恐らくは妖精銀と似たような形で、魔物が関係して得られるのだろう。

ドワーフの国でしか得られない、鍛えられない金属である以上、僕とミスリルが関わるのは今回限りなのだから、詳しく知る必要は別にない。

ミスリルは恐ろしく硬い金属で、不変、不壊の象徴とされる。

けれども高温の炎に晒せば、それから少しの間だけは柔らかくなり、ハンマーで打っての加工が可能になるという。

但しミスリルが冷えて硬く戻れば、次に柔らかくするには、前回よりも更に高温の炎に晒す必要があるのだとか。

ミスリルは炎を浴びて冷える度により硬く、強く、そして加工し難くなって行く。

故にこの金属の加工には、高い熱量を得る手段と、それを正しく段階的に管理する方法、素早く加工を済ませる鍛冶の腕、その全てが欠ける事無く必要だった。

僕の仕事は、炉の温度管理だ。

アズヴァルドに相槌を打つ余裕もなく、僕は炉を、中で踊る火の精霊を見て、状態を把握し続ける。

炉が出せる熱量には限界があるから、段階的に温度を上げて行き、なるべく多くの時間、アズヴァルドがミスリルを加工出来るようにしなきゃならない。

だけどそれだけでは絶対に足りない事もわかっているから、……炉が普通に出せる温度の限界に達したら、そこから先は火の精霊に力を借りて、炉の性能の限界を超えて行く。


……どれくらいの時間を、そうしていたのだろう？

ミスリルの加工は途中で中断できる仕事じゃないから、ずっと作業をしっ放しだ。

「これで最後じゃ！　思いっ切りで頼む！」

アズヴァルドが最後にミスリルを、完成間近のソレを炉に入れ、僕は火の精霊に頼む。

全力を以て燃え盛り、炉の温度を上げてくれと。

炉の全ての熱量を、このミスリルに注いでくれと。

すると僕らが大仕事の最中であると理解してる火の精霊は、本当に全力で燃えてくれて、オーダー通りに炉の全ての熱量を、ミスリルの剣に注ぎ込む。

その瞬間、ミスリルの剣は真っ白に光った。

アズヴァルドは炉から引き抜いたそれを素早く研磨し、刃を付け磨き上げて、ミスリルの剣が完成する。

そして僕達は、二人して同時に、大きく大きく息を吐く。

張り詰めていた物が、途切れたからだ。

「あぁ、やったのぅ。やってやったぞ」

それからアズヴァルドは、クツクツと押し殺したような笑い声を漏らす。

ミスリルという、ドワーフにとって特別な金属を自分の手で鍛え上げた喜びを、ゆっくりと噛み締めながら。

気だるさに抗《あらが》いながら、僕は視線を出来上がったばかりの剣にやれば……、あぁ、それはやっぱり見事な出来栄えだった。

悔しがる気も起きない程に、アズヴァルドの、僕の鍛冶の師は、突き抜けた腕の持ち主だ。

多分今回の王座を巡る競争も、ミスリルの加工なんて要素が飛び出さなければ、きっと一人で勝ち抜いただろう。

でもそんなアズヴァルドに、僕は間違いなく手助けが出来た。

それがどうにも嬉しくて、僕も笑みが抑えきれない。

「乾杯したいね。思い切り良いお酒で、アズヴァルドの奢《おご》りでさ」

今の僕は、ウィンも、衣食住の全てをアズヴァルドの世話になってるから、奢りも何もないのだけれど、僕は笑ってそう口にする。

僕の言葉にアズヴァルドは頷き、

「あぁ、悪くない。でも乾杯するなら、ここでじゃな。鍛冶場で飲み食いは不作法だが、酒だけならよかろう。そこにおるんじゃろ。もう一人が」

それから炉を見て、やっぱり笑う。

もうお互いに、笑いが止まらない。

そんな妙なテンションの僕らを、炉の中から火の精霊が不思議そうに、だけど楽しそうに眺めてた。

◇◇◇

アズヴァルドが完成させたミスリルの剣を提出した品評会は、当然の如く優勝という結果に終わる。

まぁ元より鍛冶の腕はアズヴァルドが勝るのだから、同じミスリルの加工が成せれば、ラジュードルを上回るのはわかっていた話だ。

故にそのたった一度の品評会で、アズヴァルドが王座を得る事はほぼ確実となった。

しかし僕らはその成果に満足をせず、全てのドワーフを納得させる為に、或いは腕を見せ付けて捻《ね》じ伏せる為に、次の品評会からも大いに暴れ出す。

ミスリルではなく敢えて鋼で勝負して、反魔術派のドワーフ達を黙らせたり、または僕が魔術の術式を用意し、アズヴァルドが鎚を振るって魔剣を合作し、ラジュードルの得意分野で競い合ったり。

僕とアズヴァルドが協力すればどれ程の事が出来るのかを、国中のドワーフに見せ付ける。

もちろん僕とアズヴァルドがどれ程に他を圧倒して見せた所で、エルフとドワーフが手を取り合うなんて幻想だ。

でもほんの少しでも、互いの関係が良くなる、小さな一歩にはなると思う。

だって僕は、そしてウィンも、今ではこのドワーフの国に受け入れられたし、アズヴァルドが王になればもう少し具体的に動く事だって出来る。

例えば、そう、エルフは森の果実を人間に輸出し、人間はそれを酒にしてドワーフへ。

森のエルフは鉄を扱わないが、ドワーフは魔物の爪や牙を加工する技術も優れてるから、それでナイフや細工物を作れば良い。

優れた品を目の前にすれば、エルフもそれを否定はしないだろう。

ドワーフもエルフも、どちらも彼ら自身は変わる事を望んでる訳じゃないけれど、変わってくれた方が僕が楽しいのだ。

きっとアズヴァルドもそれを楽しんでくれる。

何よりもハーフエルフであるウィンだって、他種が交流し合う世界の方が、恐らくはずっと生き易い筈。

そんな風に過ごしていたら時間はあっという間に過ぎ去って、僕らがドワーフの国に来てから、もう五年が過ぎている。

成長期のウィンはすくすくと伸びて、ドワーフに交じればもうそんなに小さくは見えない。

身体が大きくなると剣の腕も上がって来て、……最近は僕との木剣での打ち合いも、今では十に一度は、彼が勝つ。

ウィンは僕と違って強い闘争心に、強くなり、勝ちたいという気持ちに満ちているから、その成長がとても眩《まばゆ》い。

それからドワーフの学校に通う事で鍛冶に興味が湧いたのか、何とウィンは、アズヴァルドに弟子入りを申し込む。

アズヴァルドはウィンに、どうして僕に教わらないのかと尋ねたらしいが、

「エイサーに教わっても、エイサーには並べないし、勝てもしないから。だからボクは、アズヴァルドおじさんに鍛冶を習いたい。……です」

彼はそんな風に答えたそうだ。

何故ウィンが、僕に並びたい、勝ちたいと思うのか、……それが少しわからない。

だけどアズヴァルドにはその気持ちがわかったらしく、彼はウィンの弟子入りを受け入れた。

だから僕とウィンは、兄弟弟子の関係に……、あぁ、否、それは剣を習い始めた時からか。

だったらまぁ、別にいいかな。

少しずつウィンは自分の時間を持ち始めて、以前よりも僕と関わる時間が随分と減っているけれども、それも多分正しい成長なのだろう。

当然僕はそれを寂しく思うが、同時に精一杯に伸びようとする彼の姿に、頼もしさと喜びも感じてるから。

別に嫌われてないし、好かれてるのはわかってるし。

今はそんな時期なのだ。


でもその時を見計らったかのように、不穏な報せはやって来る。

それを運んで来たのは北へと交易に出ていたドワーフで、彼らがアズヴァルドに報せ、そこから僕にも伝わった。

「エイサー、どうやらフォードル帝国が、ルードリア王国に攻め込む準備をしとるらしい」

……と、そんな風に。

それは耳を疑う報せだった。

フォードル帝国とルードリア王国を繋ぐ山道は、僕が封じてからは閉ざされたままである。

再び同じ事が起こることを恐れて、僕が封じた場所はもちろん、迂回路すら誰も切り開こうとはしていない。

屈強なドワーフは山を踏破して行き来をしているが、人間が、それも重い装備や糧食を運ぶ軍隊が、通れる筈はないのだけれども。

「……何かの間違いじゃなくて？」

僕が思わず問い返してしまうのも、当然の話である。

その言葉にアズヴァルドは少し困った顔をして、頷く。

「道が閉ざされた事で放棄されていた砦や、帝国南部の町に、武器と糧食が運び込まれとる。あの国の南には、ルードリア王国かドワーフの国しか存在せん」

帝国内での武器と食料の値段が上がり、新規に兵を募って訓練を始めた。

間違いなく戦争の準備ではあるのだけれど、帝国とその周辺国の間に、大きな戦いの起きる予兆はない。

だとしたら……、帝国は軍で山を越える何らかの手段を手に入れたのだろうか？

それは実に考えにくい話だけれど……、そもそも本来は山の道が閉ざされる事、それ自体があり得なかったのだ。

となるとあらゆる可能性は、検討されるべきである。

例えば僕以外に、人間の国に出て来てるハイエルフがいるとしたら？

もしくはそこまで行かずとも、ルードリア王国側から行われた封鎖を、エルフの仕業だと聞き付けて、フォードル帝国がエルフを用意していたら？

軍を派遣して並のエルフではハイエルフの封を破れず、その責を負わされる事だってあるかも知れない。

寒い北の地にエルフは少ないと聞くけれど、皆無という訳でもないだろうから。

薄い、薄い可能性だけれど、絶対にないとは言い切れない。

もしも帝国が本当に山を越える手段を持っていたら、北の道は塞がれたと思い込んでるルードリア王国は、奇襲を受けるだろう。

それは僕にとって、あまり嬉しくない事態だった。

何故ならルードリア王国には、カエハやその家族達が暮らしてる。

ルードリア王国が奇襲を受け、北部地域をフォードル帝国が確保して橋頭堡《きようとうほ》を築けば、そこから先は長い戦争が続く。

当然、カエハやその家族の暮らしも、今まで通りとはいかないだろう。

でもカエハの最期は僕の隣で、安らかな物であるべきで、それは戦争なんかで乱されて、脅かされていい物では、決してない。


「行くのか？」

少しばかり心配げに、アズヴァルドが問う。

その問い掛けに、僕は頷く。

可能性が皆無でない以上は、調べねばならない。

僕はフォードル帝国の地に踏み込む事を、決意した。

アズヴァルドが次の王になる話は、もはや決定済みである。

故に僕は、今ならこの国を離れても大丈夫だ。

「……そうか。ウィンの事は、任せておけ。あの子も儂の、弟子じゃからな」

アズヴァルドの言葉に、僕はもう一度頷く。

大きな危険が予測される場所に、ウィンを連れて行ける筈もない。

「一年以内には、戻る心算だよ」

嬉しくないなぁと、そんな風に思う。

一年とは言えウィンと離れるのも、戦争の気配がする場所に自ら近付くのも。

だけどウィンが大事ならば、余計に彼も同じく家族だと思ってるだろう人達が住む、カエハの道場の安全は守らなきゃならない。

幾ら戦争を嫌っても、それは決して勝手に遠ざかってはくれないものだ。

平和を願うなら、大切な人の平穏を思うなら、必要な物は祈りじゃなくて行動である。

僕はその日のうちに準備を済ませ、新たに北へ派遣される交易隊に交じって、随分と慣れ親しんだドワーフの国を後にした。

第四章　雪降る町に、血吸い鬼

ルードリア王国からドワーフの国への道は険しかったが、……フォードル帝国への道は更に険しい。

特に魔物の多く出現する火山地帯は、ドワーフ達ですら迂回する程に。

「ほら、エルフのエイサーさんよ。見てみぃ、あれがこの辺りで最も険しい山、竜峰山ってやつよ。竜が棲むって伝説のある山でな。まぁ、儂も爺さんもそのまた爺さんも、竜なんざ見たためしはないけれどな」

交易品を運ぶドワーフの一人が豪快に笑って、遥か彼方の火山を指さす。

そう言われてそちらに目をやれば、成る程、確かにその火山の威容は、竜が棲んでると言われれば素直に信じてしまう程だった。

しかし……、竜か。

ふと僕はずっとずっと以前に、……多分百歳にもならなかった頃、ハイエルフの長老衆から聞いた歌を、思い出す。

えっと、確か……、

『この世界に、真に不滅なる者は五つあり。

一つは精霊。世界を支える我らの友。

一つは真なる竜。深く眠りて終わりの時を待つ。

一つは真なる巨人。雲の上よりこの世界を見下ろす。

一つは不死なる鳥。死すれば即座に雛《ひな》として生まれ、輪廻の円環を象徴する。

最後に我ら、真なるエルフ。何れは精霊と成りて、永遠に在る』

みたいな内容だった。

まぁ要するに、ハイエルフは凄いんだと自分達を称える詩なのだろう。

以前は御伽噺《おとぎばなし》の類だと思っていたのだけれど、ドワーフの国でミスリルを加工する炉、ドワーフの秘宝の話を聞いて、僕も今では少し考え方が変わった。

似たような御伽噺である、ドワーフが全き自然から火の欠片を盗み出して炉に閉じ込めたという話は、全てが真実ではないにしても、話の根拠となる秘宝が存在したのだ。

するると真なる竜、真なる巨人、不死なる鳥とやらも、何らかの形で存在しているのかも知れない。

少なくとも精霊とハイエルフは、ちゃんと存在するのだし。

実はこの五種は、人間の世界に伝わる神話の中にも、神より先に創造主に生み出された種族として名前が出てくる。

要するに御伽噺の中の存在とされてた。

……でもハイエルフに伝わる詩には、まだ確か続きがあって、

『真に不滅ならざる身で、不滅に手を伸ばした者、三つあり』

から始まったような気がするのだけれど、正直もう、うろ覚えである。

一つが魔族だった事は覚えているが、長老衆の話は煩《わずら》わしいと、当時は話半分に聞き流していたし。

でも少なくとも、仮に今ここで竜に襲われたとしても、役に立つ話ではなかった筈だから、……うん、別にいいかな。

「竜、ね。遠くから見る分には、見てみたいと思うけど、こんな山道で襲われるのは困るね」

僕がそんな風に言葉を溢《こぼ》せば、尤もだとばかりにドワーフが頷く。

竜という存在には非常に浪漫を感じるけれど、滑落の危険があるこんな場所で、無駄なリスクは背負いたくない。

ドワーフの国からフォードル帝国へは、およそ三週間の道程だった。

火山地帯を迂回する分、ルードリア王国へ行くよりも多少の時間が掛かるらしい。

交易を担うドワーフ達は、年に何度もこの距離を往復するらしく、慣れた様子で大荷物を担いだままに崖だって登る。

帰りなんて自分の身体よりも大きな酒樽を背負っての山越えだ。

僕もそれなりに旅慣れてる方だとは思うけれども、彼らの真似はとてもじゃないができないだろう。

しかしそんな頼もしいドワーフ達とも、フォードル帝国の領内に入った所で一旦別れる予定だ。

エルフとドワーフが一緒に行動しているなんて、流石にあまりに目立ち過ぎるから。

フードで顔を隠して人間のフリをしたとしても、やはり怪しいものは怪しい。

滞在場所は聞いているから、町に忍び込んだ後は合流をする予定ではあるけれど、接触は慎重に秘《ひそ》かに行う。

何故ならドワーフは武器という武力に結び付く品を扱う関係で、本来はルードリア王国にもフォードル帝国にも加担しない中立だから。

……今回は僕を半ば身内扱いで肩入れしてくれてるし、ドワーフとて本当に両国の戦争が始まれば交易どころじゃなくなるから、情報は欲してる。

だからその協力には甘えるけれど、それでも彼らが疑われる事は可能な限り避けなければならなかった。

僕の目的は、まずは調査。

フォードル帝国がルードリア王国に攻め込もうとしてるとの情報の真偽を調べ、それが真実であるならば、……次はその手段を調べる。

そして仮に、万一その手段を用いれば奇襲が成功しそうな場合や、或いはエルフが関わっていたなら、何らかの対処が必要だ。

全てが単なる勘違いや杞憂であるなら、僕の行動が全くの無駄足であったなら、本当はそれが一番良い。

特別な手段なんて何にもなくて、単に大勢の兵士を動員して山間の道を整備する等だったら、わざわざ僕が関わらずともアイレナに一報を入れるだけで事足りる。

その時はウィンや、アズヴァルドやその家族に土産でも調達して、すぐに帰ろう。

けれども僕は、フォードル帝国が近付くにつれて、何やら妙な胸騒ぎを感じ出していた。

この手の予感は、悪い時ばかりよく当たる。

……恐らくフォードル帝国で僕を待ち受けてるのは、きっと一筋縄ではいかない厄介事だ。

故に余計に、僕はそれを避けては通れない。


「おぉぅぃ、エルフのエイサーさんよ。岩トカゲが狩れたから、少し早いが飯にするぞ。儂らが解体して処理するから、アンタは火を出してくれ」

ふと、考え事をしていたらドワーフ達に呼ばれる。

どうやら進む先を決める為に軽い荷で先行してるグループが魔物に出くわし、手際良く仕留めたらしい。

僕は頷き、足を速めた。

普通ならこんな岩だらけの山地では火を焚く燃料を集める事も難しいが、僕は一応魔術師でもあるから、魔力が尽きてなければ火は出せる。

火の魔術は、交易を担うドワーフ達には思ったよりもずっと、大袈裟なくらいに喜ばれた。

こんな険しい旅だからこそ、火を使った保存食でない食事は、何よりも贅沢だから。

それがどんなスキルであっても、誰かの役に立つ事は嬉しい。

この旅はまだもう少しの間、続く。

フォードル帝国での事は、うん、辿り着いてから考えよう。

そこでどんな困難が待ってたとしても、僕ならきっと、何とかなる。

◇◇◇

進む山道はいつしか雪に白く染まり、足を踏み入れたフォードル帝国の領内は、ルードリア王国とはまるで別の世界だ。

北から吹く冷たい風は高い山々に遮られ、ルードリア王国には届かない。

しかしその分、フォードル帝国の空はやや薄暗く、地は降り積もる雪に覆われる。

……つまりとても寒かった。

僕はあまり季節を気にしないけれど、そういえば今は冬か。

鍛冶場の熱さどころか、雪の寒さにも動じないドワーフ達とは、既に別行動だ。

僕は幸い精霊が見えるから然程の孤独感は感じないけれど、北風に宿る精霊も、雪に宿る精霊も、寒いからあまり戯《たわむ》れる気にならない。

いや、彼ら、彼女らが嫌いって訳じゃないのだけれど、今はちょっといいかな。

ドワーフ達は真っ直ぐ町へと向かったが、真っ当には町に入れない僕が目指すのは近くの森。

まずはそこに隠れて数日を過ごし、それから闇に紛れて町への潜入を果たす。

その後は先に町に入ったドワーフと接触して、彼らが用意してくれてるセーフハウスに潜む。

ルードリア王国のように暖かな場所なら兎も角、これ程に寒ければ拠点なしの活動は不可能だ。

雪の上を進んで、僕は森を目指す。

柔らかい雪を踏んでも僕の足は沈まず、また雪上に足跡を残さない。

当然、そんな風に雪上を歩く技術を僕が持ち合わせてる筈もないから、全ては雪の精霊のお陰である。

だから雪はこの寒さの大きな一因だろうけれども、嫌う事なんてできなかった。

何より一面の銀世界は、僕が見て来た景色の中でも有数に綺麗な物だったし。

どうにか森まで辿り着いて、木々の懐に潜り込めば、寒さも大分と和らぐ。

食料は持って来た保存食と、この寒さでも森なら探せば何らかの物は見つかるだろう。

木の実の類は期待できないが、雪の下、土の中に眠る芋の類ならば、この時期にもある筈だ。

たとえ見知らぬ地であっても、そこが森であるならば、ハイエルフの僕は何ら問題なく生きて行ける。


そうして僕はその三日後、闇に紛れて最寄りの町、コルトリアへと忍び寄り、

「ヴィーヌング、フォス、ヌルース、ウン、ザーム」

寒さに震えながらも声は揺らさず、正確な発声を行う事で浮遊の魔術を行使する。

ゆっくりと浮き上がった僕の身体は高い城壁をふんわりと越えて、僕は門を使わずに町への潜入を果たした。

フードは目深に被り、万一姿を見られた場合でも、不審者ではあってもエルフだとは思われぬように。

静かに、秘かに、人目を避けながら夜のコルトリアの町を早足で歩く。

僕に隠密の技能なんてないけれど、森での狩りの時と同じように気配を殺して、人の接近は風の精霊が教えてくれるから、予《あらかじ》め出くわさないように選んだり、身を隠してやり過ごす。

夜の空気は非日常感があって、心が浮き立つのは何故だろう。

何だか少し、そう、まるでゲームみたいでちょっと楽しい。

隠れ潜みながら町を進み、辿り着いたのは先に町に入ったドワーフ達が滞在してる商館。

既に灯りは消えているが、周囲を一巡りして全ての窓を確かめれば、その一つに布が挟まれているのが見えた。

アレは鍵を掛けていないからそこから入って来いとの、ドワーフ達からの合図だ。

故に僕は再び浮遊の魔術を行使して浮かび上がり、そっと木製の窓を押し開ける。

取り決め通りに窓の鍵は掛かっておらず、僕は入った部屋の暖かさに、ホッと息を吐く。

でものんびりとその暖かさに浸る暇は、今はない。

ここはドワーフ達の滞在場所ではあるけれど、その所有者は取引相手である町の人間、商人だ。

ドワーフに対して友好的だが、完全に信用できる訳ではないし、僕の存在は報せていない。

椅子に腰かけたドワーフと目が合うが、彼は何も言わずに頷き、ジョッキに酒を注いでは飲み干す。

つまり今は酒を飲んでいて、僕には気付かなかったって体裁を取ってるのだ。

故に僕も言葉は発さず、テーブルに置かれた袋を手に取り、サッと中身を改めて、もう一度窓から外に出た。

中身はドワーフ達が手配してくれたセーフハウスの位置を示す手書きの地図と、鍵。

それからここ数日で調べた情報の纏めである。

今日、僕が身体を休められるのは、セーフハウスに辿り着き、その情報を確認してからになるだろう。

用意されたセーフハウスは、今は使われていない大きな一軒の屋敷。

その所有者はドワーフだが、王を決める品評会に参加する為にドワーフの国に戻ってる。

つまりは名工の一人だ。

品評会の際に何度か話してるから、僕も顔や名前を知っている。

なので空いた屋敷を誰かが勝手に使っても、その責任をドワーフが追及される事はなかった。

屋敷の点検、補修は他のドワーフが定期的に行っているが、そちらとも話は付いているらしい。

それから些かの食料と水、ワインは、既に運び込んであるそうだ。

至れり尽くせりとは、まさにこの事か。

この扱いはドワーフも少しでも多くの情報を欲している面はあれど、多分そんな難しい話は考えてなくて、……まぁ単純に彼らが僕を身内として認めてくれてる証左だろう。

だからこそ僕は、自らの働きでドワーフ達の好意に応えなきゃならない。

それができなきゃ、彼らの、誰よりもアズヴァルドの友人として恥ずかしいから。

まぁでもそれも明日からだ。

誰も居ない屋敷に入り込んで荷を置き、用意された食料を口にして、こっそりと湯を沸かして身体を清めた僕は、ごろりとベッドに横になる。

ドワーフの国を発って以降、硬い地面での野宿ばかりが続いたから、久方振りのベッドは実に心地が好くて、僕を眠りに誘った。

◇◇◇

交易を担うドワーフ達は、物価の変動、商人の噂話等から、このフォードル帝国の動きを探ってる。

では人の町ではどうしても目立ってしまう僕には、一体どんな諜報活動ができるのか。

その答えは、そう、数字や噂話ではなく、もっと確実な役人や軍の将官らが口にした言葉を集める諜報、要するに盗み聞きだ。

もちろん僕には領主の館や軍の施設に忍び込み、情報を見聞きするような隠密の技術はない。

しかし僕はできない事を代わりにこなしてくれる頼もしい友人が、何時も身近に存在していた。

「あぁ、今日も寒いねぇ。今年の冬は特に寒く感じるよ」

「芋も麦もまた値上がりしてるじゃないか。一体どうなってんだい」

「帝都に行った兄ちゃん、ちゃんと兵士やれてるのかなぁ」

……多くの声が、僕の耳に聞こえて来る。

外の空気は冷たいが、僕は隠れ潜む屋敷の窓を目立たぬ程度に開けて、多くの声に耳を澄ます。

当たり前の話だが、幾らエルフの耳が大きく尖ってるからといって、町中の会話を聞き取れる程じゃない。

この声は、風の精霊がコルトリアの町中から、僕のもとに運んで来てくれた物だ。

まずは広い範囲から、声を集めた。

町の見取り図はドワーフを通して入手したから、その会話がどの場所で行われたのかも、風の精霊を通して把握ができる。

一区画ずつ、無作為に抽出した声に耳を傾けて、特に気になる物があればその会話を集中的に拾って貰う。

或いは風の精霊がその気になれば、町中の全ての声を一度に集める事だってできるだろうけれど、僕の気が狂ってしまうから絶対にやらない。

風の精霊が声を拾う能力はとても高いが、それを処理する僕の頭の性能は、そんなに高い訳じゃないから。

同時に聞いて要不要をざっくりと判断できるのは、十が精々といった所だ。

「東地区で起きた強盗事件の担当は……」

「皇帝陛下は一体何をお考えなのか……」

「物資の集積状況は芳《かんば》しくないな……」

町中から拾い集めた声の中で、重要な物が多いのは、やはり兵の駐留所や領主の館といった公的施設だ。

また大きな商家で交わされる会話も、フォードル帝国の動きを把握する上では重要だろう。

尤もこの情報収集の方法も、決して万能ではない。

夏の暑い時期なら兎も角、この寒さの厳しい季節はどこも部屋を閉め切っているから、風の精霊が侵入不可能な場所も少なくなかった。

それでもどうにか、隙間風が通れる壁の亀裂や通風孔、屋根裏や、或いは暖炉に繋がる煙突等から、何とか室内の声を拾う。

もちろんそれで直接苦労するのは風の精霊だけれども、彼、または彼女を宥め、心を同調させる僕にとっても、割合にしんどい作業なのだ。

それと並行して、重要な会話は紙に書き留め、その会話が為された場所を地図に示し、僕は情報を集めながら、手段の効率化も図る。

焦らず、急《せ》かず、少しずつ、少しずつ。

そんな日々が三週間も続けば、フォードル帝国の動きは、大分はっきりと見えて来た。

知り得た情報をドワーフと交換して補完し合った結果、フォードル帝国がルードリア王国への侵攻を準備しているのは、もはや疑う余地がない。

このコルトリアを含む南部の町に、侵攻に備えた物資、食糧や資材、武器等が小分けに運び込まれてる。

街道が雪に埋もれがちとなり、移動が厳しいこの季節にわざわざ物資を運ぶという事は、恐らく侵攻の時期は雪解けと同時なのだろう。

そして肝心の侵攻手段、要するに山道を切り開く方法なのだが……、不可解な事にそれを発案した一人の男に任されている事以外は、不明だ。

普通に考えたら軍を動かすような規模の話で、一般兵なら兎も角、物資の集積の責任者である領主までもが詳細を知らされていないなんて、ありえない。

何らかの手があるにしても、それを基に侵攻計画が練られ、それに応じた準備がされる。

山間を切り開くのに必要な資材、人手、それを養う食糧をどれ程に用意するのかは、侵攻の計画次第で大きく変わる筈。

しかしフォードル帝国内ではルードリア王国への侵攻準備が、詳細は不明のままに進んでいた。

これはこの国の、フォードル帝国の皇帝が、侵攻を発案した男を信任し、全権を与えている事が理由らしい。

詳細を明かされぬ侵攻手段であっても、それに疑問を呈して、あまつさえ反対の意思を表に出せば、それは皇帝への叛意と取られてしまう。

いや実際にとある将軍は、ろくに計画も立てられないこの侵攻は兵の命を無駄にすると反対し、既に反逆の罪に問われて処刑された。

長くフォードル帝国に忠義を尽くし、皇帝からの信頼も厚かった将軍であるにも拘らず、その弁も周囲の擁護も一切聞き入れられずに。

この帝国に一体何が起きているのか。

それを知る為には、侵攻の発案者であるレイホンという名の男を調べるしかないだろう。

レイホンはフォードル帝国の民ではなく、数年前にふらりとこの国にやって来て、皇帝に気に入られて召し抱えられたそうだ。

それからあれよあれよという間に帝国内で実権を握り、国政に口を出し始めた。

当然ながらレイホンの存在を快く思わない者は多く、幾度となく彼を排除する動きは出たらしい。けれども不思議とその試みは全て失敗し、レイホンに敵対した者は皇帝に遠ざけられたり、或いは不審な死を遂げたりしている。

またこれは本当に単なる噂なのだけれど、レイホンは口さがない者達に、奴隷喰いと、そんな風に呼ばれていた。

フォードル帝国では奴隷の所有が違法ではなく、貧しい村から売られた人々や、戦争で捕虜となった他国人は、奴隷として売買される。

レイホンはそんな奴隷を大量に買い漁り、その多くの行方がそれ以降はわからない。

明らかにレイホンの屋敷で働くだけにしては多過ぎる数の奴隷が、買われてはその姿を消しているのだ。

故に人々はレイホンが、買った奴隷を喰っているのだと噂する。

それは皇帝に取り入った成り上がり者に対するやっかみや、得体の知れない余所者《よそもの》への恐怖が、そんな想像を呼んだのだろう。

でも実際に人を喰っているかどうかはさておいて、そんな噂が出る程にレイホンが嫌われていて、かつ謎の多い人物である事は確かだった。


結局は、実際にレイホンを見てみないと、全ての真相は掴めそうにない。

予想できる事は幾つかある。

例えば皇帝は、恐らく洗脳を受けてるのだろうって事とか。

尤も、洗脳といっても何らかの特殊な力で意識を操られているかどうかは、不明だった。

僕の前世の知識にも、怪しげな人物が権力者に取り入って意のままに操ったなんて話は、幾つも例がある。

その前世で生きた世界には、精霊や魔術なんて物は存在しなかったけれども、……それでも人を操る事はできたのだ。

言葉だけで、或いは薬物を併用して、心の隙間に入り込む。

但し今回の話だと、敵対者の不審死や、ルードリア王国への道を切り開く手段を隠し持っていそうな事を考えると、レイホンはやはり何らかの力を所持してると判断した方が自然だろう。

皇帝を洗脳し、敵対者を秘かに排除し、山に閉ざされた道を開く。

汎用性の高さを考えると、やはり魔術だろうか？

だが帝国にも魔術師はいるから、皇帝が魔術で洗脳を受ければ、気付かぬ事はない筈だ。

それに敵対者の排除なら兎も角、山に閉ざされた道を開けるような出力の魔術は、……あまり現実的じゃなかった。

もちろん僕が知る魔術なんて全体のごくごく一部だから、レイホンが他を圧倒して優れた魔術師だというならば、可能性がゼロとまでは断言できない所だけれども。

或いは、神術もあり得ない話じゃない。

精神力や強く信じる心が引き起こす奇跡、神術や法術と呼ばれる物は、いわば超能力の類である。

他人の心を読んだり、他人に思念を伝える類の超能力、テレパスの使い手なら、人を洗脳する事もできるんじゃないだろうか？

また強力な念動力、サイコキネシスの使い手だったら、敵対者の不審死を起こすくらいは容易い筈。

けれども流石に山を動かせるとは、ちょっと考え難いけれども。

うん、わからない。

いずれにしてもレイホンは、かなり危険で厄介な人物だろう。

だけどそれでも、フォードル帝国全体がルードリア王国への侵攻を熱望し、大勢のエルフを捕えて精霊の力で山を切り開こうとしてる……、なんて事態に比べればずっとマシだった。

何せ全ての原因がレイホンにあるのなら、それを取り除くだけで、状況の解決が図れる。

要するに、必要な犠牲は最小限で済む。

……ふと、レイホンの人喰いの噂を聞いて思い出した事があるけれど、いや、まさかそんな筈は、ないと思う。

だってそれはあまりにも、最悪の想像だ。

◇◇◇

それから更に一週間、僕が情報収集を始めてから四週間が経つけれど、一つ面白い事を知った。

どうやらこの国には、皇帝の意に反してレイホンを取り除こうとする動きがあるらしい。

もちろんそれは、公の動きでなく裏側の、暗闘という奴だ。

詳細のわからないルードリア王国への侵攻に反対し、処刑された将軍、ファウド・シュリゼンの長子、ルビウム・シュリゼンを中心に軍の一部が集まり、それを幾つかの貴族が支援しているという。

彼らはレイホンを皇帝を惑わす奸臣として誅殺し、この国を正す事を目的としている。

まぁ僕の感覚からすると、フォードル帝国は侵略国家だし、奴隷を合法としてる時点で正すも何もないと思ってしまう。

ただこの国の厳しい環境の中で生きていくには、他国人を奴隷として使い潰し、或いは暖かな南の地への進出が、どうしても必要なのかも知れない。

区別、差別には意味があり、社会がそれを必要としてるケースは多々ある。

それはこの地に生きる民ではない僕にはわからない事で、口を挟む筋合いも権利もないだろう。

但し僕の知人の暮らす国が攻められ、彼や彼女が奴隷にされてしまうのならば、その時は容赦なく敵対するけれども。

だから彼らの主義主張には、僕は全く共感が持てないが、レイホンを狙う勢力の存在は実に都合が良かった。

だって仮に僕がレイホンを取り除く事に決め、それを実行した時、証拠さえ残さなければ疑いの目は自然と彼らに向く。

また彼らは情報源としても優秀だ。

何故なら彼らは主に帝都で活動してるから、この町では領主でも知り得ない国の中枢の動きも、彼らの会話を盗み聞く事で幾らかは把握ができる。

そもそも彼らがこのコルトリアの町にやって来たのも、物資の集積、輸送に関わり、レイホンに近付き討つ機会を窺う為だった。

故に彼らを注視し続けるだけで、僕もその機に乗じる事ができるだろう。

だがこうして盗み聞きをしながら誰かを害する計画を練るというのは、……実に心が荒む。

ドワーフ達は僕を気遣ってくれるけれど、そう頻繁に接触する訳にもいかない。

人々は目の前で生活していて、その声を聞く事だってできるのに、僕はそこに交ざれない。

仕方がないのはわかっているのだけれども、この地はあまりにも寒すぎて、どうしても心細くなってくる。

今頃、ウィンは鍛冶に熱中してるのだろうか。

アズヴァルド、クソドワーフ師匠が指導してくれてるのだから、何の心配も要らないのだけれど、それでもやはり気にはなる。

カエハやその家族、それから同門の弟子達は、……うん、きっと元気にしてる筈。

僕の傍には精霊が付いていて、昔はそれだけで十分だと思ってた時もあったのに、深い森を出て人に交じって生きるようになってから、どうやら僕は随分と寂しがりになったらしい。

動けずともこの情報収集は僕にしかできないから、退屈だなんて思う暇はないけれど、ただ空いてる傍らを寂しく思う。


しかし泣き言はさておき、多くの情報が集まった事で判明するのは、僕に都合の良い話ばかりでは決してなかった。

例えばドワーフ達は、帝都より北部の町で暮らす同胞と、連絡が取れなくなっている。

より正確には、帝都で鍛冶師として働く三人と、北部の町に散って鍛冶師をしている四人、更に鍛冶師組合で顧問のような事をしてる二人と、合計九人のドワーフの行方がわからない。

それが普通の人間だったら、九人の行方不明者は……、大きな国では出て当たり前の数だろう。

だが元より決して数の多くないドワーフが九人も消えたとなると、フォードル帝国の鍛冶師組合では相当な騒ぎにならねばおかしい。

……にも拘らず調べなければ行方不明の事実が出てこなかったのは、そのドワーフ達が行方を消した件に、帝国の皇帝が関与していたから。

行方のわからない全てのドワーフは、皇帝の招きで謁見し、そのまま姿を消したという。

帝都の城は大勢の兵に守られ、役人や女中が働く人目の多い場所なのに、謁見室から出てきたドワーフを誰も見ていない。

そうなるとドワーフ達の失踪には、間違いなく皇帝が関与しているのだろう。

故に鍛冶師組合も、真っ向から皇帝を非難したり調査をする事はできる筈もなく、ドワーフ達の失踪に関しては口を噤《つぐ》んだという訳だ。

それを知ったドワーフ達は、一部が報告の為にドワーフの国に戻り、残る全員で帝都に押しかけ、皇帝を問い質しに行くと言い出してる。

ドワーフという種族は決して愚かではないけれど、直情的で仲間を大事にする性質だから、こんな話を聞いて黙っていられないのは、無理もない。

だけど今、彼らが帝都に押しかけるのは、あまりにも悪手だった。

件《くだん》の彼らから漏れ聞こえてきた話によれば、レイホンは老いて衰えつつあった皇帝に、若さを取り戻せると騙《かた》って取り入ったという。

そしてその為の儀式と称して、買い漁った奴隷や、或いは人間以外の異種族を殺害しているらしい。

それはもちろん、レイホンに反感を持つ彼らの、あまりにも偏った視点からの話だから、鵜呑《うの》みにするのはあまりに危険だ。

でも老いていた筈の皇帝は、ここ数年は衰えるどころか往年の精力を取り戻した風に見え、レイホンを非常に重用していた。

穿《うが》った物の見方だとしても、そんな風に見える要素があるという事は、或いは一部には真実が含まれている可能性がある。

どうやら悪い予感は、当たっているのかも知れない。

先日、僕がふと思い出したのは、ハイエルフの長老衆に聞かされた詩の続き。

『真に不滅ならざる身で、不滅に手を伸ばした者、三つあり。

一つは魔族、魔に堕ちた人の成れの果て。

一つは妖精、個を捨て全となる事で、彼らの死は意味を持たなくなった。

一つは仙人、自然の気と一体化し、生きながらに精霊を目指した不遜なる賢き者』

魔族は、獣が魔力によって魔物と化すように、敢えて強い魔力を身に帯びる事で進化を目指した人々である。

人間、獣人、ドワーフ、エルフ等の種族を問わずに、その手法で進化を果たした人は魔族と呼ばれ、危険視されて滅ぼされたという。

尤もその系譜が、いずこかに残る可能性も決して皆無ではないけれど。

妖精は、蝶の羽の生えた小人、所謂フェアリーなのだけれど、彼らは種族全体が一つの生命だ。

生殖をして数を増やすが、肉体は端末の一つに過ぎず、種族としての集合意識がそれを動かす。

故に個の死に意味はなく、ある意味での不滅を実現してるといえるだろう。

但し彼ら、彼女らの小さな肉体は戦闘には不向きであるが故に、時に他の種族の子を攫って集合意識に組み込み、育てて戦士として群れを守らせる。

ハッキリ言って、かなり性質《たち》の悪い害虫だった。

それから最後に仙人だが、……恐らくレイホンは、その仙人の類である。

◇◇◇

尤も仙人とはいっても、レイホンは真っ当なそれじゃない。

不滅の魂を持って生まれた訳でもないのに、不滅に手を伸ばした者、仙人。

彼らは自然の力を体内に取り込み、昇華して己の物とする事で一体化を目指す。

簡単にいえば、生きながらにその身を精霊に近付け、不滅を体現しようとする。

自然に干渉する術、仙術はその為の手段に過ぎない。

つまり仙人とは、精霊その物ではないけれど、非常に近い存在だった。

だけど自然に干渉し、その力を体内に取り込むくらいなら兎も角、昇華して己の物とするには長く厳しい修練の他、類まれなる才が必要不可欠だ。

仙術を学んで厳しい修練に耐えても、結局は昇華して仙人には至れず、殆どの者は寿命で力尽きてしまう。

しかしそんな仙術の使い手達の中に、ある邪法を考え出した者が現れる。

己と遠い自然の力を取り込むからこそ、昇華に手間取るのだと。

ならば元々己に近い力、人の命を取り込み続ければ、もっと容易く不滅に至れるのではないだろうかと。

当然、そんなやり方では精霊に近付く事はできないけれど、けれども人の命を取り込めば、迫る寿命からは解放された。

そうした邪法に堕ちた輩を邪仙といい、その中でも交合を経て命を吸う者を吸精鬼、血肉を啜《すす》って命を吸う者を吸血鬼と呼ぶ。

真っ当な仙人よりも命の扱いに長《た》けた彼らは、時に自らが吸って蓄えた命の一部を、他者に分け与える事もできるらしい。

もちろん他人から命を分け与えられる行為にリスクが生じない訳がなく、吸精鬼や吸血鬼からの施しを受け続ければ、彼らから命を供給されねば生きられぬ身と化してしまう。

命を分け与えられなければ、飢えと渇きに襲われ、理性を失って誰彼構わず襲い掛かり、命を奪う化け物になる。

けれども奪った命を自らの物とできる訳でもなく、殺した死体を貪り喰らって、満たされぬ飢えに嘆く化け物を食屍鬼と呼ぶそうだ。

要するにレイホンは恐らく邪仙の、……それも吸血鬼で、皇帝は彼から命を分け与えられている。

ドワーフを手に掛けたのは、皇帝が最初は同じ人間の命を与えられる事に抵抗感を示したからだろうか。

まさか深い森を出てから、長老衆の与えてくれた知識が役立つなんて、思いもしなかった。

こんな事なら化石がカビの生えた自慢話をしてるなんて思わず、もう少しばかり真面目に話を聞いておくべきだったかも知れない。

古い神秘に関してならば、ハイエルフの蓄えた知識というのは、間違いなく人の世界では手に入らない物だから。

レイホンが自然に干渉する仙術を扱えるなら、ルードリア王国に続く山間を切り開く事はできるだろうし、吸血鬼なら戦争を起こす目的はわかり易い。

戦争で大勢の犠牲者を出し、それに紛れて大量の命を啜り喰らう。

吸血鬼の目的が、他にあろう筈がなかった。

そしてその喰らわれる命の中には、ルードリア王国の王都で暮らす、カエハやその家族の物も含まれる。

それはあまりに、僕にとって嬉しくない想像だ。

全てが杞憂で、単なる考え過ぎであればそれに越した事はないけれど、あまりに状況が合致していて、僕はもうレイホンの正体を確信してしまっている。

だから、そう、ふわふわと弄《もてあそ》んでいた考え、レイホンを取り除かなきゃならないなんて、あやふやな表現をしていたけれど、僕はそれを改めよう。

僕はレイホンを、殺さなきゃいけないんじゃなくて、殺す。

自分にとって大切なものを脅かす脅威を、明確な殺意を以て排除するのだ。

……全く以て本当に、心の荒む話である。

翌日、隠れ家を引き払った僕はコルトリアの町を出て、街道を進むドワーフ達の後ろを、大きく離れて帝都に向かって歩く。

結局ドワーフ達は、僕が何を言っても止まらなかった。

推察されるレイホンの正体、それから皇帝との関係も話したし、今、帝都に向かう事は食われに行くような物だと脅しもしたのに。

「あのな、エルフのエイサーさんよ。儂ら、交易を担うドワーフはな、単に荷物を運ぶだけが仕事じゃねぇのさ。人間の世界で修業する同胞と、故郷を繋ぐ。それも儂らの役割よ」

だから同胞がまだ生きてる可能性が少しでもあるなら、国に逃げ帰る訳にはいかない。

たとえ同胞が死んでいたとしても、遺品は国に持ち帰ってやらなきゃならない。

「それに儂らが帝都で騒いで耳目を集めれば、……エイサーさんよ、アンタの仕事だって、多少はやり易くなるだろう？」

……そんな風に主張されれば、僕に否と言える筈がないではないか。

交易の為にコルトリアに来ていたドワーフは十二名で、そのうちの三名は報告の為にドワーフの国に戻り、残る九名は帝都を目指す。

帝都までの道のりは徒歩でおよそ二週間。

僕は野営の時などは、人目がない事を確認してから彼らに交ざり、移動の時は離れて、村や町には寄らずに雪の積もった街道を、ただ歩く。

普通なら雪に足止めされて移動には難儀する季節なのだろうけれど、降る雪に、足元の雪に、宿る精霊にお願いすれば、足を取られる事はない。

本来なら移動に時間が掛かり、危険も伴う厳しい冬にも拘らず、僕らは予定通りの二週間で、フォードル帝国の首都、帝都グダリアへと辿り着く。

尤もドワーフ達はそのまま町に入れるけれど、僕が侵入するのは夜が更けてからで、しかもそのままレイホンを殺しに向かう。

ドワーフ達が騒ぎ立てた所ですぐさま謁見が叶い、餌にされる訳ではないだろうが、それでも時間の余裕はあまりないから。

◇◇◇

侵入した帝都で人目を、特に衛兵の目を避けながら、忍び歩く。

外套のフードを目深に被って、正体を隠す不審者スタイルで。

帝都の大雑把な見取り図とレイホンの屋敷の位置は、ドワーフ達がコルトリアの町を出る前に入手してくれていたけれど、……もしかしたらそんな物は最初から必要なかったのかも知れない。

だって帝都に入ってすぐに、僕はその気配に気付いたから。

フォードル帝国の帝都、グダリアは雪が舞い降りる灰色の空と同じく、暗い灰色の都市だ。

まぁ今は夜だから黒一色といった感じだけれど、昼間に遠目から見た時も暗かった。

でもそんな見た目なんて気にもならないくらいに、淀んだ気配が、レイホンの屋敷がある方角から、漂って来てる。

吐き気を催す強烈な違和感。

こんな物は、人間の発する気配では決してなかった。

言葉にするのも難しい感覚だけれど、無理矢理に表現すれば、気配があまりに臭い。

以前に鉱毒で汚染された川を見たが、あの汚染がもっと進んで、更に濃縮して行けば、この気配に近い不快感を発するようになるんじゃないだろうか。

それ程にその気配は異常で、腐ってて、狂ってる。

つまりそれは言い換えるとこの気配の主は、恐らくレイホンは、たった一人で汚染された自然環境と同等の気配を、それから死の匂いを身に纏った存在だ。

やはり間違いなくレイホンは堕ちた仙人の類なのだろう。

だって自然環境と同規模の気配を発する事が可能な存在なんて、……僕は精霊か、或いはハイエルフ以外には知らない。

尤もハイエルフは、余程に怒らない限りは、こんな風に気配を垂れ流しになんてしないけれども。

身体がぶるりと、思わず震えた。

でもそれは、恐怖にじゃない。

すぐさまに精霊の力を借りて、この気配を消し飛ばしてしまいたい衝動を何とか抑え込もうとして、身体が震えるのだ。

僕の頭は今行える最大規模の攻撃を模索してる。

雪が降る程に大気に水が満ちるなら、それを風が集めてもっと上空に運べば、巨大な氷塊が作れるだろう。

大きな岩ほどもあるそれを無数に作って地に落とせば、こんな気配を消し飛ばすのは簡単だ。

けれどもそんな真似をすれば、レイホンとは無関係な大勢の人間を巻き込んでしまう。

あぁ、それどころか、今は帝都の宿屋に泊まってるだろう、あの気の良いドワーフ達までも。

そんな事が、できる筈はない。

しかしそれにしても、僕は何時からこんな攻撃的な性格になったのだろうか。

この国に来てから潜み続けて、随分と心が荒んだのか。

それともカエハ達に危険が及ぶ可能性があると知って怒ってるのか。

或いはこの異様な気配に、僕も中《あ》てられてしまったのか。

……もしかすると僕個人の感性ではなく種族として、ハイエルフとしての何かが、一度は精霊に近い存在を目指しながらも、歪んで狂った吸血鬼を許せないのかもしれない。

塀を乗り越え、屋根の上に登って道をショートカットする。

不慣れな道に迷い込むより、こうして強引にでも直進した方が、移動に時間を取られずに済む。

深い森を出て、人間の世界にやって来てから、ハイエルフの持つ知識の重要さに気付くなんて、皮肉な話だと自分でも思う。

それどころか人間と接して、その自分との違いを目の当たりにすればするほど、僕は人らしさを失ってるんじゃないだろうか。

ここ最近、そう、十年程は、時折そんな風に感じてた。

もしかすると、それが成長なのかも知れないけれど。

住宅密集地を抜ければ、やがて大きな屋敷ばかりが立ち並ぶ、所謂貴族街に出る。

他所から流れて来たにも拘らず、レイホンはこの貴族街の一等地に、大きな屋敷を構えているのだ。

そりゃあ他の貴族から、嫌われるのも当然だろう。

貴族街は警邏《けいら》の衛兵が増えるし、逆に物陰は少なくなるから、移動の難易度は一気に上がった。

風の精霊が教えてくれる警備の隙間を、縫うように進んで、僕はようやく、その屋敷へと辿り着く。

帝都に入った瞬間から感じてた、気持ちの悪い気配の発生源である、レイホンの屋敷に。

屋敷に灯りは、点いてない。

けれども寝静まってると考える程、楽観的にはなれる筈がなかった。

この気配の主は、自らの存在を隠す事なんて、考えてもないのだろう。

強力な魔物が、自らの存在感に無頓着に、勝手気儘に振る舞うように。

或いは多数の命を強引に取り込んだ吸血鬼は、存在があまりに歪《いびつ》だから、気配を抑える事ができないのか。

圧倒的な気配に塗り潰されて、他の人間の気配は、感じ取れなかった。

まぁこれだけ大きな屋敷なら使用人が居ないとは考え難いが、真っ当な人間が常時この気配の主の間近にいて、精神が無事に済むとも思えない。

一般的な人間の感覚は僕よりずっと鈍いけれども、だからといって影響を受けない訳ではないのだ。

塀を越えて敷地内に入り、壁を登って屋敷の屋根へと上がる。

一瞬、屋敷に火をかけて全力で焼き尽くす事も検討したが、レイホン以外の誰かが居る可能性を考えて、控えた。

……もう行方不明のドワーフは生きてないだろうが、買われたばかりの奴隷が、どこかに監禁されてるかもしれない。

思考が過激に傾くのは仕方ないにしても、だからといって無関係の人間を巻き込んでいい筈がないだろう。

屋根の上で弓を取り出し弦を張り、矢を一本手に握り、何時でも矢を番えられるようにしてから、僕は二階のバルコニーへと飛び降りた。

そしてそのまま、出入り口のドアを蹴破って、椅子に腰かけたままこちらを見ている男と思わしき生き物に、弓を使って矢を放つ。

◇◇◇

それは人の小さな器に、多くの命を無理矢理に詰め込んだ酷く歪んだ存在だった。

器が破れて中身が漏れ出してるから、出て行く以上に取り込まなければ滅びてしまう。

だから更に多くの命を詰め込んで、グチャグチャに膨らんだ化け物。

だったらせめて化け物らしい姿をしていてくれればいいのに、人の形を保っているものだから、余計に違和感を覚えて気持ちが悪い。

まぁ出会う前からわかってた事だけれど、実際にそれを眼前にすれば、目を逸らしたくなるような醜悪さだ。

今ばかりは、色々とハッキリ見えてしまうハイエルフの感覚を、恨めしく思う。

「ずい――と、――ぼうな――――じ―だ」

それが何やら音を発した。

多分僕に何かを言ったのだろうけれど、あまりの嫌悪感に脳が、その音を声や言葉と認識する事を拒む。

故にそれが、レイホンが何を言ってたとしても、どうでもいい。

それよりも問題は、胸に命中した筈の矢が、突き刺さっていない事だ。

服は射貫いたが、矢が皮膚で止まってる。

単なる木の矢なら兎も角、グランウルフの爪牙を削った鏃は魔物をも容易く貫くというのに。

どんな仕組みかはわからないが、笑える程に化け物だった。

「風の精霊よ」

しかしそれなら攻撃手段を変えるだけ。

風の通り道は開いてる。

思いっ切り圧縮した風を部屋の中に詰め込んで、弾けるように解放し、屋敷の一部ごとレイホンを消し飛ばす……筈だった。

「き――――をもって――せい―」

なのにレイホンが何か音を発しながら刀印《とういん》を切れば、圧縮した風が消えてしまう。

確かに風の精霊は僕の願いに応じて助力をしてくれたのに、その効果がいきなり消えた?

あってはならない現象に動揺し、僕の反応は一瞬遅れる。

そう、ほんの僅か、一つの瞬きをする間だけ。

だがその一瞬で、レイホンは間近まで間合いを詰めていて、僕の腹に五指を突き立てようとする。

必死に身を捩《よ》じって逃れれば、掠めた指の数本は僕の脇腹をザクリと裂いた。

そして無理な動きに体勢の崩れた僕を、レイホンの蹴りが吹き飛ばす。

バルコニーから弾き出された僕の身体はその勢いのまま地にぶつかっ……らず、咄嗟に地の精霊が柔らかな砂に変化させた大地に受け止められた。

いや、うん、そのまま地に叩き付けられてたら、下手をしなくても大怪我である。

レイホンの蹴りを咄嗟に受け止めた愛用の弓が、非常にしなやかで頑丈な霊木の枝製だった事も、僕が命拾いをした要因の一つだ。

生半可な弓だったら、簡単に圧し折れて僕を守ってはくれなかっただろう。

……でも、うん、実に情けない。

痛みを堪えて、起き上がる。

自然に干渉するという仙術なら、精霊の振るう力に干渉する事だってあるかもしれないのに、あの歪んだ存在感への嫌悪から、それをすっかり忘れてしまっていた。

だから動揺なんてして無様を晒す。

更に問題なのは、単純に僕が弱い事。

力を貸してくれる精霊は強く、僕はその力の扱い自体は上手いと思う。

他にも、弓も得手で、剣もそれなり、魔術だって使える。

にも拘らず、それらを用いた戦闘の組み立て方がどうにも下手だ。

単に力を、技術をぶつけ、それが通じなければ終いでは、力自慢の荒くれ者と大差がなかった。

いやまぁ、その手の荒くれ者との喧嘩が、僕は戦いらしき物の中では一番楽しく感じるのだけれど。

だけどそれでは、吸血鬼はどうやら殺せないらしい。

だったらもう、仕方がなかった。

この吸血鬼は、必ずここで殺す必要がある。

それも物音を聞き付けた衛兵が、駆け付けて来るその前に。

でも勘違いしちゃいけないのは、僕は正義の味方として悪い吸血鬼を退治する為にここに居る訳じゃないって事。

もちろんハイエルフの代表としてでもない。

人が限られた寿命を延ばそうと足掻くのは、悪い事でもなければ醜い行為でもないのだ。

たとえそれが他人を糧に、犠牲にする形で為されるのだとしても、生物が他の生物を糧に生きるのは至極当たり前の話である。

少なくとも僕みたいな長い寿命を持つハイエルフが、安易に否定する事ではないだろう。

ただ僕は、個人的な感情としてそれを受け入れられず、またレイホンが生きてるだけで大切な人が危険に晒される。

故に相手を殺そうとしてるだけだった。

勘違いは、しちゃいけない。

ならば僕が為すべきは吸血鬼を蔑んだ目で見るのではなく、レイホンを強敵として認め、その上で殺せるように戦う事だ。

僕自身は大した事がないとしても、僕の師はそれぞれに皆が凄いから、そのくらいはどうにかなるだろう。

大きく息を吐き、バルコニーからこちらを見下ろすレイホンを見る。

「――がいにしぶ――な。しか――のていどのじつりょくで私に挑むとは、愚かな森人め。恐れ、悔い、震え泣きながら私の糧になるがいい」

不快感はあまり変わらないが、ようやく発する音が声に聞こえ、言葉として認識できてきた。

脇腹に傷を負って血を流したからだろうか。

頭も大分と冷えている。

それにしてもまぁ、随分とステレオタイプな台詞《せりふ》を吐いていた。

……恥ずかしくないのだろうか？

いや、うん、そんな台詞を口にする相手に、見下されるこの状況に陥った僕の方が、その何倍も恥ずかしいか。

僕は口元に笑みを浮かべる。

この滑稽な状況が、自身の至らなさが可笑《おか》しくて。

でもレイホンは、馬鹿にされたとでも思ったのだろうか、その笑みが気に食わなかったらしく、表情に怒りを浮かべて、気付けば間合いを詰めて拳を振り被っていた。

先程もそうだったが、恐ろしく動きが速い。

けれども、そう、確かに速いが、それでもその動きは一度は見ていた。

「地ッ！」

迫る拳から逃れる為に僕が大きく後ろに飛ぶと同時に、大地が隆起し石の槍と化す。

無数の石槍がレイホンに迫る。

「木行を以てッ……」

するとレイホンはすかさず文言を唱えながら刀印を切ろうとするが、うん、それもさっき、一度見た。

無効化されるのは、もう知ってる。

呼び掛けを口に出しては間に合わないから、手を振り下ろして風を扇ぐように。

その意図を理解してくれた風の精霊は、空から圧縮した風を砲弾の如くレイホン目掛けて無数に撃ち込む。

地の槍と風の砲弾、上下の攻撃に挟まれるレイホンに、僕はそのまま手を翳《かざ》す。

無効化はされても構わない。

消し飛ばせる大きな一発じゃなく、小さな攻撃を多く重ねて、動きが止まれば十分だ。

レイホンは僕を森人、普通のエルフだと思ったらしいが、残念ながらそれは間違いである。

未完成なままに無効化されたから、部屋ごと消し飛ばそうとした攻撃の規模はわからなかったのだろうか？

僕は普通のエルフよりも、精霊の助力を得る事に長けた種族、ハイエルフ。

故にレイホンが想定していた以上の攻撃が、彼を釘付けにして動かさない。

すかさず、窓を蹴破って屋敷の中に転がり込む。

それは圧倒的な速度を誇る相手に回り込まれず、向かってくる方向を限定する為。

「エイ、ダー、ピットス、ロー、フォース！」

そして僕が口にするのは、精霊に助力を乞う言葉ではなく、魔術を行使する為の発声。

発する魔力を術式が炎の塊に変えて、僕はそれを手の平から撃ち出した。

放たれた爆裂する火球の魔術は狙い違わずレイホンに着弾し、大きな爆発を起こす。

強力な攻撃魔術は、並の人間であれば数人の命を容易く奪う威力だ。

であるならば、そう、並の人間でないレイホンは、当然ながら耐えるだろう。

爆炎を突っ切って、両手の爪をぎらつかせ、僕に襲い掛かるレイホン。

流石に多少は痛かったのか、表情が激しい怒りに歪んでる。

だけどそれも、一連の攻撃を始めた時点で、既に予測済みだった。

だから僕はもう、構えてる。

『貴方の欠点は、闘争心の欠如です』

ふと、カエハの言葉を思い出す。

実はこの言葉には、続きがあった。

『ですが貴方が、闘争心を持ち、心に、技に、身体に、全ての条件を整えれば、斬れぬ物はありませんよ。この私が保証します』

……と、そんな続きが。

相手を斬って殺すと心に定めて、魔力を流して発動した魔剣で、ヨソギ流の技を振るう。

横に一閃、縦にも一閃。

勝負は、それで決まった。

レイホンは恐らく、己の身体の強度に余程の自信があるのだろう。

どんな仕組みかは知らないが、グランウルフの爪牙を削った鏃が刺さらなかった程だ。

なので剣を己の身体で受け止めて、強引に僕を喰い殺そうとした。

けれども僕とて、カウシュマンと共に鍛えた魔剣には自信がある。

鍛冶の実力はアズヴァルド仕込みなのだから言わずもがな。

剣士としての戦いの技は未熟だが、それでもカエハに憧れて振り続けた剣の鋭さは、彼女だって認めてくれた。

斬れぬ物はないとまで保証されている。

たとえそれが比喩表現だとしても、僕はカエハの言葉を疑わない。

その魔剣を、鋭さを、殺す心算で振るったのだ。

どれ程に硬くても、斬れぬ筈がないだろう。


……四分割されたレイホンが、地に伏して腕《もが》く。

僕が前世の知識で知る吸血鬼は、灰からでも蘇ったそうだけれど、この世界の吸血鬼はそうじゃない。

日光を苦手としないし、流れる水も渡れるし、ニンニクも十字架も気にもしないだろうが、その代わりに殺せばちゃんと死ぬ存在だ。

まぁ四分割くらいなら、溜め込んだ命を盛大に浪費すれば生き永らえるのかもしれないが、僕にそれを許す心算はなかった。

レイホンは僕に向かって必死に口を動かしてるが、縦にも割ってるから当然ながら喉から声は出

ない。

でもおおよそ、言いたい事はわかる。

命乞いや取引、或いは怨嗟の言葉を吐いてるといった所だろう。

脇腹の傷が今になって熱くズクズクと痛む。

全く以て僕には、こういうのは向いてない。

でもだからこそ、僕はもう少しばかり強くならなければならないと、そんな風に思う。

このまま森の外で過ごすなら、再び化け物の類と出くわす事も、恐らくある。

それが何十年後か、或いは何百年後かはわからないが、……その時の相手が、この程度で済むとは限らないのだから。

僕は魔剣に魔力を流し、えいやと思い切り、突き刺した。

何度も、何度も。

◇◇◇

それから、衛兵に捕まる前に現場から逃げた僕は、ドワーフ達に匿《かくま》われて傷の手当てを受けた。

しかし手当てといっても頑丈な種族であるドワーフのそれは実に荒っぽく、いきなり度数の高い蒸留酒で傷口をごしごしと洗われた時は、思わず情けない悲鳴を上げてしまったけれど。

正直、レイホンに傷を負わされた時よりも、手当ての方がずっとずっと痛かったように思う。

ドワーフ曰く、余程悪い物に触れたのか、傷口が腐りかけていたらしい。

その悪い部分をこそぎ落とす為、手荒にならざるを得なかったのだとか。

いやまぁ、痛かったし驚いたが、そういう事情なら仕方ない。

ある程度の処置が終われば、自身でも魔術を用いて傷の修復を早める事もできる。

終わってから振り返ってみると、今回は意外と魔術に頼る場面が多かったようにも思う。

さてレイホン殺害の犯人捜しは、帝国の権力者が殺された割には、実に小規模でしか行われなかった。

それはレイホンが軍や貴族から嫌われていた事もあっただろうが、それどころではない事件が起きてしまったから。

公的には、皇帝が重い病に罹《かか》って療養の為に帝位を退き、太子がその後を継いだとのみ発表されたが、代替わりの内実は凄惨な物だ。

風の精霊が運んで来てくれた城の声に耳を傾ければ、……その病とは要するに、皇帝の食屍鬼化であったから。

何でも命の供給源であったレイホンを失った皇帝は玉座の上で正気を失い、食屍鬼と化して城で働く貴族や役人、女中を十数人も殺して貪り食ったらしい。

幾ら狂暴な化け物であっても、元が皇帝では安易に討伐もできず、取り押さえる迄には更なる犠牲者が出たという。

結局は食屍鬼と化した皇帝は何とか塔の一室に監禁できたが、当然ながらそんな事件を公にする訳にもいかない。

帝国の威信に罅《ひび》が入るどころか、下手をすると国がバラバラになりかねない程の醜聞だ。

そこで表向き、皇帝は病を療養する為に帝位を退いたのだと発表されたが、あまりに被害が大き過ぎた為、人の口を完全に封じる事は到底できないだろう。

新しい皇帝になった太子は、苦労するのだろうなぁと、そう思う。

もちろんそれは、僕には全く関係のない話だけれども。

尤もドワーフ達にはそれは関係する話で、新たな皇帝からは全てはレイホンがやった事としてではあるが、ドワーフが犠牲になったと認め、正式な謝罪があったそうだ。

この国が周辺国に対して優位で居られる要素の一つは、間違いなくドワーフの国から輸入されたり、国内にやって来たドワーフの鍛冶師が鍛える優れた武具にある。

故に新しい皇帝はドワーフとの関係を壊さずに済むように、必死になってる様子が透けて見えた。

しかし同胞を害されたドワーフ達の怒りは深く、フォードル帝国とドワーフの国、両国の関係悪化は恐らく避けられないだろう。

ただドワーフの国としても、物資の輸入先として帝国は必要だから、完全に破綻はしない筈。

まぁその辺りは、両国の重鎮が考えればいい話だ。

例えば王になった後のアズヴァルドとか。

いずれにしてもこの帝国で、僕がやるべき仕事は後一つだけ。

交易を担うドワーフ達が帝都を出た後にそれを行い、コルトリアまでに追い付き合流し、それから共にドワーフの国へと戻る。

その頃には、もう雪解けの季節も間近だ。

再びこのフォードル帝国を訪れる事があるならば、……次はこんな風にこそこそと動かず、堂々と正面から訪れたい。

本当に今回、帝国で過ごした時間は、あまり楽しくなかったから。

スパイごっこが物珍しくて楽しいのなんて、極々最初だけだった。


ドワーフ達が帝都を去ってから二日後の深夜、僕は浮遊の魔術で空に浮かぶ。

高く、高く、そう、元皇帝が監禁された、塔よりも高く。

帝都の空は、やっぱり実に寒い。

夜の空から見下ろした帝都の町は、多くの人を飲み込んだ黒い石の化け物に見えて、ゾッとする。

昼間の空からならまた、全く違った印象を抱くのだろうけれど、そんな機会は多分ない。

所々に動く赤い光は、衛兵が掲げる松明《たいまつ》だろうか。

彼らが空を見上げる前に、サッサと仕事を終わらせよう。

弓を取り出し、矢を番える。

僕の邪魔をしないようにと、風が止む。

狙うは遥か先の塔の、鉄格子が嵌まった窓の中。

この寒い国で、閉じられない窓なんて正気の沙汰ではないのだけれど、その部屋の目的を考えれば恐らくわざとそうしてるのだ。

元皇帝が監禁されるその部屋は、直接は手を下せない貴人を厳しい環境で自然と殺す為の、処刑室。

そこに閉じ込められて放置されれば、監禁された貴人は飢えか寒さでいずれ死ぬ。

だけどそれは普通の人間ならばの話で、食屍鬼と化した皇帝は、飢えと渇きに苦しみ狂いながらも、長く長く生き延びるだろう。

それこそ誰かが、そろそろとっくに死んだだろうと思って確認に来るまで。

食屍鬼は扉を開いた誰かを喰い殺して逃げ出し、再び多くの人を手に掛ける。

そうなるとわかって放置するのは、僕の趣味じゃないから。

流石にこの暗闇の中では、僕の目でも遠い塔の、窓の中までは見通せない。

でもハイエルフとしての感覚は、そこに僅かな淀みが、歪みがある事を察知していた。

弓を引き、一呼吸置き、そして放つ。

鉄格子の間を縫って窓の中に飛び込んだ矢は、狙い違わず元皇帝の命を、少しでも若く、長く生きたいとの願いを、断った。

第五章　エルフとドワーフ

創世、世界の始まりの時。

この世界を創造主が生み出したのか、それとも元よりあった世界に創造主がやって来たのか、それは誰も知らない。

他に一切の観測者がなく、それを知るは創造主のみだから。

いずれにせよ創造主は、その世界に溢れるあまりに強い力を円滑に循環させて環境を整える為、精霊を生んだ。

次にある程度の環境が整えば、精霊をより状況に則して働かせられるように、精霊と意思を通じる者、真なるエルフを生んだ。

小さな真なるエルフが地を歩き回る姿を見た創造主は大いに喜び、次は雲の上に、もっと大きな真なる巨人を生んで住まわせる。

そして両者を繋ぐ為、地と空を行き来する不死なる鳥を生んだ。

この世界を守る守護者として、真なる竜を生んだ。

そこで創造主は、創世に満足してしまう。

それ以上に必要な物が思い浮かばなかったし、欲しいと思えなかった。

故に創造主は、更なる世界の発展の為には自分は不要になったと考え、最後に世界を発展させる者、創造の役割を引き継ぐ者、神々を生み出して自らは眠りに就く。

神々は最初に真なるエルフを参考にしてエルフを生み、次に真逆の性質を持つ者としてドワーフを生み、それから前の二種に比べて弱いが、汎用性や多様性、発展性や拡張性を特徴とする人間を生み、また人間の弱さを補う為に獣を混ぜて獣人を生んだ。

創造主と違い、神々は複数存在したから、それぞれが己が好む種族を生んだ。

草原を走るハーフリング、空を飛ぶ翼を背に持った翼人、海の底に住まう人魚、その他にも様々な種族を。

しかし神々は複数存在したからこそ、世界が発展していくにつれて意見の食い違いが発生し、争いを起こす。

ゆっくりとした変化を望む神、早急な変化を求める神、そもそも変化を嫌う神。

己が生んだ種族を愛するが故に、少しでも彼らに都合の良い環境を作ろうとする神や、それを嫌う他の神。

意見の食い違いから起きた争いは実に激しく、それまで互いに争う事のなかった神々だからこそ、加減の仕方を知らなかった。

猛々《たけだけ》しい神だけじゃなく、争いを好まぬ神まで、皆がその争いに巻き込まれる。

けれども争いが始まって暫くして、神々は気付く。

強い力を持つ自分達の争いは、自分達の生んだ子を巻き込んで、世界を大きく傷付けていると。

実際、幾つかの種族はその争いが原因で滅んだり、大きく数を減らしたとされる。

また神々の力がぶつかり合った影響で世界には魔力が生じ、魔物という存在も現れた。

このまま争いの規模が大きくなれば、やがては世界を守る守護者である、真なる竜との敵対を招きかねない。

そこで神々は力を合わせ、新たなる領域、神の世界を築いてそこに移り住み、この世界への無闇な関与を互いに禁じる協定を結んだ。

今、この世界に神々が直接関わる事は、もう殆どないとされている。

それでも時折、まるで神が関わったとしか思えぬ奇跡は、この世界に起きるのだけれども。

遥かな昔の話だから真偽は不明だが、これが今の世界で広く知られた神話の、大分と雑な纏めである。

この神話を題材にしたボードゲームが広まってるくらいには、親しまれる話だろう。

他にも細かな話は沢山あるけれど、地域によって差異があったりするから、まあ今はさておく。

だから実は、エルフは僕のようなハイエルフよりも、むしろ生まれとしてはドワーフの方が近しいとも考えられるのだけれど、それを口にすると多分エルフは凄く怒るんだろうなと、そんな風に思う。

ただハイエルフを含む古《いにしえ》の種族は、御伽噺の中の存在で、実在はしないと考えてる人も多い。

さてフォードル帝国から帰還した僕は、今回の件でドワーフの国から正式な国民権を貰う事になった。

それも僕だけじゃなく、ウィンも一緒に。

もう割と以前から身内に近い扱いは受けていたけれど、それでもあくまで客人だったのが、正式に身内として認定された形になる。

フォードル帝国では、殆ど自分の都合で動いていたのだけれど、ドワーフの国にとっても僕の行動がプラスになったというのなら、それは素直に嬉しく思う。

アズヴァルドやその家族だけでなく、グランダーや交易隊の皆、知り合った他の鍛冶師達や酒場の店主や店員に、近所の名前しか知らないドワーフ達まで、総出で僕らを祝ってくれたし。

皆が大喜びで、物凄いお祭り騒ぎにまでなった。

このドワーフの国で他の種族が正式な国民として認められたことは、実は今まで一度もなかったらしいから、これは割と快挙である。

尤もそれは、ドワーフの現王がアズヴァルドを次期国王として認めたから、その弟子である僕とウィンに便宜を図ったという、パフォーマンスも多分に含むのだろう。

でも現王の思惑がどうだったとしても、今の段階で僕とウィンが国民権を得た事は、非常に大きな意味を持つ。

何故ならアズヴァルドがドワーフの国の王となった後、僕やウィンを国民として認めようとすれば、それを己の弟子に対しての贔屓《ひいき》だと捉える者も出るかもしれない。

だけど今の段階で僕らが国民権を得れば、それは異なる種族との交流を、新しい流れを現王が後押ししてくれたにも等しいから。

つまりは、そう、少し前に夢物語として考えていた、エルフの森とドワーフの国の交易も、具体的な検討が可能になってきたのだ。

もちろん異なる種族との交流が、必ずしも良い物だとは限らなかった。

多くの手間がかかるし、問題も起きるだろうし、場合によっては種族間の溝が、より深くなる可能性だってある。

けれどもそれでも、僕は二つの種族が交流してくれた方が、きっと楽しい。

またこれを幸いと言うべきでは決してないが、フォードル帝国とドワーフの国の関係悪化に伴い、武具の輸出や酒類の輸入等、取引量は大きく減少する。

そうなると当然、それを埋める為にルードリア王国側との取引量は増える事になるが、そこにエルフの森で採れた果実の酒が割り込む余地は、そのまま飲むにしろ、蒸留酒の原料にするにしろ、絶対にある筈だ。

エルフからは果実、或いはそれを加工した酒を、ドワーフは魔物の牙や爪を加工した武器や道具を取引に出す。

その取引に人間を挟むかどうかは、ちょっと悩みどころだった。

エルフとドワーフの直接取引よりも、間に別の種族である人間をクッションとして挟んだ方が話はスムーズに進む。

しかしドワーフは兎も角、エルフは物の価値、特に金銭に疎《うと》いから、欲深な人間がそこに絡むと搾取されかねない。

そして搾取によって発生したエルフの不満が、その欲深な人間によってドワーフへと誘導された場合、……実に面倒な事になる。

アイレナには僕の状況、考えを書いた手紙を送ったけれど、そのうちに一度、彼女とは直接話した方がいい。

これは僕の我儘のような物だけれど、恐らくアイレナなら、理解を示して協力してくれるだろうから。

◇◇◇

僕がウィンと出会ってから、もう十八年程が経つ。

彼の実年齢は二十四歳で、人間で言えば十二歳程の発育具合だ。

改めて考えてみると、ウィンはハーフエルフにしてはとの前置きが付くけれど、少し成長が早い気もする。

恐らく森で暮らした場合と比べれば、しっかりと食べて栄養状態が良好で、尚且つ剣の修練に鍛冶と、運動も欠かしてないから発育が早いのだろう。

鍛冶はまだ習い始めてから然程経ってないけれど、アズヴァルド、クソドワーフ師匠曰く、熱意があって覚えも早くて、感覚も良いらしい。

特に炉の扱いは、火の精霊の助力を得られるだけあって上手いそうだ。

ただそんな話を、ウィンから僕に聞かせてくれる事はなくて、それを少し寂しく思う。

叱られたり上手く行かなかった話まで聞かせろとは言わないが、褒められた話くらいは、してくれたっていいのに。

でもアズヴァルドは、少年が保護者にあれやこれやと報告しないのは当然で、ウィンの成長を願うなら今は黙って見守ってやれなんて風に言うから、僕も無理に聞き出す事はしないけれども。

まるでアズヴァルドの方がウィンの事をわかってるみたいで、ちょっと悔しい。

いや確かに、最近のウィンの気持ちは、僕にはさっぱりわからないというか……、あぁ、違う。

単に僕は、自分を振り返って考えればわかるのに、寂しくて納得し難いから考えないようにしてるだけか。

そう、ウィンは保護者である僕と距離を置く事で自立心を養い、少しずつ大人になる為の準備に入った。

僕も百五十歳、人間で言えば十五の頃に成人扱いとなり、故郷の深い森を飛び出したのだ。

ハイエルフとハーフエルフの成長速度の差は大きい。

ウィンが人間で言えば十二歳程の年頃になったのならば、大人になる時はもう、そんなに遠くないのだろう。

けれどもそんなウィンも、僕と一緒に行動する時間はある。

それは、食事の時とかもそうだけれど、一番長いのは剣の修練をする時間だ。

ウィンも僕と同じでカエハからヨソギ流を学んだから、その修練はこのドワーフの国でも一緒に行う。

何故なら型の素振りをこなすのも、一人より二人の方が乱れに気付くし、木剣を用いた打ち合いだってできる。

フォードル帝国の一件から、僕も打ち合いに対する気持ちが少し変わったと思う。

以前の僕はどうしても打ち合いを、技の比べ合いだとしか思えなかった。

磨いた技量を、何時もと違う動きの中でどう崩さずに発揮するか。

そればかりを考えて、要するに我を出す事にしか興味がなかったのかもしれない。

もちろん打ち合いはお互いがあっての物だから、相手の技もちゃんと受けるようにはしていたが、心の持ちように問題があったのだ。

しかし今は、そう、割と技を繰り出すまでの駆け引きも楽しいし、相手に興味を持つようになった。

強くなりたいと思うからこそ、相手をよく見るようになったし、相手を見れば強引に行くべき時もわかってくる。

それはウィンが相手の時ばかりじゃなくて、時折だがドワーフの戦士が修練に交じって、打ち合う時も同様だ。

……できれば今の気持ちで、カエハからヨソギ流を教わり直したいけれども、それはもう少しばかり先の話になるだろう。

少なくともウィンが、鍛冶の一通りをアズヴァルドから学び終わるまでは、ドワーフの国に留まる心算だから。

まぁ話が逸れたが、僕とウィンの修練は、打ち合いの比率が少しばかり増えている。

「いぃいやぁぁっ！！！」

発する声と気迫でビリビリと大気を震わせて打ち込まれるウィンの木剣を、僕もまた手にした木剣で、捌き受け流す。

だけどウィンの勢いは止まらない。

我武者羅《がむしゃら》、猪突猛進、勇猛果敢、どの言葉がぴったりくるのかはわからないが、勢いと手数、それから気迫で強引に僕を押し切ろうとしてる。

物凄い勢いだった。

この前、ドワーフの戦士に何か習っていたみたいだけれど、それを自分なりに取り込んだのだろう。

ドワーフの戦士のように、膂力《りょりょく》と重量を活かした必殺の一撃というのは、僕やウィンの体格では再現し難い。

どちらかといえば、鋭さと素早さが僕らの、そしてヨソギ流の得手とする所だ。

故にウィンがドワーフの戦士から得たのは勢いと気迫で、後は一撃の重さが足りないならば、手数でそれを埋めようとしている。

それは子供の剣と侮るには、些か以上に鋭い。

何故ならウィンはもう、十年以上もヨソギ流を振っていた。

少しずつでも伸びる手足に、己の技を修正しながらではあるけれど、それだけの年月を積み重ねて来たのだ。

だから僕も、一歩も退かずに彼の剣を受け止める。

退いた方が、振るわせる剣は受け易い。

だが一歩でも退けば、ウィンの勢いは更に増し、最終的には押し切られてしまうだろう。

……本当に彼は、成長していた。

もう安易に子供扱いが、できないくらいに。

きっとウィンには、僕なんかよりずっと良い剣士になれる器があるのだ。

けれどもそれ故に、僕は一歩前に出る。

絶え間ない連撃も、退く瞬間がない訳じゃない。

波が打ち寄せ続ける海にも、返す間があるように、ウィンの剣にも次の一撃を繰り出す為に、木剣を引く瞬間はあった。

その一瞬、僅かな隙間に滑り込むように、僕は木剣を振るう。

ウィンの成長を認めない訳じゃないけれど、……その上であと少しだけでも、この手の中に居て欲しい。

鳥の巣立ちは止められなくても、それでもあと数年は。

ぶつかり合った木剣は、踏み込んだ一歩の分だけ僕の方が威力が強くて、体勢を崩したウィンをそのまま追い詰めた。

打ち合いが終わった後の互いに向かい合って礼をする時も、ウィンの表情は悔しさを隠し切れなくて、僕は安堵と申し訳なさの入り混じった気持ちにさせられる。

あぁ、人と人の関係は、どうしてこんなにも難しいのか。

多分きっと、そんな風に思い悩める時間ですらも、後から振り返れば幸せなのだろうけれども。

◇◇◇

僕がフォードル帝国より帰還してから、そろそろ一年が経つ。

ドワーフの交易隊に運んで貰って、アイレナとは数度、手紙によるやり取りを交わしてる。

彼女は期待通り、或いは何時も通りに、僕への協力を惜しまないと言ってくれてて、それはとても心強い。

だけど、そう、アイレナの協力があっても尚、ドワーフとエルフの交易を実現させるには、越えるのが難しいハードルが幾つもあった。

例えば、僕やアイレナに森のエルフを動かせる実権がある訳じゃない事とか。

ハイエルフである僕には、頼めばエルフが動いてくれるだけの権威はある。

けれどもそこで勘違いしてはならないのは、別に命令できる訳じゃないって事だろう。

以前、ルードリア王国の森からエルフが一斉に退去した時は、エルフという種族の為にそうしなければならない、強い理由があった。

だから僕の頼みに納得して、エルフ達は素直に従い動いてくれたのだ。

だが今回の件は、単に僕の希望でしかない。

エルフ達がドワーフへの父祖から受け継いだ嫌悪を飲み込んでまで従う理由は、どこにもなかった。

仮に僕の言葉だけでエルフが抱くドワーフへの嫌悪が消えるなら、それよりも先にハーフエルフへの偏見をなくしてる。

アイレナに関しても同様で、彼女は人間に対してはルードリア王国に住むエルフの代表として認められているから、人間との交易であれば、小規模な物なら彼女の独断で決める事もできるだろう。

それだけの実績をアイレナは築いて来たから、それに文句を言う者は居ない筈。

しかし交易の相手がドワーフとなれば、彼女の分を越えているから、他のエルフは従いやしない。

……権威に実権を伴わせる方法は、ある。

僕がアイレナの立場を引き継ぎ、対外的な役割を得て、ハイエルフの権威を利用してその範囲を拡大して行き、最終的にはルードリア王国の全てのエルフを影響下に置く。

そうすれば誰も僕のする事に異議を唱えなくなるだろう。

そう、要するに僕がエルフの王となればいい。

でもそんなのは、真っ平ごめんだった。

他人を支配し傅《かしず》かれる事に、僕は全く魅力を見いだせない。

いやむしろ、傅かれるとその人の一面しか、具体的には頭の天辺しか見えなくなるから嫌だ。

僕は誰かとは、まずは正面を向いて真っ向から話したいし、それで興味を持てたら横や後ろからも眺めたい。

そもそも僕が傅かれる事を嫌うから、アイレナがエルフの代表という立場を担ってくれている。

もちろんアイレナが代表に立った方が、ルードリア王国と交渉がし易かったというのもあるけれども。


……そんな風にあれやこれやと頭を捻りながら日々を過ごしていると、その日、アイレナから届いた手紙には、興味深い事が書かれてた。

アイレナが今の役割の補佐、或いは彼女が立場を退いた後にそれを引き継ぐ予定のエルフ、冒険者や森を離れて暮らす変わり者の数名を連れて、ドワーフの国を訪れたいというのだ。

僕から伝え聞く話ばかりではなく、実際に己が目で見て善し悪しを判断しようと、それからドワーフ達に、友好の意思を持ったエルフが僕以外にも存在すると示そうと、そんな心算で。

成る程、冒険者をしてるエルフなら、ドワーフの作る高品質な武器や防具への興味を持ってる。

またぶつかり合いを好むドワーフの気質も、比較的ではあるが受け入れ易いだろう。

そうして一部でも友好的な付き合いが持てたなら、それを楔《くさび》にその範囲を少しずつ広げて行く事だって、能《あた》うかもしれない。

関わる人数が増えれば流れが生まれ、それは周囲に波及して行く。

上手く波が広がれば、全ての森は無理だとしても、一部の森が交易に応じてくれる可能性は、きっとあった。

だけどそのアイレナの話に一つ思うのは、あぁやはり彼女は、そろそろルードリア王国を出る準備を、始めてるんだなって事だ。

何故ならアイレナにとっての大事な人間、クレイアスとマルテナは、老いによるその最期が……、十年先か二十年先かはわからないけれど、もうそれ程に遠くはない筈だから。

アイレナが二人の最期を看取る気なのか、それとも見たくないと思っているのかは不明だが、何れにしてもその後もルードリア王国に残る事はないだろう。

だからこそ彼女は己の役割を引き継ぐエルフを、今から用意して実績を築かせてる。

多分今回の件も、その一つとして。

まぁだったら、僕もこちらで受け入れの準備を整えて、後はアイレナの人選、手腕に期待をしよう。

ドワーフとエルフを引き合わせるなんて、そりゃあ当然不安はあるけれど、それでも彼女がやるというのだから、信じるより他にない。

だって僕は、アイレナが信じられないなら、他に誰を信じられるのかってくらいに彼女の世話になっているし、僕を理解して動いてくれてる。

あの日、もしもアイレナと出会わなければ、僕の森の外での生活は全く違った物になってた筈。

もしそうなっていれば、少なくとも今の僕は存在しない。

故に彼女を信じるのは、今の僕自身を信じる事と、大きな差はなかった。

まずは人数分、えぇっと、五人か。

するとアイレナを含めて六人分の、ドワーフの国への入国許可を、アズヴァルドに用意して貰おう。

それから歓迎の為の準備、根回しだ。

暫くは忙しい日々になるだろう。

何故ならドワーフの国がそんなにも多くのエルフを受け入れるなんて、前代未聞の事だから。

きっと皆がとても驚く。

いや、もちろん、僕がこの国でこうしてるのだって、前代未聞の出来事の続き、或いはまだその只中ではあるのだろうけれども。

◇◇◇

さて、エルフ達をドワーフの国に迎えると決まり、その準備に二ヵ月程は忙しく過ぎた。

だが手紙のやり取りで日程や詳細を決めてる都合上、返事待ち、ぱったりとやる事がなくなる瞬間というのはどうしても発生する。

まぁ要するに今がそうだ。

気持ちは急くのに、返事が届かなければ動けない。

そんな時間と気持ちを持て余した僕の心にフッと過《よぎ》った衝動は、……風呂に、いや、違う、足を伸ばせる大きさの温泉に入ってゆったりしたいという物だった。

「なんじゃ？　風呂なら家にあるだろうに」

アズヴァルド、クソドワーフ師匠はそんな無理解な事を言うけれど、違うのだ。

ドワーフは意外に綺麗好きで、風呂にも頻繁に入るけれども、この国にある風呂は余剰の熱や燃料を利用したサウナであって、湯船がある風呂じゃない。

僕の心が今、求めてる物とは全く異なる。

……サウナはサウナで心地好い事は、もちろん僕も認めるけれども。

不可解そうに首を傾げるアズヴァルドに、僕は北の火山地帯付近で、地から湯が噴出した場所がないかを問う。

やはり温泉といえば、火山地帯に湧く物だと思うのだ。

「あぁ、そういえば、戦士団の長が言っておったの。火山地帯には湯の湧く場所があって、魔物が飲みに来たり水浴びに来ると……。いや、お前さんまさか、魔物に交じって湯に入る気か？」

そう言ってアズヴァルドは、まるで僕の正気を疑うような目で、こちらを見る。

いやいや、いや、流石にそこまで無謀な事はしないのだけれど、一体彼は僕を何だと思っているのか。

単に湯が湧く事さえわかれば、後は地と水の精霊に尋ねながら、新たに源泉を掘るだけである。

源泉間近は熱いかもしれないから、そこから湯を引いて場を整え、魔物が入り難いように岩で囲って守れば、ドワーフの戦士団の休憩場所としても使えるだろう。

あぁいっそ、ドワーフの国にやって来るエルフ達を、温泉に案内してやるのもいい。

あの地と火の力が強くて若々しい火山地帯は、精霊に近しいエルフだからこそ、一度は見て、体験しておくべきだと僕は思うから。

うん、温泉掘りには、ウィンも連れて行こう。

今の彼なら山地の移動もそんなに苦にはしないだろうし、何より一緒だと僕が嬉しい。

だけどそんな時、アズヴァルドが僕にとって思いもしなかった一言を放つ。

「成る程、ならば儂も行こうかの」

……なんて風に。

いや、一体何を言い出すのか。

仮にも次の国王を、北の火山地帯なんて危ない場所に連れて行ける訳がないだろうに。

「いや、お前さんがあの子を連れて行くのは、安全を確保できるって確信があるからだろうに。それに後でエルフも連れて行くんじゃろ？　だったら儂だって、行ってみたいわ」

だけど彼は、そんな風に言って笑う。

えぇ……、いや確かにそうなんだけれども。

ちょっとこれは、単なる思い付きだった筈の温泉探しは、思った以上の大事に、なりそうな気がする。

そして一週間後、もちろん大事になった。

まずアズヴァルドが動くならばと、護衛としてドワーフの戦士団の同行が決まる。

将来的に戦士団の休憩場所として使うなら、実際に使う彼らが場所選びに参加した方が良いだろうと、護衛以外の理由も添えて。

するとより安全が確保されそうだからと、アズヴァルドの家族も一緒に行く事になって、次に場所を整えるなら人手があった方が良いと建築士や大工の同行も決まって、特に関係ないのに鉱員のグランダーまで一緒に行くとか言い出す。

その他にも、同行希望者は多かった。

とてもじゃないが全員は連れて行けないくらいに。

本当に一体何故、こんな大事になったのか。

然して脅威でない魔物は大勢で行動すれば寄ってこないが、逆に大型の魔物の注意を惹く可能性だってあるのだけれども。

「これまでの行動の結果じゃよ。お前さんの培った人徳と言ってもいい」

増えた同行者に、準備に四苦八苦する僕に向かって、アズヴァルドはそんな事を言う。

嬉しそうに、でもどこか悪戯っぽく、ニヤニヤと笑いながら。

「お前さんの強さも、お前さんが儂らを仲間だと思って共に戦ってくれる事も、また儂らでは思い付かん面白い何かをして見せてくれる事も、もう皆がそれを知っとるからの。安心して一緒に行きたがるんじゃ」

……なんて、割と良い風に言ってるけれど、最初に事態を大きくする切っ掛けを作ったのがアズヴァルド、いや、このクソドワーフである事を、僕は決して忘れてないし誤魔化されもしない。

でも、うん、それならまぁ、許すとしよう。

同行者の数はある程度選んでも総勢で五十名近い。

思った以上に集まってしまったから、折角だからしっかりと使える休憩所にしよう。

可能な限り火山地帯に入り込まず、外れた場所で源泉を掘れるポイントを探して、ドワーフ達が利用し易いように。

あぁ、アズヴァルドの奥さんや娘を始めとして、女性も数名同行するから、男湯と女湯も分けなきゃならないのか……。

ここで整備が大変だから混浴で、なんて言える程に、僕の肝は太くないから。

全く以て予想外の、大仕事になりそうだけれど、僕は何故か不思議と、それをとても楽しく思う。

◇◇◇

実はウィンは、精霊の力を用いた攻撃を、苦手としてる。

それは彼にとって親しい友である精霊の力を、戦いに使う事自体に抵抗があるのかも知れない。

或いはそもそも、自分自身の力で戦いたいという気持ちが強過ぎる為でも、あるだろうか。

またはもしかしたら、僕の教え方が悪かったせいかもしれないけれど。

でもそれは、決してウィンが精霊術、精霊の助力を得る事を苦手としてるという意味ではない。

「ウィン？」

僕の問い掛けに、彼はわかってると頷く。

それからウィンは後ろを振り向き、

「前方、五分くらい先の場所に、中型の魔物が岩に偽装してる。戦士団の皆さん、お願いします」

後ろに続くドワーフ達に、報告を行った。

そう、それは精霊の力を借りた索敵の結果だ。

ウィンはこうした、直接的な攻撃でない助力を得る事は、恐らく並のエルフの、大人以上に上手いだろう。

今回の温泉探索は、少し僕の想像以上に規模が大きくなってしまったから、ウィンの力を頼りにする場面がどうしても出てくる。

こうして皆で移動してる時は兎も角、火山地帯に辿り着き、温泉の湧き出す場所を探し、掘り、源泉が熱ければそこから湯を引く。

場所を選んで湯を流し込む湯船と、排水する先も造らなければならないだろう。

男湯と女湯を仕切って、屋根と周辺の囲い、魔物除けの防衛設備等も必要だ。

温泉を探したり掘るのは、当然ながら僕にしかできないだろう。

場所を整える事はドワーフの大工に任せられるが、工事は一朝一夕に終わる訳じゃないだろうから、食料となる魔物を狩りに行く必要だってある。

そうなると当然ながらドワーフ達も一ヵ所に固まっては居られないし、周辺の魔物の警戒も、僕

一人じゃ少しばかり手が足りない。

故に万全を期すなら、僕の目が届かぬ場所を見張ってくれる、ウィンの目が必要だった。

火山地帯に、温泉のある場所に辿り着くまでの道中は、その為の訓練代わりだ。

僕とウィン、二人掛かりで索敵してるが、基本的に僕は口を出さず、ドワーフへの連絡や警告も彼が行う。

そうする事でウィンの索敵能力の信頼性をドワーフに証明し、ついでに彼の自信にも繋がる。

本当なら適当に魔物を避けながら、もっとこうのんびりと、ウィンと二人で火山地帯の見物なんかもする心算だったのだけれど、世の中どうにも思い通りには行かない。

だけどこれはこれで良い経験だし、ウィンも緊張しながらも張り切ってる風に見えるから、まぁいいか。


火山地帯の外れに、掘れば湯が湧くであろう場所を幾つか見付け、ドワーフ達とどのポイントが一番守り易いか、利用し易いかを話し合う。

そして掘る場所が決まれば地の精霊に頼んで穴をあけ、地中から噴き出した温泉水の迫力に、ドワーフ達の歓声が上がった。

水の精霊に尋ねれば、噴き出した湯は人体に害はなく、飲む事もできるらしい。

手を浸せば軽くぬめるので、弱アルカリ性の湯だろうか。

とはいえ源泉の温度は熱過ぎるので別の場所に湯を引けば、その途中で湯が白く濁り出す。

心配になって水の精霊に尋ねたが、空気に触れて変化しただけで、特に問題はないという。

その湯を、僕が地の精霊に頼んで大雑把に掘り、ドワーフ達が磨いて仕上げた湯船に溜めれば、……あぁ、それだけでもう、立派な露天風呂の出来上がりだった。

いやまぁ、風情《ふぜい》はあるが魔物も出る野外で、吹きっ晒しの露天風呂は安全面に多大な問題があるけれど、それでもやはり嬉しく思う。

ドワーフ達も珍しがって、その日は取り敢えず、交代で周囲を警戒しながら皆で露天風呂を堪能した。

熱い湯に身体を浸す心地好さはサウナとはまた全く違って、ウィンもドワーフ達も、皆が露天風呂を楽しんだ。

もしかするとドワーフの国でも、サウナじゃなくて風呂を沸かして入る文化が、ここから芽生えるかもしれない。

次の日、長丁場に備えてドワーフの戦士団が魔物狩りに行くというので、ウィンがそれに同行した。

正直な事を言えば少し、いや、大分と心配だったけれど、ここで過保護を発揮しても、ウィンのプライドを傷つけて、彼の成長を妨げる。

心配を飲み込み、表情には出さず、拳を握り締めて、ウィンとドワーフの戦士団を送り出す。

僕には工事の最中の周辺警戒と、浴場の周囲に壁を張る仕事があるから、付いてはいけない。

アズヴァルドは多分、僕がウィンを心配する気持ちを察してたのだろう。

何も言わなかったけれど、僕の背中を強く叩く。

夕方、ウィンとドワーフの戦士団は、幾匹もの魔物を仕留めて持ち帰る。

安堵しながら出迎えた僕に、ドワーフの戦士達は口々にウィンの事を褒めてくれた。

お前の子は自慢できる戦士だと。

戦いに出しゃばるような真似はせず、けれども勇敢に自分のできる事を精一杯にこなしたと。

そんな風に。

ウィンは少し照れ臭そうだったけれど、それでも得意気で、僕に狩りの最中の出来事を、詳細に教えてくれた。

彼が嬉しそうに語るその時間はたまらなく、嬉しく、楽しい。


風呂に入り、焼いた肉を喰い、工事に励み……、そんな日々はあっと言う間に過ぎ去って、ドワーフ達の休憩所、浴場は完成する。

尤もドワーフ達が本気で造り上げた防衛設備は、もう浴場というよりも、陣地や砦といった方が相応しいくらいに堅牢だった。

どうやら戦士団は単なる休憩所ではなく、ここに人員を常駐させる、駐屯地として使う心算だという。

むしろ常駐したいと言い出した戦士が出たくらいに、ドワーフ達は温泉を気に入ったそうだ。

或いはドワーフ達の間で、この場所に温泉に入りに来るツアーが、流行《はや》るかも知れない。

いずれ案内する心算のエルフ達も、そんな風に温泉を気に入ってくれると良いのだけれど……。

まぁその為にも、そろそろ出迎える準備を、済ませてしまおう。

◇◇◇

それから二ヵ月程が経ったある日、エルフの一行が案内人に連れられて、本当にドワーフの国にやって来た。

いやまぁ本当にも何も、入国許可や案内人の手配をしたのは僕とアズヴァルドなのだけれど、実際にドワーフの国でエルフの姿を目の当たりにすると、わかっていても思わず自分の目を疑ってしまう。

なのに周囲のドワーフ達は特に騒ぐ事もなく、エルフの姿なんて見慣れてるとでも言わんばかりに平然としてて、なんだかちょっと釈然としない。

あぁ、でも、そうか。

実際に見慣れているのか。

僕と、それからウィンの姿に。

ハイエルフ、ハーフエルフなんて関係なく、ドワーフにとっては全部エルフの類であるから、もうこの国のドワーフ達にとって、エルフの姿は随分と見慣れた物になっているのだろう。

そう考えるとちょっと緊張気味な様子のエルフ達を、少しばかり可哀想に感じる。

彼らにとってここは敵地、とまでは言わないけれど、何があってもおかしくない場所って印象だろうから。

だけどそんなエルフの中でも一人だけ平然としてるのがアイレナで、彼女は先頭に立ってこちらに歩み寄り、

「アズヴァルドさん、エイサー様、お久しぶりです。それからドワーフの皆さん、これから少しの間ですがお世話になります。どうぞ宜しくお願いしますね」

アズヴァルトと僕、それから出迎えのドワーフ達に対して丁寧に、そして優雅に一礼をする。

それは実に堂に入った振る舞いで、彼女がこういった場に慣れている事を、僕に教えてくれた。

あぁ、そりゃあそうだろう。

だってアイレナは、エルフの代表としてたった一人で幾度となく国を相手に交渉してきた女傑である。

身の危険だって、これまで幾度となくあった筈。

それを思えばドワーフが相手であっても、争う気のない相手と友好的に接するくらい、彼女だったら難しくはない。

「あぁ、ざっと三十年程ぶりじゃな。以前に売ったククリナイフは、まだ使ってくれとるか？　後で整備するから見せるといい。あぁ、こんな場所で長話もなんじゃからな。儂の家に案内するぞ。エイサーとも、積もる話があろう」

そしてアズヴァルドも敢えて親しげに振る舞い、アイレナと握手を交わす。

そうする事で緊張気味なエルフ達を、少しでも安心させようとしたのだろう。

アイレナに同行したエルフは、男が三人に女が二人。

幾人かは、以前に王都で暮らしてる時に見た事がある顔だ。

装備の相談に乗って、少し話した程度の間柄でも、顔見知りとの再会は少し嬉しい。

懐かしさに僕が笑みを浮かべて手を振れば、向こうも軽く、手を振ってくれた。


ドワーフの国は地をくり抜き、石を積み上げて拵えた、巨大な地下空間だ。

だけど穴に潜って暮らすなんて言葉は似つかわしくない程に、洗練されて文化的な国と言えるだろう。

取水、排水を行う上下水道は完備されてるし、風通しがしっかりと考えられてるから、地下でも息苦しくないどころか柔らかく風を感じさえした。

太陽の光は奥まで届かないが、それを補うように光を発する苔が多く育てられ、石造りの建物が光に浮かび上がって、いっそ幻想的ですらある。

僕も最初に目にした時は感動したが、今回訪れたエルフ達も同様で、皆の顔には驚きの表情が浮かぶ。

誰よりも堂々としていたアイレナですら、呆けたように口を開いてた。

エルフがドワーフに抱く偏見の一つに、野蛮な種族だとの思い込みがあるけれど、実際にドワーフの国を見ればそれが間違いだという事は誰にだってわかるだろう。

実際、色眼鏡を外して考えてみれば当たり前の話なのだが、ドワーフが本当に野蛮な種族なら、優れた職人になれる筈がない。

彼らは確かに直情的だが、しかし思慮が浅い訳ではなく、じっくり物事に取り組む根気と、優れた美的センスを持っている。

故にこそ、このドワーフの国は実用的でありながらも、美しいのだ。

まぁ山脈地帯のど真ん中なんて僻地だから、利便性は全く高くないけれども。

アズヴァルドの家、というか屋敷に案内されたエルフ達と改めて自己紹介を交わす。

アイレナを除く五人のエルフのうち、男二人と女一人は冒険者で、彼らの事は僕も知ってる。

けれども残る二人は、少し予想外の生き方をしてるエルフだった。

まずは男の方からだが、ヒューレシオという名のそのエルフは、ルードリア王国だけでなく近隣諸国を巡る吟遊詩人なんだとか。

ヴィレストリカ共和国や小国家群にも幾度となく訪れているそうで、彼とは何だかとても話が合いそうな気がする。

それからもう一人、女のエルフの名前はレビース。

彼女はなんと、かなり名の売れた画家らしい。

王宮や貴族に招かれて、人物画を頼まれる事が多いけれども、本当に得意とするのは風景画だそうだ。

レビースは一刻も早くドワーフの国を絵にしたくて堪らないといった風で、自己紹介の間もずっとうずうずとした様子を隠せていない。

アイレナもまた随分と変わったエルフを連れて来たものだ。

というかエルフにそんな面白い人材がいるなんて、僕は考えた事もなかった。

彼らがどんな風にドワーフの国を解釈、理解して、どうやって外に広めるのか。

何だか楽しみになってくる。

レビースはすぐにでもドワーフの国のスケッチに行きたいらしいが、まずはアズヴァルドの屋敷で旅の疲れを癒して、それからドワーフの現王への謁見が待つ。

ドワーフの現王とは僕も国民権を貰った時と、それから幾度か会ってるけれども、割と気の良いお爺ちゃんだ。

少なくとも表面的には。

だから特に心配はしていない。

◇◇◇

ドワーフの国にやって来たエルフ達は、……思ってたよりもずっとスムーズに周囲に馴染んだ。

あまりにスムーズ過ぎて、少し悔しいくらいに。

まず誰よりも先にドワーフ達と打ち解けたのは、吟遊詩人のヒューレシオ。

彼は自由行動を許されてすぐに酒場に突撃し、ドワーフの好みそうな勇壮な歌を奏でて宴を盛り上げ、あっと言う間に酔っ払い達の心を摑む。

更にドワーフに伝わる逸話、伝説を調べ上げると、それを歌にして披露する。

そんなのもう、人気者にならない筈がないだろう。

次に画家のレビースは、基本的にはドワーフの国のスケッチに夢中だが、しかし手の空いたタイミングで乞えば気軽に似顔絵を描いてくれたりするので、好奇心旺盛な子供達と親しくなった。

子供の心を摑めば大人の、……より具体的には祖父母の、或いはそれよりも上の世代の好意も付いてくる。

ドワーフの寿命は人間に比べて長いから、曾孫《ひまご》の居る老人世代も、決して少なくはないのだ。

孫、曾孫と並んでの似顔絵を、大喜びで自作の額に入れて飾るドワーフは、レビースに何度も礼を述べていた。

また二人のような一芸がある訳じゃない冒険者のエルフ達も、町中で雑用を引き受けたり、狩りに出る戦士団に同行したりと、自分達なりにドワーフ達と接してる。

そんな風に好意的に振る舞うエルフ達を悪く言うドワーフは、皆無ではないのかもしれないけれど、僕の目に届く範囲には一人も居なかった。

世間一般で知られる忌み嫌い合うエルフとドワーフの姿は、今、この場所には存在しない。

僕はそれを、本当に嬉しく思う。

そしてそんなエルフ達のリーダーであるアイレナは、

「エイサー様、交易に関してですが、大恩あるエイサー様が望まれるなら酒の生産やドワーフとの交易にも応じると、ミの森の長老が名乗りを上げてくれました」

僕に予想外の良い報せを、伝えてくれた。

まさか今の段階で、ドワーフとの交易に前向きになってくれる森があるなんて、思いもしない幸いだ。

だけど一つ気になる事は、ミの森と言えば、ルードリア王国の中でも比較的東部に位置する大きな森で、奴隷から解放されたエルフが多く住む、……もっと言えば、ウィンが生まれた場所である。

その森の長老が、僕に一体どんな恩を感じてるのか。

奴隷にされていたエルフを助け出したのは、主に動いたのはアイレナや冒険者のエルフ達で、僕は少しばかり助力をしただけ。

ウィンを引き取った事なら、僕がそうしたかっただけだ。

ないとは思うけれども、今更返せと言われたって返す気は欠片もない。

彼がそう遠くない時期に、独り立ちしてしまうとしても。

でも僕の僅かな不安と考えを、アイレナはすぐに察したのだろう。

「ミの長老に他意はありませんよ。あの時、エイサー様がいなければ、エルフと人間は本格的に争って、同胞にも多くの犠牲が出たでしょう。その事態を避けられた事に、恩を感じてるエルフは、決して少なくないんです」

苦笑いを浮かべながら、そう言って首を横に振る。

ミの森は、解放されたエルフが多く合流したから、その事を殊更に実感してるだけなのだと。

そんな風に言われてしまえば、納得するより他にない。

時に自分の行動が、思った以上に他人から大袈裟な受け止められ方をする事があるのは、既に経験して知っていた。

それは思い返すと少しだけ苦いけれど、僕にとって大事な経験だ。

「そう、じゃあミの森のエルフ達には、この話を受けて良かったと思って貰えるように、しないとね」

僕の言葉に、頷くアイレナ。

森に住むエルフ達が欲するのは、金属製品じゃなくて、魔物の爪牙や骨を加工した武器や道具だ。

取引の見本となる品を用意して、アイレナ達に届けて貰おう。

尤も継続的に取引をすると考えると、一部なら兎も角、全てをアズヴァルドに作って貰う訳にもいかないし、僕が作っても意味がない。

エルフの森に輸出する事を承知の上で、精一杯に製作してくれる腕の良い職人を探す必要がある。

ドワーフは金属加工に誇りを抱いてるから、魔物の素材ばかりを加工するというのは少し嫌がられる可能性が高かった。

だから職人は専属じゃなくて、複数が持ち回りで仕事をこなしてくれる形が望ましい。

「でも目標に向かって、少しずつでも近づいて行くというのは、本当に楽しいですね」

僕に向かってアイレナが笑みを浮かべてそう言うから、大きく頷く。

あぁ、実際、凄く楽しい。

エルフとドワーフが交流を持つなんて、遠い目標だと思っていたけれど、皆が協力してくれて、目指す形が見えてきた。

それに向かって一歩ずつ近づいてる実感もある。

職人が決まれば魔物の素材を渡して加工を頼んで、それからエルフ達は温泉に案内だ。

暫くの間を温泉でゆっくり過ごして戻ってくれれば、ある程度は品も完成してる筈。

そしたら見本となる品を森に運んで貰って、交易の詳細な条件を詰めて行く。

ドワーフの国とエルフの森は、物理的な距離だけじゃなくて、今はまだ心の距離こそが遠い場所。

だけど同じ目標に向かって歩く同志が居るなら、踏破も何時かは叶うだろう。

◇◇◇

土を掘り、鉄を鍛える猛き地の人。

木々を愛し、緩やかに生きる森の人。

二者は遥かな昔より、嫌い合ってきた。

されど地の人は森の人を知らず、森の人は地の人を知らず。

そう、互いに知らぬままに、嫌い合ってきたのだ。

酒に酔うはどちらも同じ、仲間を愛すはどちらも同じ、そんな事すら知らずに。

けれども今、我らは互いを知り、この場に立つ。

あぁ嫌い合った互いを仲間と認め、愛し酒を共に囲む。

この友誼が、永遠であるとは、限らない。

再び嫌い合う関係に戻るかも知れぬ。

だからこそ、我らは今この時を、大切にする事を飲む酒に誓おう。


「遥かな遠方から山を越えてやって来た、儂らの新たな友に、乾杯!!」

朗々とした弾き語りの終わりを待って、アズヴァルドはそう言って酒に満ちたゴブレットを掲げた。

ドワーフ達は皆が笑みを浮かべて、ゴブレットの酒を飲み干していく。

ドワーフの国にやって来たエルフ達を歓迎する宴は、幾度も開催されている。

そんなの一度で十分だと思うのだけれど、飲んで騒ぎたいドワーフ達に、良い口実として使われてる感じだ。

だけどそんなドワーフ達が開く宴は、エルフ達には厳しい試練になっていた。

「ほうら、お前さんも飲め飲め!」

僕のゴブレットに、ドワーフ達が次々と酒を注ぎにやって来る。

もちろん、他のエルフ達のゴブレットにも。

自らの酒を分け与える事こそが、ドワーフにとっては最大級の歓迎を表すもてなしだ。

しかしこの宴で注がれる酒は、ドワーフ達が好む酒精の強い蒸留酒。

何年もこの国に住み、飲み慣れて酒量の限界やペースを摑んでる僕なら兎も角、他のエルフ達には酒精の強過ぎる代物だから。

ドワーフ達も女性陣には加減や遠慮をするけれど、相手が男であるなら容赦はしない。

最初は決まった席に着席していた僕以外のエルフ達も、ドワーフに引っ張り出されてあちらこちらへ。

連れ去られた冒険者をしてる二人の男エルフは、あっと言う間に酔い潰されて、ひっくり返った彼らの周りでドワーフ達が騒いでる。

……可哀想だし、後で隙を見て回収してやろう。

でもそんな男エルフの中にも、一人だけ被害を免れてる奴が居た。

そう、先程の歌を披露した、吟遊詩人のヒューレシオだ。

彼は強い酒を飲めば今日は曲を奏でられなくなるし、喉も焼けて歌えなくなるからと、上手く酔っ払いをあしらって躱《かわ》してる。

彼が手にしたライアーは、まるで迫るドワーフ達を防ぐ盾のように。

やはりヒューレシオは面白い。

恐らく踏んだ場数や経験が、冒険者よりも豊富なのだろう。

それは酒の席だけの話じゃなくて、色々な意味で。

旅の話を、彼とは少しばかりしたけれど、同じ風景を目にした相手との思い出話は、驚く程に楽しかったし。

僕はそれとなく周囲の様子を眺めながら、給仕の女性ドワーフから料理の皿を受け取って、薄く切った肉を摘《つま》んで口に押し込む。

少しばかり塩気が強いが、肉の旨味も負けてない。

肉を咀嚼《そしゃく》して、飲み込んでも口の中に残る味を、酒で洗って胃に流す。

するとまた、肉の塩気と旨味が欲しくなる。

まぁ急ぐとすぐに酔ってしまって長く楽しめないから、慌てずにゆっくりだ。

ふと、僕の前の席に、一人のエルフが座った。

「エイサー様、お酒強いですね！　あ、お注ぎしましょうか？」

なんて風に明るく言ってくるから、僕は首を横に振る。

飲み慣れてるといっても限度はあるのだから、酒を勧められるのはドワーフだけで手一杯だ。

ドワーフ達が殴り合いの喧嘩を始めるかもしれないし、その時は巻き込まれないように酔い潰れたエルフ達を回収しなきゃならない。

だから僕はもう暫くは、正気を保ってる必要があった。

「ドワーフの国に住んでそこそこになるから、慣れてるだけだよ。飲み方も、勧められた酒の断り方も」

僕がそう言えば、彼女、エルフの画家であるレビースは、ふぅんと感心したような声を漏らす。

彼女は随分と上機嫌な様子で、顔も赤い。

実は大分と酔ってそうだ。

宴ではドワーフの蒸留酒以外にも、輸入品の酒が供されてるから、そちらを口にしたらしい。

「今日は楽しそうだね。描いてた絵、完成したの？」

レビースの機嫌が良いとすれば、それは酒のせいじゃないだろう。

そう思って問えば、彼女は大きく大きく頷いた。

「そうなんです！　聞いて下さい！　本当に、エイサー様、私、このドワーフの国に、来てよかったです！」

身を乗り出してそう言うレビースを、僕は押し留めて席に座らせる。

今日は本当に酔ってるな。

余程に絵の出来に納得がいったのだろうか。

だったら明日……は、残った酒で動けなさそうだから、明後日にでも見せて貰おう。

ドワーフの国に来てよかった、レビースがそんな風に口にした事には、ちょっとした……、いや彼女にとっては大きな理由がある。

例えば吟遊詩人であるヒューレシオに比べての話だけれど、レビースの行動範囲は然程に広くはない。

画家といえば色んな場所を旅して、絵にしてる印象があるけれど、実はそんなに自由でもないそうだ。

何故なら描いた絵の価値を認め、金を出してくれる相手がいなければ、画家という仕事は成り立たないから。

レビースの場合、ルードリア王国やザインツ、ジデェール、カーコイム公国辺りでは名が知られていて、商人や貴族を相手に絵が売れる。

だけどそこから大きく離れてしまえば、画家として金を稼ぐ事は急に難しくなるだろう。

また貴族相手には風景画よりも人物画、特に見合い相手に届ける似姿を望まれるそうで、彼女の描きたい物と必要とされる仕事には差異があった。

レビース自身は、色んな場所を見て、それを絵に残したいと思っているのに、彼女の理想と現実は乖離してる。

冒険者を兼業すれば、もっと遠くへ旅をして、そこを絵に残す事もできるだろう。

精霊の助力を受けられるエルフである彼女は、決して無力ではない。

けれどもレビースは荒事が苦手で、自衛の為以外に戦うなんて真っ平なんだとか。

まぁその気持ちは、僕にも少しわかる。

僕は別に荒事が苦手な訳じゃないけれど、戦いを生業《なりわい》としてそれに時間を費やすよりも、自分が好きな事に時間を使いたいという気持ちは、些か以上に共感ができた。

故にドワーフの国という、未知だった場所に来て絵を描けるのが、彼女にとっては非常に幸福な体験だと感じるらしい。

楽しそうに語るレビースの言葉に耳を傾けながら、僕は肉と酒を口に運ぶ。

「それでヒューレシオと話したんですけど、そのうちもっとエルフの仲間を集めて、キャラバンを作って各地を旅しようって。そしたら色んな所に行けるし、助け合えばきっと楽しいって」

彼女が語る言葉は、今は構想の、もっと言えばまだまだ夢の段階だ。

でもそれは、実現可能な夢である。

なんたってドワーフとエルフの交流なんて、ずぅっと昔から誰もが無理だと笑い飛ばしてた事が、今では現実味を帯びてきてるのだ。

本気でそれを望むなら、叶わぬ筈がないだろう。

「エイサー様も、いかがですか！　絵なら私が教えますし、ヒューレシオもエイサー様と歌ってみたいって言ってましたし！　あっちに行ってこっちに行って、色んな物を見て商売もして！」

レビースの言葉は、とても魅力的な誘いだった。

深い森を出たばかりの僕だったなら、一も二もなく飛びついただろう程に。

でも僕は、首を横に振る。

「今は、良いかな。まだやる事が、うぅん、違うね。やりたい事が、他にあるから」

暫くの間は時間の使い方が決まってるし、それ以降も、どうだろうか。

僕は自分が我儘で、あまり長い間は他人に合わせられないと知っていた。

人間が相手なら兎も角、寿命の長いエルフが相手なら、ずっと一緒には居られないだろう。

そしてエルフ達は、恐らく無理にでも僕の我儘に合わせてくれようとするだろうから、彼らにとって僕の存在は、時に毒となる。

エルフのキャラバンができたとしても、時々一緒に行動するくらいが、恐らくはお互いの為なのだ。


気付けば、レビースは酒が回ったのかテーブルに突っ伏してふにゃふにゅ言ってる。

向こうでは、ちょっと騒ぎが起き始めてた。

そろそろ酔い潰れたエルフ達を回収して、安全な場所に避難させようか。

辺りの様子を見回してると、同じようにきょろきょろとしてるアイレナと目が合った。

多分彼女も、そろそろ仲間達を回収しようと考えているのだろう。

ならレビースはアイレナに任せて、僕は酔い潰れた男エルフ達の回収だ。

喧噪《けんそう》の中を掻き分けて、僕は彼らの救出に向かう。

◇◇◇

エルフ達がドワーフの国を去ってから三年程が経つ。

僕がフォードル帝国より戻ってからなら五年弱。

最初にドワーフの国にやって来た時から数えると、……もう十一年に少し足りない程度だ。

エルフとドワーフの交易は、小規模だが形になった。

魔物の素材を使った武器や道具は、ガラーヴェと言う名の、以前ルードリア王国で暮らしていた名工が中心となって担当してくれてる。

僕はドワーフの国に来る前から彼の名前を知っていて、またガラーヴェも僕の存在を知っていたそうだ。

そう、彼は以前にルードリア王国の品評会で何度か敗北させられた、あの名工。

ガラーヴェは今回の話に自分から名乗りを上げてくれて、他のドワーフ達にも積極的に声を掛けて集めてくれた。

またラジュードル、僕の悪友であるカウシュマンの師であった彼も、今回の話に興味を示している。

エルフならばドワーフよりも魔力を動かして魔道具を扱える、つまり魔術の才のある人材が多いんじゃないかと思ったそうだ。

尤もエルフが魔道具を必要とするかどうかはまだちょっとわからないけれど、僕も想定しなかった変化の兆しは実に興味深い。

芽が出れば良いなと、本当にそう思う。

ラジュードルとはカウシュマンの件で随分と話し込んだから、少しは人柄もわかってる。

最初は入念に準備をして王座を狙っていたから、執着心の強い人物かとも思ったけれど、彼はどちらかといえば単に自分を試したいタイプだ。

恐らく今回も、新しい事に挑戦したくなったのだろう。

そしてルードリア王国のミの森へ、実際に交易に行ってくれているのは、以前はフォードル帝国の交易を担当していたドワーフ達。

僕とフォードル帝国で行動を共にした、彼らである。

彼らはフォードル帝国との交易が減って暇をしてたからなんて風に言うけれど、険しい山道で荷を運び、ドワーフと外を繋ぐ糸である彼らが本当に暇である筈がない。

だけど彼らは僕がエルフとドワーフの交易を実現させようとしてる事を知ると、当たり前のように運び手を買って出てくれたから。

そうして始まった交易で、ミの森から運ばれてきた酒は、なんと果実酒ばかりではなかった。

蜂蜜を水で薄め、酒精を宿らせて酒化させた物、そう、蜂蜜酒も、ミの森では生産して輸出してくれたのだ。

僕も少し飲んだけれど、果実酒、蜂蜜酒のどちらもが丁寧な仕事で作られていて、驚く程に美味しい。

酒に五月蠅い、或いは酒精の強さを愛するドワーフ達も、これを蒸留するのは惜しいと言って、そのままで愛飲してる。

……アズヴァルドが次の王に決まり、エルフとドワーフの交易も形になった。

もう僕がこのドワーフの国ですべき事は、全て片付いたと言えるだろう。

温泉も定期的に、十分に堪能したし。

ウィンの鍛冶修業もひと段落し、後はひたすらに数をこなし、実際に客を相手にして、腕を磨く段階に辿り着いたそうだ。

だから彼も納得してくれた。

僕とドワーフの国を発ち、ルードリア王国に戻る事を。

ドワーフの国で過ごす事に不満は欠片もない。

僕は、それから多分ウィンも、このドワーフの国で本当に楽しい時間を過ごした。

けれども僕には約束がある。

最後の時は彼女を看取ると、カエハと交わした約束が。

もちろんそれには、まだ少しの時間はあるだろう。

数年って事はないだろうから、十年以上は。

でも逆に言えば、たったそれだけしか時間はない。

二十年は運良くあり得ても、三十年は厳しい筈だ。

故に僕はあの場所へ行き、十年か二十年ばかりの時間を、そこで過ごす。

そう、カエハの隣で。

ひょっとしたらウィンは、ドワーフの国に残りたがるかもと思ったけれど、どうやら彼には彼の考えがあるらしい。

ウィンだってもうすぐ本当に一人前で、そうなると僕も、もう彼の行動を縛れなかった。

全く、カエハもウィンも、彼らの時間は急ぎ過ぎだと、……今の僕は思ってしまう。

深い森を出る前は、ハイエルフの長過ぎる時間に、急いて焦《じ》れたのは僕の方なのに。

旅立ちの朝、アズヴァルドは僕とウィンに、腕輪をくれた。

一見すると銀のようで、でも輝き方と硬度がまるで違うその腕輪は、間違いなくミスリルだ。

その加工を僕は手伝った覚えがなくて、そもそもドワーフの門外不出である筈のミスリルを渡された事に、驚きを隠せないでいると、

「心配せんでも、正規の手続きを経て、王の炉を借りて作ったからの。後ろ暗いもんじゃない。それを見れば、遠く離れた地のドワーフであっても、お前さん達が儂らの友、同胞だとわかるじゃろ」

ふん、と鼻を鳴らしてアズヴァルドは、ちょっとだけ得意気にそう言う。

あぁ……、そんなの、何も言えないじゃないか。

僕が言葉に詰まっていると、

「そんな、ボクは、エイサーみたいに、何かした訳じゃないから……、受け取れな……、師匠、受け取れないです」

ウィンが声を震わせて、そんな言葉を口にした。

しかしアズヴァルドは、クソドワーフ師匠はそう言ったウィンの胸を、ドンと拳で突く。

あ、ちょっと羨ましい。

「阿呆め。お前さんも立派に、儂の弟子だろうに。立派にこの国の民で、儂らの同胞だろうに。……そこのクソエルフと比べる事に、何の意味もなかろうよ」

痛みか、或いは別の何かに、耐えるように顔をくしゃくしゃにしたウィンに、クソドワーフ師匠が言う。

というか、何で今の流れで僕がクソエルフ扱いされたんだ。

「そりゃあな、ソレが養い親だと、自分と比べてしまうのはわかる。まぁ本人の前でこれ以上は言わんが、お前さんの苦しみはわかる。でもな、そのクソエルフとは関係なく、儂はお前さんを認めとるよ。これはその証だと思え」

僕にはアズヴァルドが、一体何を言ってるのかわからないけれど、だけど今は、口を挟んじゃいけない事だけはわかる。

クソドワーフ師匠は今、僕にできない何かを、わからず、伝えられない何かを、ウィンに伝えてくれてるから。

……少し複雑で、悔しいけれども、言葉を発さず、ただ見守った。

「良いか、ウィンよ。お前さんはな。そこの、お前さんの養い親の、オマケじゃない。儂らはそれを知っとるからの。また何時でも遊びに来い。でも腕は鈍《なま》らせるなよ。わかったな?」

噛んで含めるように一言一言を発するアズヴァルドに、ウィンは言葉もなく頷く。

それにアズヴァルドは可笑しそうに笑った。

うん、まぁ、二人が納得してるなら、それでいいか。

アズヴァルドの言葉はウィンに向けた物であると同時に、多分僕に、足りない物を教えてくれてもいるのだろう。

ゆっくりと、考えよう。

僕がウィンの気持ちを理解できていない自覚は、ちゃんとあるから。

もちろん僕は、ウィンを自分のオマケだなんて思った事はないけれど、大切なのは彼自身がどんな風に感じ、考えているのかだ。

「エイサーも、今回は世話になったの。次に会う時は、儂は王になって玉座を尻で磨いとるじゃろう。どうせ似合わんだろうから思いっ切り笑いに来るといい。じゃあ、またの」

その言葉に見送られ、僕らはドワーフの国を後にする。

来た時は僕の背負子に乗ってたウィンも、今は自分の足で。

そして山から見下ろす景色は、今日もとても雄大だった。

断章　零れた記憶

粉挽きと幼子

ジャンペモンでの涙の別れから数日後、僕はウィンを抱きかかえながら、カーコイム公国の街道を歩く。

幼子の悲しみというのは波のような物で、ずっと激しい訳ではないけれど、思い出したかのようにぶり返す。

だけどやはり子供は、見知らぬ物、珍しい物には惹かれるようで、空の雲、街道沿いに咲く花、傍らを通り過ぎていく馬車等が、彼の気持ちを紛らわせてくれた。

「えいさー！」

今もまた、気になった物があったのだろう。

ウィンは抱きかかえられながらも、身を乗り出して僕を呼ぶ。

僕は落ちないように彼を抱え直しながらも、その視線を追えば、その先には二頭の牛。

「うま！　大きい！」

嬉しそうなウィンはとても可愛いけれど、でも残念ながら、間違ってる。

馬と牛って、そんなに似てないと思うんだけど……。

「うぅん、違うよ。ウィン、あれは牛だよ。牛は馬と違って……、違って、うぅん、いや、仕事内容は似たような物かな？」

馬は人や荷を載せたり、馬車を引いたり、農耕馬なら畑仕事に使われる。

でも場所によっては牛も人や荷を載せるし、馬車じゃないけれど牛車《ぎっしゃ》って言葉は、この世界にあるかどうかは兎も角として、僕は知っていた。

もちろん牛は、畑仕事にも大活躍だ。

……じゃあ馬と牛の違いって、一体何なのだろうか。

労働を終えた牛は肉として食べられる事もあるけれど、それは馬も同様だし。

やばい、ちょっとわかんない。

牛の乳は飲むけれど、馬の乳って飲むんだろうか？

「近いけれど、一応は別の種類の生き物かな。身体の太さも首の長さも違うし、ほら、角があるでしょ？」

何とか絞り出した僕のあやふやな説明にも、ウィンは目を輝かせてふんふんと頷く。

僕は立ち止まり、暫く彼と牛の観察を行う。

子供の好奇心は大切だ。

好奇心から出た質問に誰も答えなければ、やがてその好奇心は死んでしまう。

そして好奇心の代わりに諦めの心が育つ。

以前のウィンはこんな風に無邪気に質問をして来なかったから、ジャンペモンで過ごした一年半が、彼の心に良い影響を与えたのであろう事が、僕には本当に嬉しかった。

「ねぇ、なんでうし、ぐるぐるしてるの？」

質問は止まない。

次の質問は、これまた中々に難しい質問だ。

まぁ僕は答えを知ってるけれど、上手くそれをウィンに伝えられるかは、ちょっぴり難しい。

「んー、それがあの牛の仕事なんだよ。ほら、あの二頭は棒に繋がれてるでしょ。あの棒を回すと、ほらよく見て、真ん中に大きな石臼《いしうす》があって、アレが回るんだ」

二頭の牛は人の誘導で円を描いて移動させられ、一本の太く長い棒を回転させてる。

そうする事で中央の石臼が回転し、機能を果たす。

そこに脱穀した麦の粒を投入すれば、麦は潰されて挽かれて粉になるのだ。

要するに牛の力を使った粉挽きだった。

この辺り、ルードリア王国や小国家群を含む大陸中部地域では、パンこそが食の象徴とされる事が多い。

故にパンの原料である穀物、麦の生産量こそが国家の力を測る重要な指標で、国土の広い国が強いのは、乱暴な言い方をすればその広い国土で穫れる麦の量が多いからだ。

収穫できる麦の量が多ければ、養える国民の数が増え、従って有事の際に動員可能な兵士の数も多くなる。

しかし麦は麦のままではパンにはならず、脱穀して製粉して、初めてパンの材料となる。

だから粉挽きはとても重要な仕事で、そこに纏《まつ》わる利権、問題も数多い。

「ジャンペモンは近くに川が流れてたから、麦をそっちに運んで水車で粉挽きをしてたんだよ。水車はウィンも、見た事があるよね」

ジャンペモンの話ではないけれど、例えば農家がその水車で粉挽きをする時は、領主に水車の使用料を払わねばならず、また領主が麦のままでの納税を受け付けないなんて場所もあった。

すると農家は必然的に水車の使用料を支払って、納める税の為に粉を挽く。

謂わば税の二重取りだ。

だが農家も素直に搾取されてばかりではなく、麦の粉に殻や穂の残骸、つまりはゴミを何割か混ぜて袋に詰めて嵩《かさ》を増す。

見つかった時に言い訳ができるよう、殻や穂の残骸を混ぜているならまだいい方で、見つかり難くする為に粉に色合いの似た砂を混ぜる場合もあるという。

一度混ぜ物をされると取り除くのは非常に手間で、流通する麦の粉の品質は大きく下がり、食されるパンも著しく不味《まず》くなる。

……なんて話は、ウィンに聞かせるにはまだ早いけれども、だけどこの辺りの事情は、いずれ必ず知らねばならない。

彼にはなるべく多くの、優しく善良な人に出会って欲しいと思う。

でも同時に、人は決して正直な生き物ではなく、その生き方は多くの嘘に塗《まみ》れてて、……但し彼らの嘘にも何らかの事情があるのだという事を、教える良い例だから。

僕も最初に混じり物入りのパンを口にした時は、ふざけるなって思ったけれど、今ではそれも僅かな諦めと共に受け入れていた。

別に特定の誰かが悪いという話ではないのだ。

領主は水車の管理、修繕費を捻出せねばならず、農家は少しでも多くの食い扶持《ぶち》を残さねば自らの生活が成り立たない。

敢えて言うなら、皆が少しずつ悪いのだろう。

もちろん、全てのパンにゴミが混じってる訳じゃない。

混ぜ物を善しとしない商人と取引し、美味しいパンを作る事に心血を注ぐ職人もいる。

ジャンペモンでの食事が素晴らしく美味しかったのは、あの地の領主、あぁ、ジャンペモンは都市国家だから王が、麦の粉に対する混ぜ物を厳しく取り締まり、また水車小屋の使用料を農家から取らない事も理由の一つ。

だからこそ麦を使った料理が、あんなにも色々と発達してるのだ。

悪い物を知るから、良い物が理解できる。

ただ漫然と受け取るだけでは、その素晴らしさがわからないから。

僕はウィンに、あの地での経験が素晴らしい物だったと理解できる大人になって欲し……、いや、大人には、ゆっくりなってくれたらいいかな。

できるだけ長い時間、可愛いウィンでいて欲しい。

うん。

「うし、がんばってー」

牛に向かって手を振るウィンに、粉挽きをしてる農家が微笑む。

僕はそちらに軽く頭を下げて、彼との旅を再開した。

強さ故の孤独

その痕跡は凄惨だった。

地に転がるは、引き千切られた魔物の頭。

確か飛べない鳥の魔物で、強力な脚力と鋭い嘴《くちばし》を武器に、群れで狩りを行う。

体高は人の身長よりも少しばかり高く、体重だって重い。

余程に腕の立つ冒険者でなければ、森で群れに出会えば生き延びる事も難しいとされる、そんな魔物。

だがそれ程の力を持つ魔物が、頭を引き千切られて身体を貪り食われてる。

当然ながら、それを成したのは別種の、より強い力を持つ魔物だ。

狩りの痕跡か、それとも力を持て余したのか、周囲の木々も薙《な》ぎ倒されていた。

「……聞いてた以上に、大物かもね」

僕は手袋を着けて、薙ぎ倒された木々から付着していた魔物の体毛を採取して観察する。

白い、否、銀色の体毛。

硬くしなやかなその毛を、倒れた木の枝に巻き付けて引っ張ると、枝はスパッと綺麗に切断された。

下手に素手で扱えば、僕の指も落ちるだろう。

実に恐ろしい。

こんな毛に全身が覆われてるなら、真っ当な武器は通じないと考えるべきか。

エルフ達が、僕に討伐を頼んで来た事にも頷ける。

ルードリア王国の森からエルフが離れてまだ十年にも満たないのに、こんなにも強力な魔物が出現するなんて、些か予想外だった。

もしかすると別の場所から、例えばプルハ大樹海辺りから、移動して来た魔物だろうか？

強力な魔物が人目に付かずに、また人を襲わずに移動して来たなんて考え難いが、同様に短期間での自然発生もまた考え難い。

しかし何れにしても、強力過ぎる魔物は排除しなければ、この森にエルフ達は戻ってこられないのだ。

狩らねばならぬ、相手である。

最初にその魔物を発見したのは、森の魔物の間引きに当たっていたエルフの冒険者だった。

森の規模から考えても少ない魔物の数に首を捻っていた彼は、その原因に出会う。

銀色の毛並みの、巨人と見紛う程に大きな、巨猿。

腹を空かせているのか、他の魔物を積極的に襲い、引き裂き、喰らっていたそうだ。

あぁ、間違いなく想定よりも魔物の数が少なかったのは、この巨猿が食い散らかしていたからだろう。

森の主と呼ぶにも巨大で強過ぎ、粗暴にして森を破壊し過ぎる、イレギュラーな個体。

賢明だったエルフの冒険者は、即座に自らの手に余ると判断し、隠れ潜みながらその情報を持ち帰り、仲間達と共有した。

そしてその情報を基に協議した結果、対応を僕に任せる事が決定する。

……まぁ実際の所、エルフの冒険者も総出で掛かれば、その巨猿の魔物を倒し切れる可能性は十分にあるだろう。

でも仮にその魔物を倒せたとしても、犠牲者なしでとはいかない筈。

エルフ達としてはなるべく僕の手を煩わせたくないとの方針らしいが、変な遠慮が原因で要らぬ犠牲を出せば僕が嫌がる事を、少なくともアイレナは理解してるから。

僕は今、その巨猿を狩る為に、ルードリア王国の西部の森で、木々の間を歩んでる。


巨猿の魔物を見付ける事は、そう難しくはない。

何故なら巨猿に身を隠す気が一切なく、森の至る所にその痕跡が残っていたから。

恐らくは自らが、圧倒的な強者であるという驕《おご》り故にだろう。

本当なら強者であっても、狩りで獲物を得る為に身を隠し、気配を消すものなのだけれども、彼はそれすら必要ない程に、この森では飛び抜けている。

ここまで驕った魔物なら、森で獲れる餌が不足すれば、間違いなく外に出て人里を襲う。

いや、逆にまだそうなっていなかったのは、幸いと言うべきなのかも知れない。

人間という生き物は、種族全体として見れば魔物よりも遥かに厄介だけれど、この巨猿がそれを理解する事はなく、むしろ手頃で食べ易い獲物にしか思わないだろうから。

一度味を覚えれば、討伐されるまでは人を襲い続ける筈だ。

尤も彼は、今日ここで、僕が狩るからそれは実現しない悲劇だけれども。

「さて、じゃあ早めに終わらせようか」

もう大分と近くから感じる荒々しい気配に僕が呟けば、まるでそれに応えるように、大きな咆哮が聞こえた。

ちょっと驚く。

でも別に巨猿が僕に気付いた訳じゃなくて……、どうやら彼は今、食事の為の狩り中らしい。

つまりは、そう、好機だ。

食事や睡眠、排泄の際は、誰であっても周辺への警戒は低下する。

ましてや自らの強さに驕っているなら、尚更だった。

自分が誰かに狙われるなんて、恐らくは想像すらしてないだろう。

弓を手に、矢を番えて何時でも引けるようにしながら、僕はゆっくりと先に進む。

木々の根は静かに動いて道を開き、逆に葉は僕の姿を周囲から隠す。

そうして隠れ潜んだ僕が現場に辿り着いたのは、巨猿が大きく口を開き、押さえ付けた大蜥蜴《おおとかげ》から引き千切った肉を、口に運んで咀嚼するその最中だった。

生きたまま身を毟り取られ、必死にもがく大蜥蜴。

だが膂力の差、体格の差は覆せずに、尾で巨猿の足を打つくらいの抵抗しか出来ていない。

魔物同士の争い、生存競争とはいえ、思わず目をそむけたくなる程に、それは凄惨な光景だ。

……いや、あの実力差なら、わざわざ生かしたまま身を毟るなんて真似をせずとも、簡単に仕留めてしまえるだろうし、そうでなくとも直接喰らい付いて肉を貪ればいい筈。

そうしないのは、あぁ、あの巨猿は、獲物を嬲《なぶ》って抵抗を楽しみながら、食事を取っているのだろう。

そりゃあ凄惨になるに決まってる。

魔物の知能は、流石に人には少しばかり及ばないだろうが、並の獣よりもずっと高い。

その知能の高さが、残虐性となって発露していた。

しかしだからこそ、巨猿の周囲への警戒心は、僕が想定していたよりも更に低い。

皮肉な事に知能が高いからこそ、その行動は並の獣よりも愚かしいのだ。

時に人が、そうであるのと同じように。

声は発さず、矢を番えた弓を、引き絞る。

心を静かにとか、集中してとかは、別に要らない。

油断し切った相手に、僕が矢を外す筈もないから。

ただ当たり前に矢を放って、餌を貪る巨猿のその目に、命中させた。

眼に矢が生えた巨猿は仰《の》け反り、空気を震わせるような大声で、叫ぶ。

それは悲鳴だ。

痛みを受ける覚悟もなく、弱者を嬲っていた強者の、無様な悲鳴。

けれども嬲られていた弱者、毟り喰われていた大蜥蜴は、もう力が残っていないのだろう。

押さえ付けられた手が離れても、逃げ出そうとはしない。

グランウルフの牙を研いだ鏃でも、巨猿の脳には達しなかった。

やはり体格が大きいという事は、それだけでも厄介だ。

痛みに竦《すく》んだ巨猿に隙はある。

もう一発矢を放てば、残る眼も貫いて、視界を奪ってしまえるだろう。

でもあの巨猿の様子を見るに、両眼を失えば恐怖から、遮二無二暴れながら逃げ出そうとする可能性が高そうだ。

眼を失おうとあの巨体と膂力は変わらず、暴れながら突っ走られると、森は大きく破壊される。

膂力と質量、その二つを兼ね備えた相手は、好き勝手に暴れさせるべきじゃない。

ならば与える感情は、恐怖ではなく怒りにしよう。

僕は敢えて、隠れ潜んだ木々の陰から出て、巨猿の前に姿を晒す。

訳もわからぬ痛みに脅えた巨猿は、その痛みを与えたのが、ちっぽけな取るに足らない生き物なのだと理解すると、その恐怖を怒りに変えた。

その口から飛び出たのは、大きさは変わらぬも、悲鳴ではなく怒りと戦意に満ちた咆哮だった。

もう少し考える力があったなら、そのちっぽけな生き物がどうやって自分に痛みを与えたのか、何故逃げも隠れもせずに出て来たのかまで頭が回るだろうに。

やはり彼は、知能はあれどそれを活かす術を知らず、つまりは愚かしい。

僕に向かって飛び掛かろうと足に力を溜める巨猿。

しかし彼が地を蹴る瞬間、

「地の精霊よ」

僕の言葉に応えた地の精霊は、その足元に大穴をあける。

巨猿の足は空《くう》を切り、その巨体は支えを失って穴へと落ちた。

彼の武器、膂力と質量は、それを支える大地があってこその物。

尤も大穴とはいっても、あの巨猿の胸の高さくらいにしか深さはない。

出ようと思えば、すぐにだって這い上がれてしまうだろう。

いや、普通の魔物なら完全に落ちてしまうのだけれど、巨猿はあまりにも大き過ぎるから。

だがそれで十分だ。

驚き戸惑った巨猿が穴から出ようとする前に、僕が足を踏み鳴らせば、意図を察した地の精霊が、その穴を埋める。

そう、穴に飲まれていた巨猿の身体ごと。

確かに巨猿は力が強い。

けれどもそれは、大地に抗える程ではないのだ。

胸まで、腕も地に飲まれて埋まってしまえば、そう容易く這い出す事は叶わない。

後はどうとでも料理してしまえるだろう。

……だけど僕には、彼と違って獲物を嬲る趣味はないから、戸惑いながらも必死にもがく巨猿の後ろに回り込み、魔力を込めた魔剣を振るった。

無用に苦しめる事はなく、ただその命を絶つ為に、首を落とす。

斬首の一撃。


それで全ては終わり。

この巨体を一人でどうこうする事は、流石に僕も不可能である。

後始末は、バックアップに控えてるエルフ達に任せるより他にない。

猿の肉は食べられる気がしないし、毛皮も些か大き過ぎるから、後で一部だけでも王都に届けて貰うとしよう。

巨猿は、間違いなく強い力を持っていた。

しかし強い力は容易く、慢心へと繋がる。

そして傲慢になり、驕り、増長して、自らの足元が見えなくなって、落とし穴に嵌まってしまう。

強い力を持つ事と、強い事は全く別の話だ。

……それは僕だって、同じかも知れない。

ハイエルフである僕は、強い力を持っている。

増長し、驕り、傲慢になれば、この巨猿の姿は明日の僕だろう。
幸い、僕には自分の弱さを教えてくれる人が、沢山とは言わないが、ちゃんといる。
カエハにアズヴァルド、それから傍で僕の背を見てるウィンだって。
あぁ、だったらこの巨猿の敗因は、その強さ故に孤独だった事なのだろうか。

灰鋼

「お前さんが正式にドワーフの国の国民となったから、教えてやれる事が幾つか増えた」

ある日、僕を鍛冶場に呼び出したアズヴァルドは、開口一番にそう告げた。

僕は頷き、周囲を見回すが、そこにウィンの姿はない。

彼も同じくアズヴァルドの弟子で、一緒にドワーフの国の国民権を得た筈なのに。

「……これはの、ドワーフの中でも一流と認められた鍛冶師にのみ伝えられる技術じゃ。あの子にはまだ早い。だから儂が教えてやれん時は、お前さんが時期を見極めて教えてやれ」

アズヴァルドの言葉に、僕はもう一度頷く。

一体何を教えてくれるのかはわからないが、僕がウィンに伝えなきゃいけないなら、集中して覚えよう。

尤も、これまで鍛冶を教わる時に、集中してなかった事なんて殆どないが。

「まぁ、前置きはこれくらいにしてな。今日教えるのは、カイコウの鍛え方じゃ」

……かい、こう?

告げられた言葉に、僕は思わず首を傾げてしまう。

だが質問は後回しだ。

今はただ、目の前で行われるアズヴァルドの作業手順を覚え、脳に焼き付ける。

作業の途中で質問をされて手を止められては、アズヴァルドだってやり難い。

しかし彼が行う作業は、ちょっと戸惑うというか、違和感が強かった。

だっていきなり何かの骨を取り出したかと思えば、それを高温で焼く。

焼かれて灰に近い状態になりながらも形を保つそれは……、真っ当な生き物の骨ではないのだろう。

だとすれば魔物の骨だろうか？

アズヴァルドは灰になりながらも形を保つ骨をハンマーで砕き、それから乳鉢と乳棒のような物で、砕いたそれを更に細かな粉にする。

その様はもう、鍛冶師というよりも薬師《くすし》のようだ。

割と似合ってなくて、少し笑えてしまう。

いや、本人は真面目に技術を教えてくれているのだから、本当に笑いはしないけれども。

でもそこからだった。

アズヴァルドは粉にした灰を、なんと溶けた鉄に投入して混ぜてしまう。

普通に考えれば、それは折角の鉄を台無しにしかねない行為だ。

確かに金属に他の金属を混ぜ合わせて合金を作る事はあるけれど、……幾ら何でも灰を混ぜるのはなしだろう。

そうなると、アズヴァルドの言う『かいこう』とは『灰鋼《かいこう》』だろうか？

僕は挟みたくなる口を噤んで、それでも作業を見守り続ける。

そして鋳型に流し込まれて冷やし固められた鉄のインゴットは、不気味なくらいに真っ白だった。

「さて、これがカイコウじゃ。……と言いたい所じゃが、実は違う」

アズヴァルドは笑いながら、真っ白なインゴットをハンマーで軽く叩く。

普通に鉄を叩いたのとは違う、カキンと高い音がする。

何と言えばいいのだろうか、音に響きがない。

「これはそれなりに硬いが脆《もろ》い、使い物にならん鉄になる。まぁ余計な物をあれだけ入れたのだから、当然だろうて」

しかしアズヴァルドはそんな事を言いながらも、同じ真っ白なインゴットを幾つも作り始めた。

本人ですら使い物にならないと言い切った鉄を、幾つも、幾つも。

それからアズヴァルドは完成した真っ白なインゴットを樽に詰め、……何故かそこに泥を流し込んだ。

もう一体、彼が何をしたいのか、僕には全くわからない。

「しかしそんな使い物にならん鉄も、こうして泥の中で眠らせれば、投入した灰が鉄と馴染み、余計な物が余計でなくなり、姿を全く変える」

アズヴァルドは蓋を閉めた樽を担ぎ、保管庫に運ぶ。

そしてその樽を置いた代わりに、別の樽を担いで鍛冶場へと持ち帰って来た。

「まぁそれには何年も、或いは何十年とかかるがの。……で、これが十年程寝かせた物じゃ」

樽を開け、中から取り出したのは、泥に塗れたインゴット。

でも泥を洗い流しても、それはもう真っ白な姿はしていなかった。

灰色の、落ち着いた色合いの、その金属。

「これをカイコウという。あの脆い硬さは失われ、その代わりに非常に粘る金属になっておる。弾性、靱性に富むという奴じゃな」

そう言ってアズヴァルドは、ハンマーで灰色のインゴットを軽く叩く。

その音は真っ白だった頃とも、普通の鉄とも違って、……いや、何やら音が吸われたかのように、小さい？

硬さの代わりに粘りを手に入れた金属。あぁ、確かに、それは使い道が多そうだ。

「ちなみに泥の中で寝かせる時間が長ければ長い程に、カイコウは姿を変えるとされる。樽に詰めた酒と同じでな。ドワーフらしい秘儀じゃろう？」

その灰鋼の出来が良かったのだろう。

嬉しそうにアズヴァルドは笑う。

だが当然、失敗する事もある筈だ。

十年を掛けて寝かせても、開けてみるまでは成否がハッキリとわからない。

それは実に、浪漫のある話ではないか。

「一見、使い物にならんものでも、長い目で見れば違う事も時にはある。あちらこちらを旅するお前さんが、このカイコウを作る機会は滅多にないかも知れん」

あぁ、確かに僕は、頻繁に旅をしてるから、こんな風に灰鋼の完成を待てはしない。

きっと今日、アズヴァルドが仕込んだ灰鋼が出来上がる頃には、僕はこのドワーフの国に居ないだろう。

「しかしこの作り方は、覚えておくといい。『酒とカイコウは寝かせれば寝かせる程に良い。但しできる我慢には限りがある』というのが、ドワーフの鍛冶師に伝えられた言葉じゃ。……儂よりも長く生きるお前さんなら、きっと何かの役には立つじゃろう」

アズヴァルドの言葉に、僕は今日、三度目の頷きを返す。

それは本当に、ドワーフらしい話だった。

その言葉は僕が長い時間を生きる上で、何時かどこかで、僕を支えてくれるかもしれない。

……けれども、さて、ここからだ。

そろそろ質問を、していこう。

抱いた疑問は数多い。

あの灰にした骨は、多分魔物の骨だろうけれど、どんな魔物でも良いのだろうか。

鉄以外に魔物の骨を混ぜるとどうなるのか。

そして何よりも、かいこう、というのは、本当に灰鋼でいいのだろうかと。

何時かウィンに伝える為にも、正しい知識を、手に入れよう。

番外編　出会いの欠片

ハイエルフの足跡

ガラガラと走る馬車に揺られながら、……私は少し驚いていた。

以前にこの辺りを訪れたのは、そう、もうずっと前だったけれども、その時はもっと道が荒れていて、馬車の揺れも随分と酷い物だったから。

周辺に比べて貧しいと言われるこの国、パウロギアに、道の整備に掛ける資金があるという事が、俄《にわ》かには信じられなかったのだ。

「エルフの吟遊詩人さん、もうすぐだよ。いやぁ、きっと驚かれて、大歓迎を受けるよ。何せあそこは、エルフの井戸の村だからね！」

陽気な御者の男が、実に楽しそうにそんな言葉を口にする。

エルフの井戸。

……最初に耳にした時は、眉唾な話だと思ったのだけれど、この様子では意外に事実なのかも知れない。

良い詩、物語のネタを得られそうな予感に、私は御者に向かって、笑みを浮かべて頷く。

領土も広く、土地も豊かな大国であるルードリア王国と、海洋貿易に富む商業国家、ヴィレストリカ共和国に挟まれたその地に、パウロギアは存在してる。

豊かな両国に挟まれながら、パウロギアは貧しい国だった。

尤もそれは、私に言わせればパウロギアに住む人々に問題があるからだ。

水に乏しい、土地が痩せているとは言うけれど、それは利用の仕方が悪い。

パウロギアにも森はあり、獣達が暮らしてる。

つまり人間には利用し難い形ではあっても、地の恵みが足りぬ訳ではないのだ。

実際、この地の特産品である陶器は、粘土を水で練って焼いて作る物だろう。

いや、まぁ、詳しい訳じゃないから想像だけれど、多分そのような物だと思う。

要するに水も、焼き物に必要な燃料となる木々も、この地にはちゃんと存在していた。

それを一部の者が独占し、或いは多くの者が上手く利用する知識を持たず、この国は貧しいと嘆く。

また政治にも問題が多い。

……そもそも豊かな両国に挟まれているなら、両者を繋ぐ通り道となるだけで、ある程度の富は落とされるだろうに。

しかしパウロギアはヴィレストリカ共和国の海洋貿易を羨み、彼《か》の地を得んと攻め込む事で、得られる筈だった富を失っている。

いやそれどころか、攻め込む為の兵糧《ひょうろう》をルードリア王国から買い付け、元々乏しい富を更に失ってしまう。

実に愚かな話だけれど、それを主導している者は、ルードリア王国に流れる富の一部を懐に入れて私腹を肥やしたり、攻め込んだヴィレストリカ共和国の地で略奪を働いたりするので、彼ら自身は裕福なのだ。

だからこの国はずっと貧しいままで、変わらない。

けれどもそんなパウロギアに一つの豊かな村が現れたという噂を耳にした。

何でもその村は以前はとても貧しく乾いた村であったが、ある日、豊富な水の湧き出る井戸を得て、それを切っ掛けに豊かで大きな村になったという。

そしてその井戸は、エルフの井戸と呼ばれていると。


村の手前で、御者に運賃と、ほんの少しのチップを手渡して馬車を降りる。

懐に余裕があるのなら、チップは渡した方が良い。

エルフはどこに行っても目立つから、多少のチップで心証を良くする事ができるのなら、惜しまぬ方がトラブルを避けられるだろう。

しかし大盤振る舞いをし過ぎれば、今度は欲深な者の目を惹く。

人間の世界は、兎にも角にもややこしい。

だけどそれが、面白い。

件の村からは、強い水の精霊の気配を感じた。

まるで大きな泉に宿る、信仰の対象とでもなっていそうな、強い力を持った精霊の気配を。

噂の井戸に宿った精霊の気配だろうか？

いやでも、単なる村の井戸に、そんな強い力を持った精霊が宿るだなんて、本来ならばあり得ない。

しかしそんな、本来ならばあり得ない事を起こしてしまう存在に、ただ一人だけ心当たりがあった。

プルハ大樹海の最奥にある聖域、深い森を飛び出して来た、ハイエルフの変わり者。

尊き御方でありながら、人間に交じって生き、何十年か前の話だが、人間とエルフの間に起きたトラブルを解決する為、エルフを別の森に移住させるなんて荒業を用いた、荒唐無稽な規格外の人。

残念ながらまだ顔を見た事もないけれど、是非とも一度は会って話してみたいと思う。

今は何でも、ドワーフの国に居るのだとか。

もうそれだけで、その方がどれ程に規格外かわかる。

よりにもよってエルフとは水と油の関係である、ドワーフの国で暮らしてるなんて。

本当に、信じられない方である。

その彼がこの地を通ったのなら、あぁ、確かに井戸、……というよりもむしろ清き水源を、生み出してしまう事すらあるのだろう。

そして清き水源に、宿る精霊が強い力を持ち、村人達からの信仰を集め、彼らを守る。

そりゃあこれ程の精霊が力を貸すなら、村だって豊かになって当たり前だ。

水害は遠ざかり、されど水に困らず、作物も育つ。

病だって、この村の水を飲めば遠ざかるだろう。


あぁ、これは大きな仕事が、待っている。

詩の題材としては、これ程の物は滅多にない。

だがこの村で起きた事をそのまま詩にして広めれば、否、わざわざ詩にせずとも噂だけでも、あの方に面倒事を引き寄せてしまう可能性があった。

或いはエルフ自体にそんな力があるのだと誤解されれば、やはり色々と厄介だ。

残した足跡ですら、騒ぎの種になる力があるなんて、……なんて面白い存在なんだろうか。

故に私の仕事は、流れる噂を上書きしてしまう、人間達に好まれる詩を作って広める事。

さぁ、一体どんな詩になるだろうか。

まずは村人達から、より詳しい話を聞いて、精霊の宿る水源をこの目で見て……、あぁ、とても楽しくなってきた。

このヒューレシオ、一世一代のというにはエルフの人生は長いから、そうと言い切れはしないが、それでも紛れもない、大仕事だ。

「おかあさーん！　エルフ、エルフだよ!!　お話に出て来たエルフが、本当に来たよ！」

来訪者に気付いた村の子供が、大きな声で大人を呼んでる。

私は仕事用の、人当たりの良い笑みを浮かべ、ライアーを片手に村に向かって歩き出す。

彼方からの手紙

一体自分は何をしてるのか。

近頃、時折そんな事を考えてしまう。

客観的に見て、オレの人生は順調だ。

結婚し、子供を設ける事こそなかったが、それなりに上手く遊びもしたし、今は多くの弟子に囲まれてるから、特に不都合を感じない。

富も、名声も得てる。

特に富に関しては、オレは軍との繋がりも深いから、他の魔導師に比べても格段に豊かだと言ってしまって過言じゃなかった。

このオディーヌで最も勢いのある魔導師として、カウシュマン・フィーデル、オレの名前を出す若い魔術師は多いという。

その分、権威ばかりが立派なお偉方には嫌われているが、あちらも本格的な対立は望んでないから、稀に些細な嫌がらせを受ける程度で実害はない。

つまりオレは、間違いなくこのオディーヌで成功した魔導師の一人、……の筈だった。

なのにどうして、こんなにも日々を虚《むな》しく感じてしまうのか。

あまりに贅沢なその悩みの答えに、もちろんオレは気付いてる。

もう二十年程前、このオディーヌで共に過ごした、破天荒な友人との日々と比べてしまうからだ。

エルフにして剣士、更に鍛冶師で、魔術師にもなったエイサーに振り回され、多分オレも随分とアイツを振り回したあの時間と。

二人で魔剣を作り出したあの頃は、何をしても楽しくて、そしてとても熱かった。

それに比べて今のオレは、もう半年以上も、いや下手をしたら一年は、鍛冶道具に触れてすらいない。

エイサーがオレを、いやそれよりも、あの頃のオレが今のオレを見れば、一体なんて言うだろうか。

……もちろん、今のオレにも言い分はある。

あの頃のオレ達は、間違いなく甘かった。

魔道具が流行らないのは魔術を使った方が手っ取り早いから、なんて風に考えていたけれど、当たり前だけどそれだけが理由な訳じゃない。

一番難易度が高いのは、使用する道具に術式として機能する紋様を正確に刻み、それが保持され続ける工夫を凝らす事。

要するに魔道具は、それを作製する高い技術を持った職人の存在なしでは、絶対に成り立たないのだ。

そしてその高い技術を会得するには、普通の人間は専門的にそれに携わって、何年、或いは何十年と研鑽を積む必要があった。

当然ながらそれは、魔術の研鑽と並行して行える物ではない。

あの時はきっと、オレとエイサーがそれぞれの分野を教え合う事で互いの理解を深め、協力し合ったからこそ短い時間で魔剣の製作にまで手が届いたのだろう。

それがどれ程の幸運だったのかも気付かずに。

オレがそれに気付いたのは、アイツが去った後だった。

魔導師になった後のオレには、ただひたすらに時間が足りなかったから。

弟子になった魔術師達に職人としての技術を持たせる事は、数ヵ月で諦めてしまう。

まずオレにそれを教える時間がない。

そして彼らも魔術以外を学ぶ時間がなく、ついでに腹立たしくもどうしようもない話だが、それでも足掻くという熱意もなかった。

それ故にオレは外から魔術師ではない職人を招き、魔術師は術式のデザインと検品を行うといった、分業体制を整える為に走り回る。

弟子には術式の紋様を覚えさせ、招いた職人達には正確に紋様を刻む事を厳守させつつ、相場以上の給料を用意して、軍からの要求に応える為に古い資料をひっくり返して必要な術式を探し出す。

魔術師も職人もプライドは非常に高いから、しきりに起こる諍《いさか》いを時には殴り飛ばしながらも仲裁し、魔道具の生産体制を整えていく。

他人の成功を妬むどころか、足を引っ張る馬鹿も出て来たけれど、コネと金と腕力でぶん殴って黙らせた。

長々と馬鹿に関わっている時間が、兎にも角にも惜しかったのだ。

そうして今、オレはこの立場に在る。

最初の頃は職人に手順を見せる為、試作品を作る為、自ら製作に携わる事もあったけれど、……その数もめっきりと減った。

あぁ、今になって、自分が何をしてるのかなんて考えてしまうのは、皮肉にも時間の余裕ができたからか。

今の立場、積み上げた物の成果に満足してるオレと、そんな物が欲しかったのかと責める昔のオレがいた。

忙《せわ》しなく走り続けて来て、ぽっかりと空いた時間に感じる、虚無感にも似た感傷。

また時間が無くなれば、すぐに忘れてしまって、多分もう二度と思い出さないだろうそれを肴《さかな》に、オレは今晩は酒でも飲もうと心に決める。

だけど、そんな時だ。

「フィーデル師、よろしいでしょうか。国外、ドワーフの国からの手紙が届いております」

ドキリと、心臓が跳ねたのが自分でもわかった。

動揺を表情に出さないように、弟子からその封筒を受け取って、差出人を確認する。

師が、少年だった頃に魔術を教えてくれたドワーフのラジュードル師が、今更オレに手紙を寄こす筈がないなんて、そんな風に思いながら。

だが差出人はオレの期待とは別人で、……より驚くべき人物だった。

「エイサー……？」

そう、差出人は、先程思い返していた相手である悪友、エルフのエイサー。

大急ぎで封を切り、その手紙に目を通す。

そして読み進めるごとに沸き上がるそれは、驚き、喜び、哀しみ、怒り、切なさ、それら全てが入り混じった、荒れ狂う嵐のような感情だ。

アイツが元気で、ドワーフの国に行って、自分の師匠と組んで、オレの師であるラジュードルと競い合い、勝利したと。

オレから学んだ魔術で魔剣を打ち、ラジュードルにも見せたと。

そんなあまりに荒唐無稽で、信じ難い内容の手紙。

あぁ、でも、アイツはそんな嘘を吐くような奴じゃない。

この手紙に書かれているのは紛れもない真実で、なのにオレはその場に居なかった。

涙が、止めようもなく溢れ出す。

アイツの活躍は嬉しく、師の敗北は哀しく、オレが何も関われなかった事が悔しくて、……悔しくて。

でもエイサーから届いた封筒には、もう一枚手紙が入ってた。

どうやらエイサーからオレの話を聞いたらしい師、ラジュードルからの手紙が。

そこにはエイサーの魔剣に刻んだ術式や、今も大切に保管してるオレの魔剣の術式に関して、褒め称える言葉が連なる。

一人で研究を続けた事、諦めずに魔剣に辿り着いた事、その全てに最大級の賛辞が、記されていた。

本当に、悔しい。

師はオレと共にこのオディーヌに居た頃から、ドワーフの王の座を見据えて動いていた。

悪友はそんな師にすら勝利したという。

それに引き換え、我が身の不甲斐なさはどうだ。

多少の結果を出した程度で慢心し、昔を振り返って感傷に浸ってた。

情けないにも程がある。

だけど今更、築き上げた物を放り出して、職人として魔道具を、なんて妄言は吐けない。

それは今までの自分を否定する言葉だ。

オレとエイサーは、それから師匠も、進める道の違う種族である。

彼らには潤沢な時間があり、オレにはそれがない。

故に魔術と鍛冶、両方を修めて自分の満足の行く魔道具を、なんて道は選べなかった。

しかしだからこそ、今までオレが歩んできた、分業による生産体制の構築には意味がある。

これこそがオレの誇るべき功績で、今後も追求していく道なのだ。

使い手に関しても、魔術の才能を眠らせたままの戦士の発掘。

魔剣使いの育成なんてプランも進めてる。

魔術の才を眠らせたままの戦士に、魔術の知識ではなく、魔力を扱うコツを教えて魔道具を使えるようにし、魔剣を持たせるプランだ。

軍はそれを独占したがってるけれど、オレは冒険者にこそ魔剣使いを広めたい。

エイサーのように、自由に歩き回って人を助ける冒険者に。

尤もアイツは、冒険者ではなかったけれども。

師にも、エイサーにも手紙を書こう。

胸を張り、己の成果を報告しよう。

自らの手では物を作らなくなってしまったけれども、それでもオレはここで、より優れた魔道具の生産を目指してた。

これればかりはきっと、彼らにだってできない事だろうから。

悔いず弛《たゆ》まず、前へと進めばそれでいい。

師とも悪友とも、オレは道を違えずに歩いている。

あの日、エイサーが眠っていた炉に火を入れたように、彼からの手紙は、オレの心にもう一度火を灯した。

湯気の向こうに振り返る過去

「うっわぁ、凄いですよアイレナさん。これ見てください。この湯舟、石がツルツルに磨かれてます！」

　はしゃぎながら湯船、エイサー様が温泉といっていたお風呂に飛び込もうとするレビース。

　私は少し慌てて彼女の腕を摑んで引き留めながら、

「駄目よ、レビース。エイサー様に教わったでしょ。まず湯を浴びて、ちゃんと身体の汚れを落としてから入るのがマナーだって」

　そう注意した。

　正直を言えば、こんなに広々としたお風呂なんだから、そんなに神経質にならなくても良いんじゃないかって、私も思う。

　でもあの方の言う注意には大体はちゃんとした意味がある。

　時々、理由もなく子供じみた事を言う場合もあるけれど、その際は目が笑ってるから、ちゃんとわかるのだ。

　今回の掛け湯？を怠った事が知れたなら、エイサー様は怒らないまでも、割と真顔で注意をなさるだろう。

それを理解できるくらいには、私とあの方の付き合いはもう長い。

「あっ、そうでした。でも、エイサー様って、あまり細かい事には拘《こだわ》らないイメージですけど……」

どうやら珍しい物が好きなレビースは、広々とした温泉に高揚してうっかりと忘れてしまっていたのだろう。

素直に私の横に並んで、桶《おけ》で湯を掬《すく》って身体に浴びる。

確かに、あの方はそんな風に、鷹揚に振る舞う事が多いから、レビースがそう思ってしまうのも無理はない。

ただエイサー様はあまり物事に拘らないのではなく、拘る部分が私達エルフとは大きく違うだけなのだ。

だからこそドワーフにも平然と交じって、鍛冶作業をするなんて真似ができてしまう。

今回、私達がドワーフの国を訪れて、友好的に彼らと接する事ができたのも、全てはあの方が下地を整えてくれていたお陰だった。

当然、あの頑固なドワーフが、拘りのない職人なんて認める筈がない。

なのでエイサー様はむしろ、非常の拘りの強いタイプである。

「エイサー様が本当に拘らない方だったら、私達はこの場所に居ないでしょう?」

身体の汚れを落としてから、熱い湯に足を浸した。

ぴりぴりとしたその熱さに少し驚くが、我慢できない程ではない。

恐る恐る、ゆっくりと湯の中に身を沈めて、足を伸ばす。

そうして少しずつ身体の緊張を解いて行けば、湯の熱もジワジワと体内に浸透していく。

あぁ、なんというか、この感覚は……。

「うぅっ、これ、凄いですね。サウナはよく入りますけど、これ、同じお風呂でも全然違う」

隣に入ったレビースも、震えるような声を漏らす。

多分彼女も、私と同じ感想を抱いているのだろう。

慣れない感覚だから言葉にするのは難しいけれど、間違いなくこれは、心地好い。

サウナと違って、宿の小さな湯船に入るのとも違って、足を伸ばして湯に浸かるのは、なんとも言えない解放感があった。

足を浸した時は熱過ぎると思った湯の温度も、全身の力を抜いてみれば、何故だか不思議と程好いのだ。

……うぅん、本当に言い方が難しいけれど、程好いのではなくて、熱いという刺激が快感になってる？

「このお風呂、温泉?もエイサー様が、ドワーフの人達に造ろうって言いだしたんですよね？　ハイエルフの方って、誰もがあんな風に突拍子もない事思い付くんでしょうか」

湯の中で、大きく伸びをしたレビースがそんな事を言うけれど、多分それは違うだろう。

他にハイエルフの方を知る訳ではないけれど、でも確信を持って言える。

エイサー様は間違いなく、特別な存在だと。

だってあの方は、初めて出会った時からそうだったから。

私が初めてエイサー様と出会ったのは、ルードリア王国、ヴィストコートの門の前。

人間の町に入りたがってたあの方が、身元の保証もお金もなくて、困ってらした時の事だ。

正直に言えば、血の気が引いた。

一目でそれが、ハイエルフの方だとわかる。

だってエルフの森の長老に聞いていた通り、それは本当に光り輝く御方だったから。

そしてハイエルフの方である以上、人間の法、ルールなんて通じる筈はない。

町に入りたいとの希望を断る門番を不愉快に思えば、突如として町への攻撃を開始しても、何の不思議もなかった。

もちろんハイエルフの方ならば、ヴィストコートの町と全面的に争ったとしても、問題なく勝利する。

創造主に直接生み出された古き存在であるハイエルフは、神々に生み出された他の種族とは隔絶した存在だ。

ハイエルフを同じ生命という括りではなく、肉の身体に宿った精霊だと考えるエルフも少なくはない。

恐らく一国を相手にしてすら戦える力を持っている筈。

エルフとしての私は、ハイエルフの方の不興を買ってしまったのならば、何があっても仕方ないと思えるのだけれど、隣に立つ二人の仲間、マルテナとクレイアスは違うだろう。

町の破壊を止めようと、ハイエルフの方に戦いを挑み、……そして死んでしまうかもしれない。

そんな事はパーティの一員として、友として、一人の女として、どうしても受け入れられなかった。

あの二人の喪失を、その時の私は、……いえ、今でも私は、ずっと何よりも恐れてるから。

慌てる私に不思議そうな顔をする二人の仲間を置いて、大急ぎで仲介に入る。

幸いハイエルフの方、エイサー様は穏やかな方で、町に入れない事を困ってはいても、不快に思ってる様子はなかった。

あぁ、いえ、今にして思えば、町に入れないそのやり取りすら、楽しんでいたのだろう。

ただ私は表面上の焦りを押し殺すので精一杯で、内心を推し量る余裕なんて全くなくて、どうにかこの方に平穏無事に、暴れる事なく過ごして貰おうと必死で話し掛けた。

今にして思えば、実に愚かしいと思う。

だってその方はエイサー様なのに。

けれどもエイサー様の人柄を、私はすぐに理解する。

いえ、理解させられた。

呆気に取られる程に能天気に振る舞うその態度もそうだったが、一番驚いたのは、ヴィストコートの町に入った翌々日には、もうドワーフへの弟子入りを決めていた事。

ドワーフの鍛冶屋で店番をするエイサー様を見た時は、門の前で初めて出会った時よりも、血の気が引いた。

だってハイエルフの方が、よりにもよってドワーフの店で下働きである。

あり得ない。

だけどエイサー様に関わると、あり得ないなんて事が、あり得ない。

あまりに無茶苦茶で、破天荒。

でもそれは私達と物事を見てる視点が違うからそう思えてしまうだけで、本当はとても思慮深い。

何か目的を見付ければ、それを達成する為に冷静に、あらゆる手立てを考えてる。

あの方がいなければ、ルードリア王国では人間とエルフの大規模な殺し合いが起きていただろう。

どちらが勝つにしても、多くの血が流れ、互いにずっと恨み、憎しみ合う関係になっていた。

だけど痛みは伴ったけれど、それが最小限で済んだのは、間違いなくエイサー様が方針を立て、エルフを纏めて動いて下さったお陰である。

私は交渉を成立させたけれど、下地は最初からできていたのだ。

その後だって、そう、ウィン君が、……ハーフエルフの彼が無事に、あんなに立派に成長する未来なんて、あり得なかった筈だし。

今回の事だって同じである。

エルフとドワーフの間で交易を行おうなんて、エイサー様以外の誰が考えるだろうか。

もし仮に考えたとしても、一体誰が実現できるというのか。

もちろん気紛れや、思い付きで行動する事も多くある。

そんな時は、まるで子供のように振る舞うから、放っておけなくなってしまう。

……本当に不思議な方だった。

それもあってか、エイサー様の望みを手伝い、それを実現させる事は、本当に楽しい。

きっとドワーフ達も、この温泉を完成させた時は楽しかった筈。

それは少し、羨ましく思えた。

多分そんな気持ちを抱かせてくれるのは、エイサー様だけだろう。


「あの方と一緒に居ると、次に何が起きるのか全くわからないの。きっとレビースも、そのうちわかると思うわ」

知らなかった事を、沢山教えて戴いた。

見た事もない物を、沢山目の当たりにした。

ドワーフへの嫌悪すらも、所以《ゆえん》なき物であると知った。

エルフである私が、あろう事か精霊に対して誤解、勘違いがあるとすら、指摘を受けた。

そんな手間暇を、ただのエルフである私に、他のハイエルフの方が掛けてくれるとは到底思えない。

私やレビースがエルフの変わり者である以上に、エイサー様はハイエルフの変わり者である。

「そういえば、数日この温泉で休んだら、次はここからすぐの火山地帯を見に行くって仰《おつしや》ってましたもんね。楽しみだなぁ」

熱い湯で上気した頬を緩めて笑うレビースに、私も曖昧な笑みを返す。

火山地帯を、火と地の力が強くて面白い場所だとエイサー様は仰っていた。

確かにそれはそうなのだろう。

この温泉からでも、近くの火山地帯が力に溢れた場所である事は伝わって来る。

しかしエイサー様の『面白い』は、私達にとっては危ない場合も少なくない。

あの方は平然と、危険にも飛び込んで楽しんでしまわれるから。

私や冒険者をしてるエルフ達は兎も角として、戦いの苦手なレビースが、果たして楽しめる場所だろうか？

少なくとも彼女が希望するように、のんびりと絵を描いてる暇はない筈だ。

エイサー様が同行する以上、安全は確保して下さるのだろうけれど、怖い思いはするかも知れない。

またあの方は、悪気なく突拍子もない事をなさろうとする。

例えば、エイサー様の髪を整えて差し上げたら、お礼と称して執拗に私の髪を切りたがったり。

……正直、あれはちょっと対処に困った。

髪を切る私が楽しそうに見えたらしいけれど、あの方の笑みはいたずらっ子を思わせるから。

もしもそんなエイサー様の悪癖が出たら、その場合はできるだけ、レビースを庇おうと私は秘かに心に誓う。

あの方に悪気は全くないのだろうけれど、その辺りの繊細さは、どうしても期待できなかった。

あぁ、確かにそういう意味では、エイサー様は細かい事に、拘らないのかもしれない。

その辺りに関してはウィン君が、エイサー様に似なくてよかったと、心の底からそう思う。

小さく可愛らしかったハーフエルフの子供は、本当に立派に成長した。

今回の、この温泉への道中も、山道を歩く私やレビースを、それとなく気遣ってもくれたし。

一体ウィン君は、エイサー様のどこを見て、そんな気遣いを学んだのだろう？


私が内心で首を傾げていると、仕切りで分けられた向こう側、男性用の入浴場から、男達の馬鹿騒ぎが聞こえて来る。

その先頭に立って騒いでるのは、間違いなくエイサー様だ。

私はこちらで静かにのんびりと湯に浸かれて良かったとも思うし、楽しそうなあちらの騒ぎを少し羨ましくも思う。

もちろん、決して交ざりたくはないけれども。

その背中は遥か遠くて

ボクの養父、エイサーは凄い。

エイサーを少しでも知る人は、口を揃えて彼は凄いって言うし、もちろんボクもそう思ってる。

剣と魔術が上手くて、弓はもっと凄くて飛ぶ鳥も碌《ろく》に見ないで射落として、鍛冶はドワーフの名工にも劣らなくて、それから誰よりも精霊に愛されたハイエルフだ。

もしもエイサーが頼んだならば、精霊達は大喜びで嵐を起こし、地を割り、辺りを炎の海にもするだろう。

……ボクが知る限りでは、吟遊詩人が語る物語に出て来る英雄だって、エイサー程には何でもアリじゃない。

その癖にちっとも偉ぶらなくて、すぐに誰とでも仲良くなってしまう。

相手がたとえ、エルフとは犬猿の仲であるとされるドワーフであっても。

もう十年くらい前の話だけれど、ドワーフの国に来たばかりの頃、エイサーは殺気立った大勢のドワーフに囲まれたのに、全く怯まず喧嘩を売って、鉱石掘りのドワーフ、グランダーさんと素手で殴り合って勝利してる。

しかも相手の攻撃をノーガードで喰らいながら、殴り勝ったのだ。

精霊に頼めば、……そうしなくても剣を抜きさえすれば、怪我なんてする事なく切り抜けられたのに、敢えて対等の条件で殴り合った。

いや、幾らハイエルフでも肉体が極端に強い訳じゃないから、本当ならずっと相手が有利な条件で、殴り合ってる。

でも思い返せば、エイサーはボクを引き取ってくれた時からずっと、そういう人だ。

小さかった頃のボクにも、エイサーは保護者ではあったけれど、常に対等であろうとしてくれていた風に、思う。

……だからこそボクには、その態度がとても辛い。

英雄の子は、多分きっと辛いだろう。

何をしても親と比べられて、善し悪しを決められる。

親が偉大であればある程に、英雄の子は苦しむ筈だ。

しかしボクは、エイサーとは比べられない。

物語の英雄よりもずっと凄い筈のエイサーと、誰もボクを比べない。

そりゃ、そうだ。

だってボクは、エイサーと血の繋がりは持たない、養子だから。

エイサーは、全てのエルフが敬うハイエルフで、……ボクはエイサーが助けてくれなかったら、生まれてすぐに殺されていたハーフエルフだもの。

……そう教えてくれたエルフに、多分きっと悪気はなかったのだろう。

単にボクが幸運である事、エイサーが本当に優しくて、ボクの事を思ってくれてるって、教えてくれただけだ。

でも、そんなのずっと知ってた。

エイサーは本当に、ボクを愛してくれている。

仮にボクに何かあったら、エイサーはたとえ身を削ってでも助けてくれる。

思い付きで滅茶苦茶な行動を取ったり、他人の気持ちに鈍感だったり、わかっててもいい加減だったり、お酒に酔っぱらって床で寝たり、変な無駄遣いをしたり、流石に過保護が過ぎたりするけれど、そんな事は何の問題にもならない。

ボクはエイサーに、感謝してる。

けれどもボクは、そんなエイサーに一体何を返せるのか。

何の繋がりもないのに注がれる愛に、ボクはどう報いればいい？

エイサーに問うたなら、何も必要ないって言うだろう。

だけどそんな筈はない。

親の背に追いつく事が、親孝行だと誰かが言ってた。

成る程、確かにそうかもしれない。

師と弟子の関係で考えたなら、技を受け継ぎその背に追い付き、更に弟子に技を伝え残す事は、確かに孝行だろうと思う。

……だがボクは、あの背中に追い付けるのだろうか。

遥かに遠く、今も常に前に進み続ける、あの背中に。

いや、追い付かなきゃいけないんだ。

何か一つで良いから。

じゃなきゃボクは、エイサーに引っ付いてるだけのオマケになってしまう。

義理であってもエイサーの子であると胸を張って名乗りたいなら、あの遠い背中に、指の一本だけでも届かせなきゃいけない。


アズヴァルドおじさん、じゃなくて、鍛冶の師だから、師匠は言う。

「お前さんには才能がある。生まれ持った性質か、育ちのせいかはしらんが、素直に人の話を聞き、熱心に物事に取り組める才能がな」

もしその言葉が本当なら、ボクは嬉しい。

生まれの親は知らないけれど、師匠の言う才能が育ちによって培われた物なら、それはエイサーが僕にくれた物だから。

僕が生まれた経緯から考えて、素直に人の話を聞く云々《うんぬん》が、生みの親から受け継いだ性質だとは思わないし、思いたくもなかった。

エルフであるらしい生みの母から受け継げて良かったと思う物は、この精霊を見る事の出来る瞳くらいだ。

その母を攫った貴族だったらしい人間の、生みの父からは、本当に何も受け継いでいて欲しくない。

生まれの話は別にして、ボクはやはり恵まれてるのだろうと思う。

もう名前が思い出せないのだけれど、本当に小さかった頃、何時もボクを世話してくれたお姉さんは、優しかったし綺麗だった。

その頃に過ごした町は、ご飯がとても美味しかった事を覚えてる。

それから少し大きくなって過ごしたヨソギ流の道場は、とても温かい場所だ。

当主のカエハさんも、クロハお婆ちゃんも、シズキもミズハも、他の弟子の人達も、皆が僕を家族の一人として扱ってくれた。

……剣の修練は厳しかったし、シズキにはたまに意地悪されたし、ミズハはずっとボクを子供扱いしたけれど、皆の事が大好きだ。

ハーフエルフはどうしても、人間の町では目立ってしまって、王都で嫌な事があった時も、シズキとミズハが助けてくれた。

ドワーフの国でも同じ。

師匠の、アズヴァルドおじさんの一家も、ボクとエイサーを家族扱いしてくれる。

特に長男のヴァルデンとは、出会ったその日に殴り合いになったけれど、今じゃ一番の友達だ。

ドワーフの学校にも通って卒業して、今じゃ友人も多い。

見習い鍛冶師にも沢山知り合いがいるし、ドワーフの戦士団の人達は時折戦い方を教えてくれる。

これで恵まれてない筈が、ないだろう。

だけどその全てを整えてくれたのは、やっぱりエイサーだった。

ボクの人生は、エイサーとの出会いから始まったといっても、多分全然過言じゃない。

あのご飯が美味しい町でお姉さんを紹介してくれたのも、カエハさんの道場に受け入れて貰えたのも、ドワーフの国だって、エイサーとアズヴァルドおじさんが友人だからやって来たのだ。

……ドワーフの友達ができるように頑張ったのはボクだけれども、彼らとの交流の仕方や、それで手を痛めないようにと手袋を作ってくれたのも、やっぱりエイサーである。

ボクが恵まれてるとするならそれは全てエイサーのお陰で、エイサーとの出会いがボクの最も大きな幸運である事は、間違いない。

でもそこに甘んじていては、駄目なのだ。

守られてるだけじゃ、大人になれない。

あの遠い背中に近付けない。

あまりに遠すぎて、腹立たしい程に遠くて、どうしようもなくなるあの背中に。

焦るばかりで、どうしていいのかなんて、今は少しもわからないけれど。

ボクは一刻も早く大人になって、過保護なエイサーを安心させたいって思ってた。

そして何時の日か絶対に、並んで立てるように、僕はなってみせる。

だって血の繋がりも何もなかったとしても、それでもボクはエイサーの子であると誇りたいから。

あとがき

らる鳥と申します。

今回も拙作、『転生してハイエルフになりましたが、スローライフは１２０年で飽きました』を手に取って下さってありがとうございます。

二巻ですね。

この巻には、なろうさんで読んで下さった方はわかると思うのですが、例の七章が含まれてるのでドキドキです。

書籍版のみで拙作に触れてくださってる方は、二章を読んで下さると、何となく察せられるかと思います。

その上でかなうなら、話の結末を一緒に追い掛けていただけると嬉しいですね。

さて、一巻でお酒の話をした訳ですが、実はこのあとがきを書いてる今、緊急事態宣言の最中なので飲みに行けておりません。

まさか一巻のあとがき書いてる頃より状況悪くなってるとか、予想外にも程があるって奴です。

なので今回は酒屋さんで買った、ちょっと面白かったお酒の話をします。

今回買って飲んだのは、四国徳島の三芳菊酒造さんのお酒、『限定 壱（ｉｃｈｉ）無濾過生酒等外山田錦』です。

先に味に関して言えば、かなり甘いです。

あぁ、甘いかなぁ？　ってレベルじゃなくて、うわぁ、甘いわこれってなるレベルで、ホントに甘い。

でもお酒の癖はちゃんと、あぁ、酒だなぁってなるので、飲み慣れてない人にお薦めと言うよりは、少し慣れた方にお薦めかもしれません。

このお酒を購入した切っ掛けは、瓶のラベルに描かれたイラストが美人だったからです。

いや、本当に、ここの酒造会社さんのお酒って、ラベルのイラストが素敵なんです。

お気が向かれましたら、是非一度調べてみてください。

まぁそんな訳で、ラベルに一目惚れしての購入だったんですが、僕は甘いのも好きなので満足でした。

あては、少し色々試したのですが、個人的には白菜の浅漬けとの相性が凄く良くて、四合瓶が一時間と経たずに空になってしまいました。

えぇ、もちろんその後は爆睡です。

お値段も割と手頃だった気がするので、満足させて貰えるお酒でした。

甘いお酒って好き嫌いわかれるので、人によるとも思うんですが、僕個人は好きです。

そしてイラストといえば、今回もしあびすさんが素敵なイラストを描いて下さっています。

本当に、ありがとうございます。

イラストって割と冗談抜きで、震えるくらいに嬉しいんですよね。

頭の中に、文字だけで構成されてた世界に、色がどんどん広がっていきます。

それと世界が広がるといえば、コミカライズがスタートしました。

コミックアース・スターのサイトで公開中なので、まだご覧になってない方は、是非とも見ていただけると嬉しいです。

成田コウ先生の描かれるエイサーが、表情豊かにお出迎えしてくれるかと思います。

一人称の視点で書かれてる小説とは、世界の見え方が随分違って、凄く面白いですよ。


まだ書けそうなので、もうちょっと自作の話しましょうか。

えっと、大体この作品には章ごとに書きたい物、一応テーマみたいなものがあります。

一巻でしたら、一章がこれまでと違う世界の出会いで、その象徴がクソドワーフ師匠みたいな。

二章はエイサーの学ぶ、習得するって姿勢に関してを、一章よりも強めに出してたりとか。

三章は海で開放的なエイサー、四章は旅、五章は物作りですね。

なので二巻も、あぁ、この章は、これが書きたかったのかな?

とか探して貰えると嬉しいです。

また次の巻でも、お酒の話や二巻の章のテーマの話とか、できたらなって思います。

本当に、そろそろ飲みに行きたいですね！

あ、最後に、この本が発売される頃は暑い季節だと思いますが、皮を剝いた冷凍ミカンを一つご用意いただいて、グラスに入れます。

そこに日本酒を注げば、薄っすら甘みが滲み出て、綺麗で楽しいお酒が楽しめるんだとか。

僕も未経験ですが、暑くなればやってみようかと。

考えた人は天才ですね。

お気が向かれましたら、是非お試しあれ。

あとがき

この度「転生してハイエルフになりましたが、スローライフは120年で飽きました」第2巻、発売おめでとうございます！

2巻を通じて「家族」というテーマが主に感じたものでした。
特にお話の中で、道場での衝撃的な事実を目の当たりにした時は…。僕か個人的に思い入れがあったキャラクターがカエハだったので尚更でした。笑
いや昼ドラマとか好きなんですけど！！なにかモヤっと体中にきますね！！

家族の在り方は本当に人それぞれで違いますし、それぞれ違う常識があるなと。
読者さんはこの作品を読んでどう感じたでしょうか。

それではこのあたりで失礼致します。
ここまで読んでくださりありがとうございました！

世界へ!
ヘルモード
～やり込み好きのゲーマーは
廃設定の異世界で無双する～
二度転生した少年は
Sランク冒険者として
平穏に過ごす
～前世が賢者で英雄だったボクは
来世では地味に生きる～
贅沢三昧したいのです!
転生したのに貧乏なんて
許せないので、
魔法で領地改革
領民0人スタートの
辺境領主様
戦国小町苦労譚
毎月15日刊行!!
https://www.es-novel.jp/

EARTH STAR NOVEL

転生してハイエルフになりましたが、スローライフは120年で飽きました 2

発行 ―――――――― 2021年7月15日 初版第1刷発行

著者 ―――――――― らる鳥

イラストレーター ―――― しあびす

装丁デザイン ―――――― 石田 隆（ムシカゴグラフィクス）

発行者 ―――――――― 幕内和博

編集 ―――――――― 佐藤大祐

発行所 ―――――――― 株式会社 アース・スター エンターテイメント
〒141-0021　東京都品川区上大崎 3-1-1
目黒セントラルスクエア　7F
TEL：03-5561-7630
FAX：03-5561-7632
https://www.es-novel.jp/

印刷・製本 ―――――― 図書印刷株式会社

ISBN 978-4-8030-1542-3